主编　凌翔

当代

U0688260

樱花雨

张逸云

著

天津出版传媒集团

天津人民出版社

图书在版编目 (CIP) 数据

樱花雨 / 张逸云著 . -- 天津：天津人民出版社，
2024.7
（当代作家精品 / 凌翔主编 . 小说卷）
ISBN 978-7-201-20517-5

Ⅰ . ①樱… Ⅱ . ①张… Ⅲ . ①长篇小说—中国—当代
Ⅳ . ① I247.5

中国国家版本馆 CIP 数据核字（2024）第 111944 号

樱花雨
YINGHUA YU

出　　版	天津人民出版社	
出 版 人	刘锦泉	
地　　址	天津市和平区西康路 35 号康岳大厦	
邮政编码	300051	
邮购电话	（022）23332469	
电子信箱	reader@tjrmcbs.com	

责任编辑	岳　勇	
封面设计	陈　姝	
主编邮箱	jfjb-lx2007@163.com	

印　　刷	三河市金元印装有限公司	
经　　销	新华书店	
开　　本	710 毫米 ×1000 毫米　1/16	
印　　张	20.5	
字　　数	303 千字	
版次印次	2024 年 7 月第 1 版　2024 年 7 月第 1 次印刷	
定　　价	72.00 元	

自 序　怒放的生命

　　晨曦初起的时候，不宽的水面，泛出淡青色光泽。借助飘忽的光亮，可见遍布两岸那些红色屋顶和葡萄园。一群飞鸟从头顶掠过，仿佛把天际拉到了近前。微风掠过水面，缓缓地升起，丝丝缕缕拂过我的脸颊，感觉别样地温润和舒适。河水低吟浅唱，如同唱诗班悠扬的音韵，温软绵密地注入我的肌肤，游走于骨骼和灵肉之间。站在岸边看一川逝水，审视这条河的来路，很想一眼看清源头和终端。这条穿越时空的长河，按照自己的节奏与方式朝前流淌。透过动荡的波纹，我看到了浪花绚烂的色泽。

　　眼前这条河叫莱茵河，缠绕在阿尔卑斯山北麓的一条柔软泛亮的彩带。

　　翻译三番五次聊到这条河，执意邀我到松软的河床上走走看看，体验一把欧洲河流特有的秉性和风情。这位40开外的学者，个头不高，头上的毛发稀疏枯黄，眼袋鼓鼓囊囊，岁月的沧桑，鲜明地刻在那张黄褐色脸上。

　　他是德籍华人，毕业于国内外国语学院，像众多"漂族"一样，在北京打拼了几年，结婚生子后，举家漂到欧洲。一晃20年过去，成了地道的"德国通"。依照他姓氏汉语拼音第一个大写字母，我称其L先生。

　　L先生饶有兴趣地向我介绍莱茵河畔一座魅力四射的城市，说波恩拥有两千多年历史，被人们称作莱茵河浪漫之门。每年4月底前后，街道两旁，樱花树绚丽夺目，粉色的花瓣层层叠叠，犹如燃烧的火焰。花开花落，幽香飘忽，游人们尽情享受一份温馨和浪漫。可惜，眼下不到樱花绽放的季节。

说到樱花，L眼里放出奇异的光芒。他的老家位于中国江南水乡，那儿有个千亩野生樱花园。每到春天，樱花竞相开放，樱花园成了孩子们的欢乐世界。微风吹拂，花朵随风而舞，地面铺出淡粉色的花径。伙伴们追逐飘舞的花瓣，欢笑声在山谷回荡。L说，相比于波恩，中国樱花的花期略长一些，显示低调、含蓄、内敛、坚毅的气质。他把樱花比作人的生命，花开花飞，生命的历程灿烂辉煌。

　　L很大一部分精力用于中西文化研究和交流，竭尽所能向来自国内的专业考察团队传递西方国家先进理念和文化精髓。一段时间相处下来，我同L几乎成了无话不说的朋友。一天，他讲述了一个颇具传奇色彩的故事：在一个樱花烂漫的季节，一对德国夫妻到中国旅游，从孤儿院收养了一个不满周岁的男孩子，给予这个幼小生命超越国界和血缘的亲情。孩子健康快乐地成长，品学兼优，获得了经济学博士学位。德国爸爸妈妈去世后，他毅然决然放弃优越的生活条件，踏上回国寻亲之路，应聘为一家困难重重的大型民营企业总经理，凭借过人的胆识和才智，帮助企业走出困境，实现了良性循环。博士历经千辛万苦，找到了病故20多年母亲的墓地和身患绝症、不久于人世的父亲。

　　L感慨不已，言辞恳切地要我写出来。离开德国那天，当地下了一场大雪，漫天的雪花纷纷扬扬，犹如樱花落英缤纷。L将我送到机场，临别时给我一个大大的拥抱，深情地告诉我，他迟早会回去的，回到那片美丽的樱花林。

　　转眼几年过去，我以L和那位博士为原型，辅以自身的心路历程，创作出长篇小说《樱花雨》，描写两代人动人心魄的情感故事，塑造了一批百折不挠、敢于创新、锐意进取的"90后"人物形象。

　　《樱花雨》无愧呕心沥血之作，历经春秋四载，字字句句，精心锤炼，前后修改打磨数十稿，并请两位朋友勘误。漫长的创作历程，我同笔下的人物已然融为一体，我们同呼吸、共挣扎，一道叹息和流泪，分享事业成功的喜悦和爱情的甜蜜。

创作《樱花雨》，我明白了一个道理：逝去的那些人和事，并未真正离开或者消亡，而是在另外一个时空开始新的旅程。樱花生命短暂，最终化作一方春泥。我曾想，人活在世上，如能像樱花那样怒放生命、奉献芳华，此生应当无悔了。

于 2019 年初秋

目 录

001 不同寻常的应聘　　　001

002 初露锋芒　　　007

003 乘胜追击　　　013

004 神秘的总经理　　　018

005 德国妈妈　　　024

006 头脑风暴　　　030

007 一场酒会　　　033

008 孤男寡女　　　039

009 精明的博弈　　　044

010 较量　　　050

011 一场冷面战　　　058

012 美女遇险　　　062

013 梦幻的暗示　　　066

014 疯子在行动　　　072

015 野心"傍大款"　　　075

016 莫名其妙的变故　　　079

017 智斗众董事　　　083

018 茫茫沼泽地　　　　　　089

019 破碎的孤儿心　　　　　094

020 错爱的煎熬　　　　　　100

021 神经病　　　　　　　　106

022 董事长交班　　　　　　111

023 惊险的一幕　　　　　　116

024 正面较量　　　　　　　121

025 总经理的胃口　　　　　125

026 美女生日　　　　　　　130

027 患难兄弟　　　　　　　135

028 供养琪琪　　　　　　　140

029 心生疑窦　　　　　　　146

030 泪奔的男人　　　　　　152

031 风中有朵雨做的云　　　158

032 左右为难　　　　　　　162

033 "二难"之境　　　　　166

034 失望之旅　　　　　　　168

035 谁解女人心　　　　　　173

036 意外失踪　　　　　　　179

037 艰难的抉择　　　　　　186

038 飞赴德意志　　　　　　190

039 德国人的效率　　　　　196

040 寻找龚楠　　　　　　　201

041 永远的告别　　　　　　208

042 抢救师母　　　　　　　212

043 董事长身患绝症　　217

044 公证书　　222

045 魔幻方程　　227

046 直面交锋　　232

047 钱起波意外病倒　　238

048 幡然醒悟　　243

049 柳暗花明　　250

050 双喜临门　　255

051 希望的曙光　　260

052 十万火急　　267

053 挺进深山　　271

054 青春劫　　275

055 横生枝节　　282

056 苦情之殇　　288

057 悲喜两重天　　296

058 寻找唐樱墓　　302

059 冲破魔咒　　306

060 樱花雨，纷纷而下　　313

001 不同寻常的应聘

托马斯·米勒走出机舱的那一刻，忽然有种时空错乱的感觉。

眼前的航站楼，造型新颖别致。巨大的钢铁穹顶横空而立，仿佛展翅翱翔的凤凰。这座中国三线城市机场一片繁忙，且井然有序，现代化程度差不多能同欧洲几大空港相媲美。

碧空如洗，微风轻拂，漫天泼洒的阳光，犹如摇曳多姿的丝线，缠绕住了托马斯·米勒的眼睛，他眼前一阵恍惚，存留在脑海里的那个影像，模模糊糊地浮现出来。

还在上中学的时候，他从资料上获悉，这座以"凤凰"命名的城市，处于山丘绵延、江河纵横的江南。四季分明，植被生长茂盛，到处都是樱花。每年春上，无论公园，还是空地，颜色各异的樱花争奇斗艳，花开花落，景象万千。

起初，托马斯·米勒以为樱花是日本的特产，后来弄明白，这是一场美丽的误会。樱花原产于北半球温带环喜马拉雅山地区，秦汉时期，中国宫苑随处可见。到了唐代，樱花普遍出现在王公贵族的私家庭院。当时，国力空前鼎盛，樱花展示着万国来朝的无限风光，日本的朝拜者，把樱花当作神圣之物带回东瀛栽培。

樱花瑰丽而娇艳，流行花语是这样说的：樱花象征纯洁的爱情和美好的希望。

打开书本和网络，赞美樱花的"鸡汤文"比比皆是，托马斯·米勒对这些不大感兴趣，他有种奇妙的感觉，美丽的樱花似乎跟自己有着某种特殊的关联。有时候浮想联翩：兴许，自己原本来自绚丽的樱花世界。为此，他还困惑过、迷茫过。

昨天下午，托马斯·米勒做出一个异乎寻常的决定：离开生活了 25 个春秋的德国柏林，从法兰克福搭乘飞往中国的航班，从北京转机，直奔这座樱花城。

从欧洲大陆中部飞赴东北亚大陆，托马斯·米勒心理落差相当大。中国城市建筑气势恢宏，呈现勃勃生机，远不是欧洲某些媒体描述的那个样子，他有种被欺骗、愚弄的感觉。落地北京后，他打量四周，心里有说不出的亲切之感。倘若不是时间太紧了，他肯定会徒步体验一把，或搭乘高铁，领略沿途城市、乡村旖旎的风光。

马上就要出港，托马斯·米勒习惯性地整理了一下身上那套灰色西装，目光掠过熙攘的人浪，落在出口处一位身材凹凸有致的年轻女性身上。他快步走过去，在同那细嫩纤长的五指相握的时候，很绅士地微笑、点头。

"你好，我是托马斯·米勒。如果没有猜错，你就是马莉雅小姐。"

马莉雅收起写着"欢迎托马斯·米勒博士"字样的小牌牌，示以温婉的笑意，伸手去接托马斯·米勒手里的拉杆箱包。他条件反射地往自己身边拉了一把，稍显笨拙地说："谢谢，我自己来吧。"

马莉雅不再客气，边走边介绍机场周边建筑布局及道路走向，引导托马斯·米勒朝停车场走去。两人谈笑风生，颇像久别重逢的老朋友。

半个小时不到，马莉雅那辆火红色"宝马"，停靠在长川投资集团公司旗下的梦华天酒店大堂门口。

马莉雅告诉托马斯·米勒博士，住宿部已经给他预留了房间，凭护照办理手续。午餐在酒店 10 楼自助厅，招聘活动定在北京时间 14 点整，地点为酒店 16 楼会议室。

马莉雅说声"下午见"，宝马车像一朵轻盈的红云飘然而去。

太阳光线透过落地窗照进室内，托马斯·米勒后背有种烧灼的刺痛感。

几位面试考官是临时从猎头公司请来的，像谁欠他们钱没还似的，脸上见不到一丁点儿笑意，净提一些冷僻的问题。

托马斯·米勒有点烦，从桌上纸盒抽出几张面巾纸，往脑门和脸颊揩了一把，心绪变得复杂起来。

圣诞节前，他给老同学朱大伟打过一次国际长途，透露到中国发展的意愿。朱大伟一听，像护士的大针头扎进了胳膊那样叫嚷开了。

"哎呦喂，我的博士先生，你开什么国际玩笑呀？"

在朱大伟看来，一个家庭条件相当优裕的德籍华裔，远涉重洋到异地发展，纯属闲得难受，或者没事找事图新鲜。某种程度，可以视为搅局，同那些正儿八经的，或是裹着一层包装的"海归"抢饭碗。

托马斯·米勒打断了朱大伟，只问了一句话，他到凤凰城来，欢迎不？

朱大伟哈哈大笑，说他仰面朝天、手脚并用、一齐鼓掌。

"这家伙，还像当初一样风趣幽默。用中国话讲，这叫吊儿郎当！"托马斯·米勒，在肚子里笑骂道。

跟朱大伟通话后半年多一点，机会出现了。那天，托马斯·米勒打完一套德国长拳，上网浏览，一条招聘高级管理人才的信息抓住了他的眼球：中国民营企业百强——长川投资集团招聘总经理。

托马斯·米勒毫不犹豫挂上了求职简历。

运气不赖，初审很快通过了，提示可以进入后面的程序——笔试和面试。

网上留言的是长川投资集团综合部经理马莉雅。

时间紧迫，托马斯·米勒给莎拉发了一条短信，告诉妹妹，他马上飞赴中国应聘。

莎拉在巴伐利亚州念大学，收到哥哥发来的信息，秒回"支持"二字。

笔试部分 8 道题，20 个子项，涉及宏观经济、金融债券、商业地产、矿业、化工等，归根到底是为企业做运营策划。

不知道出题人出于何种考虑，似乎非要把应聘者考趴不可。那些题目，均由大小案例组成，提示应聘者，务必采取分析式作答。换而言之，答题者应在两小时之内，写出 8 篇论文。

18 个人参加笔试，只过去半小时，就已退出大半，后面陆续有人离场。

托马斯·米勒交卷时，考场只剩下他一个人。他看了下腕上的劳力士表，紧赶慢赶考出了一身汗水，足足用了 110 分钟。

环顾四周，他嘴角微微抽动几下，暗问自己："面试环节是没有竞争对手的，应能轻松过关吧？"

考官们坐在托马斯·米勒对面，分专业轮番发问。长川投资集团公司董事会成员列席面试，倒没问什么。但他们眉头紧锁、脸色凝重。

主持问话的"猎头"，小眼圆脸，鼻梁架着黑颜色宽边眼镜，剃出齐整的包菜头，模样儿有点像喜剧演员。他以每秒超过 5 个字符的语速提问，稍不留神，就会听不清他说了什么。

托马斯·米勒全神贯注应付这哥们，刚答完一个问题，他就顺着这个话头往下问，一副打破砂锅问到底、不问死人绝不罢休的架势。

神经病吧，哪有这样的问法？

托马斯·米勒一肚子不开心，遇上这号角色，只能自认倒霉。

面试原定 40 分钟，一个半小时过去，看不出结束的样子。

董事长司马德儒坐镇面试现场，从烟盒抽出一支香烟，横到鼻孔前闻闻，随手扔进桌前乳白色烟灰缸。

金矿环保整改措施不达标，被迫停产；地产项目资金眼见就要断裂；化工厂产品压库严重；集团连续亏损了 5 个月，亏额高达 1800 多万元……

财务部经理米拉向他报告：工行和中行相继下达了贷款即将到期的预警通知，总金额高达 50 多亿元；应支付融资散户到期息金 500 多万元；拖欠工资 600 多万元，集团可供调度资金不到 3000 万元。

问题一大堆，犹如泰山压顶。更令他寝食难安的是集团领导班子，好像力大无比的钳子，死死钳住他的手脚。

当家长难，当企业一家之长更难了。冥思苦想后，他下定决心，找个总经理当帮手。消息一出，源源不断有人在网上提交应聘资料，报名者超过 30 位，文凭学历都在硕士以上，绝大多数是"海归"，或者有海外工作经历。司马德儒仔细浏览应聘者信息，一位名叫托马斯·米勒的经济学博士，给他留下的印象不错。

小伙子就在眼前，相貌是他欣赏的那款。面容清秀，上唇棱角分明，嘴角微微翘起，一眼便能看出几分机智和果敢。

一个掌管百亿资产民营企业的当家人，应聘者单凭一副外貌，没法让他动心。司马德儒不招上门女婿，而是要重金引进统领长川投资集团逆势飞扬的帅才。

这个托马斯·米勒有点儿怪，求职简历相当奇葩，文字简练到了吝啬的地步，连同标点符号只有35个字码：托马斯·米勒，中文名字崔茗，25岁。经济学博士。个人能力描述栏这样写道："你若给我平台，我还企业未来！"

"好大的口气呀！"

一股燥热从胸口涌出来，司马德儒扭了扭脖子。

厄尔尼诺现象搞得气候都变态了，秋天某个时点，跟夏天没有多少分别。

马莉雅起身拉窗帘，室内顿觉凉爽。

司马德儒清清嗓子，眼睛盯住托马斯·米勒。

"中国的国情跟德国是不一样的。比如说，宏观经济政策、金融监管、产业结构布局，还有人文环境……"

"董事长，我大学二年级时，系统研究过中国经济政策。课题方向为中国产业结构转型升级、金融服务业与实体经济的同步协调发展。"

托马斯·米勒站起身，将带来的学术研究报告呈给司马德儒。

"这是我撰写的几篇论文，刊发在欧洲一些专业杂志，请您指教！"

司马德儒随手翻了几页，一篇题为"全球经济低增长背景下的中国金融业与制造业未来"吸引住他的目光。

"我们公司属于融投资性企业，一部分业务为吸收社会闲散资金进行再投资。据我所知，德国还没有类似的民间融投资机构。"

财务部经理米拉，坐在旁听席，打扮得时尚而另类，爆炸式发型染成薰衣草颜色。见董事长问话了，赶紧帮腔。

托马斯·米勒瞅她一眼，淡淡地笑笑。

"两年前，我兼职做过中国几家民间融投资企业首席顾问，实行网上办公，主要职责是市场策划和运行监控。"

托马斯·米勒扬扬手里天蓝色文件包说："这里有聘书原件，附有这些企业财务总监的电话号码。如果哪位朋友有兴趣，可以现场打电话问询我的业绩。"

大伙目光拢到托马斯·米勒身上，感觉他沉稳干练、充满自信。

托马斯·米勒端起茶杯喝了一口，不紧不慢地说："今天就不瞒各位了，我跟踪长川投资集团有一段时间。贵公司资金来源和投资方向，包括部分项目都在跟踪之列……"

会议室发出嘈杂的议论声，司马德儒后背一阵发凉。

"长川投资集团经营状况跟国内众多融投资企业大同小异：品质不错，困难不小。具体说，资金压力大、投资趋利风险管控难度不小、缺乏高级管理人员等。这类企业，融资难、投资更难，操作稍有不慎，企业背腹受敌，极有可能陷入困境！"

司马德儒调整坐姿，面部表情稍显松弛。

"米勒博士，就我们长川投资集团当前经营状况，想听听你的高见。"

"董事长，米勒认为，当务之急应盘活有效资产，增加现金流，迅速化解财务危机！"

司马德儒抬起头，脸上现出几丝笑意。

"如果让你担任副总经理怎么样？当然，我可以考虑赋予你总经理的部分职权。"

托马斯·米勒喝了一口茶，微微笑道："相比于咖啡，中国绿茶，历来是我的首选。"

这个貌似令人摸不着头脑的回复，司马德儒倒是心领神会。

"各位说说看，还有什么要问的没有？"

众人不再言语，司马德儒脸色平静地说："托马斯·米勒博士，面试就到这里，请到隔壁房间休息。"

马莉雅起身，扭着苗条身段，将托马斯·米勒送到门口，留下一路淡淡的香水味。

董事长颔首沉思片刻，面向那些沉着脸的董事。

"是骡子是马，这一路遛下来，一目了然，托马斯·米勒博士就是我们要找的人。我提议，聘任托马斯·米勒担任公司总经理职务。试用期三个月。"

董事们你看我、我看你，没人提出异议。

002 初露锋芒

托马斯·米勒感觉自己像坐过山车，无非招聘一个总经理，严苛得像竞选总统。笔试内容那么多，逼得人喘不过气来，倘若不是其他人知难而退，自己能否获得面试资格，真不好说。面试环节，仿佛装了满屋子透视镜，放大数倍360度无死角检视他。

细细想来，倒能理解董事长司马德儒的用意。长川投资集团在省内民营序列举足轻重，若论经济规模，相比德国一些企业，都不算简单。招聘总经理，慎之又慎理所当然。公司资产品质不错，竞争潜力不可小视，关键缺乏精英管理团队和彪悍善战的大将。临危受命，能否力挽狂澜，托马斯·米勒不敢说胸有成竹，但却自有一番盘算。

集团举行新任总经理见面会，托马斯·米勒坐在董事长右手边，表情严肃，腰杆挺得笔直。

司马德儒简要介绍托马斯·米勒学术及兼职方面的成就，提了几点希望，然后拿眼睛看他，示意说点什么。

托马斯·米勒欠欠身子，跟董事长耳语几句，起身说："该说的，我在招聘会已经说过，没必要再浪费时间。"

语毕，他挺着身板离开了会议室。

会议结束不久，"薰衣草"（米勒在心里这么称呼她）踩着高跟鞋，噔噔噔来到托马斯·米勒办公室。

"总经理，我们财务部不同意你提出的发售天雅士花园方案。这个楼盘地理位置优越，升值空间大。那些门面，配套市政府规划的'现代商业一条街'，如此优质资产，不能卖白菜价！"

米拉机关枪似的哒哒哒，不停地辅以手势，带动胸前那个高耸的部位大幅度颤动。

托马斯·米勒扬起眉头，目光射向这个傲气十足的女人。

"知道了。如果没有别的紧要事，你可以走了！"

米拉还想说些什么，见托马斯·米勒埋头忙活，扭着显粗的腰肢，扭进董事长办公室。

司马德儒不待她开口，晃了晃手。

"企业没有现金流，就像人的血管没有血液那样可怕！"

米勒提出盘活集团存量资产的方案，第一句话就是这样写的。

千难万难，关键难在资金。有了现金流，各大项目就能运转起来。米勒叮嘱马莉雅，明天早一点派车来接，他要到天雅士花园楼盘实地察看。

天亮不久，马莉雅驾车到了米勒的家门口。

天雅士花园属于公司标志性建筑，董事长司马德儒匠心独运的经典作品。楼盘地处新城区中心地段，离老市区不到5公里。一纵一横两条城市主干道，伴楼盘而过。周边有医院、学校、大型超市，还有公交车站。距离高铁站，10分钟车程。当初竞标地皮，长川投资集团以每亩高出同城楼盘地价15万元一举夺标，成为当年的地王。

马莉雅普通话标准，语气抑扬顿挫，节奏变化拿捏到位，听起来特别舒服。

"天雅士花园容积率和绿化面积搭配合理，小高层与电梯房布局层次感强。主体工程两个月前就已封顶，户外下水道、楼层过道、围栏、花圃、游泳池、国际双语幼儿乐园等辅助设施正在完善之中……"

马莉雅话没说完，目的地到了。小车刚停住，米勒迫不及待打开车门。

营销中心大门紧闭，米勒问马莉雅，公司规定员工几点上班。

"集团统一作息时间，早上8点、下午2点上班，每天工作8小时。"

马莉雅撩起手指，拂了拂飘在额前的几根发丝。

10 分钟过去了；

20 分钟悄然而逝；

9 点钟，营销中心经理姗姗来迟。

小伙子个头瘦小，头发染成板栗色，走路一摇一晃，咬一口油条、吸一口豆奶。见总经理门神一样站在营销中心门口，好像有些慌乱，将手里的油条和豆奶扔进身旁垃圾桶。

米勒瞥他一眼问道："你是这儿的经理？"

对方点头。

"你今天有两个错误：迟到一个小时，浪费食品。"

经理不以为然地晃晃脑袋："我们这儿都是这个样子。"

"你说什么？"

米勒眼里射出两道冷光。

经理嘿嘿几声，打开斜插在门上的 U 形防盗锁。

营销中心装潢挺气派，大厅中央摆放一架巨大的楼盘形象展示台，墙面四周张贴了各种精美的宣传画片。

米勒绕展台走了一圈，翻开销售台账，一股火气直往上冲。

天雅士花园开盘两个多月，15 名售楼人员，只售出 19 套房子，80% 的按揭。

他耐着性子，责令经理拿来楼盘营销方案，让他看看。

"营销方案？"经理摇脑袋。

"你是没听明白，还是没有？"

"不就卖个房子吗，哪来那么多啰唆事？财务部说了，黄金地段就得黄金价，这些房子，我们就按天价卖！"

经理口气忽然变硬，从口袋掏出"和天下"，噗的一声打着火机，旁若无人地吞云吐雾。

米勒皱起眉头，右手指向墙上的禁烟标志。

经理照抽不误，一团烟雾飘向米勒这边。

米勒用手扇扇，猛地沉下脸。

"我以长川投资集团总经理的名义告知你，先生，你被解职了。"

"解我职，你以为你是谁呀？"

经理朝米勒剜去一眼，噗的一声，将烟屁股吐到地上，摇头晃脑而去。

马莉雅被突如其来的一幕吓了一哆嗦，提醒米勒，小伙子是董事长的亲外甥。

米勒冷笑道："我管他是谁，这样的痞子员工，有一个开一个，有两个、一起开掉。"

马莉雅还在发呆，米勒吩咐她马上通知营销部、财务部、工程部、人力资源部、企业文化部经理，15分钟内赶到天雅士花园营销中心开会。

"15分钟？"

马莉雅吃惊地看着总经理。

"有问题吗？"

"没、没问题。"

马莉雅掏出手机，点击"长川投资集团管理层微信群"。

米勒看了一下手表，13分30秒，所有人员悉数到位。

"正式会议前，宣布一项决定：与会人员，除我外，给予500元行动效率奖，从总经理嘉奖科目支付。"

大伙目光一齐投向总经理，不约而同挺直了腰板。

米勒神情严肃地宣布召开天雅士花园促销专题会，时间控制在30分钟以内，请各部门发表意见。

总经理的作风起到了示范效应，各部门经理发言简洁明了，提出的促销建议，都有一些创意。

米勒做出具体安排：营销部牵头、财务部配合，制定天雅士花园资本运营方案。着手组建住房信用服务办公室，初步确定一项优惠措施：购房者，首付房款30%，余款逐月分摊支付，免除两年利息。此项举措，只面向那些无住房公积金的首套购房者。

大家有点懵，照这样做买卖，风险岂不让长川投资集团一家背了？

这招实物融资变现法，隐形降低购房门槛，且不违反国家相关法规，目的是让更多的人能够买得起房。

米勒想用天雅士花园做试验，逐步推广这种营销方式，缩短公司各大楼盘销售周期，以尽快回收资金。

米勒瞄了"薰衣草"一眼，责令财务部抓紧同市里 4S 店联系，签订意向性协议，替天雅士花园业主预订 800 辆小车，车型不少于 30 款。跟他们谈妥，出厂价加 5% 的利润。购车款，业主首付 20%，余款按揭，由 4S 店协助解决贷款问题。如果 4S 店资金困难，本公司可以协助业主，以住房抵押方式贷款购车。

米拉嘴巴像贴了封条一样抿着，两眼盯着墙上的宣传张贴画发呆。

马莉雅坐在米拉身边，肘子轻轻碰了她一下。米拉哦了一声。

"请工程部抓紧天雅士花园工程扫尾，一定确保质量！"

工程部经理连忙说是。

"这台戏如何唱，关键就看企业文化部的开场锣鼓。报纸、电视、网络、微信平台、宣传单等，但凡能快捷、有效释放信息的合法手段都用上，全方位宣传天雅士花园优惠促销举措。"

不待企业文化部经理表态，米勒两眼盯住人力资源部经理。

"这阵子，你们人力资源部不干别的，替我监工！"

李玥放下笔记本，两眼疑惑地眨巴几下。

米勒站起身，右手当空挥了一下。

"我当总经理有个原则，绝对不养闲人，但凡牛气哄哄的，请走不送！"

这话李玥听得云里雾里，"薰衣草"却满脸通红。

"人力资源部应量化各部门、各岗位促销指标，实施促销动态跟踪。工作不努力、业绩没有达到预期效果的，普通员工即刻解聘；部门经理，降职或免职！"

如同扔下一枚炸雷，总经理刚宣布散会，大伙抬腿就走。

第三天，天雅士花园以超高人气，举行了盛大的开盘仪式。

鲜见的抢购潮，傍晚收市，马莉雅打电话向总经理报告：天雅士花园当日成交 228 套，签订销售意向 136 套，平均成交价格，每平方米高于本市同期新开楼盘 180 元。照这个进度，只需 10 多天，天雅士花园商品房就能销售一空。

米勒说声"辛苦了"，挂断了电话。

003 乘胜追击

天雅士花园销售之火爆，米勒多少有些意外。中国人购买力实在强大，难怪中国游客到了日本，一不留神把马桶盖抢购了个精光。他看过类似的新闻报道，不少国家和地区，千方百计吸引中国人出境游，像东南亚一些国家，包括太平洋岛国，用所谓超低团费促销黄金旅游路线，最终赚得盆满钵满。

制定促销方案之初，米勒对全市消费群体做过粗略评估，天雅士花园日售 100 套房子应该问题不大。他弄出别出心裁的优惠销售套餐，吸引力大，那些观望者坐不住了。

下午，米勒通过监控视屏，观察购房者动向和人员结构，一个细节引起他的注意：购房主力军是那些穿工作服的。瞧他们胸前的徽标图案，这些人来自域内石化、电力、造纸及机械制造等央企。

米勒回拨马莉雅的电话，要她马上安排人手，收集本市大型企业员工住房情况，相关资料信息，晚上 10 点钟前他要见到。

不待马莉雅回话，米勒补充道："从明天开始，天雅士花园每平方米涨 200 元。安排营销中心放话，后面还会涨价。前 500 名全款成交的业主，免交两年物业管理费，地下车位打 8.5 折出售。"

马莉雅嘴里说好，心里叫苦。总经理要的那些信息，几个小时哪能弄得到呀？

遇上这号说一不二的霸道总裁，她只有一条道可走——硬着头皮朝前冲。

马莉雅抬起纤纤玉指，点击手机界面“长川”综合微信群，准确无误地向公司大楼 80 多名员工发布集团总经理紧急命令。

入夜，环湖大道车流如潮，纷扰的灯光照亮了城市夜空。马莉雅看了下手表，时针指向 9 点 45 分。

这个总经理真难侍候，原本在市区给他安排了住的地方，偏要住到郊区，每天接送都麻烦。

一路上红灯闪烁，马莉雅把车开到城区车速上限，仍感到时间吃紧。前方没有监控，她猛踩油门，超过了几辆慢悠悠的“老爷车”。

这些天，马莉雅的内心挺不平静，压力不请自来。新任总经理，干什么都不按常理出牌，以往安稳平缓的节奏被彻底打乱了。所幸自己养成了留意新信息的习惯，白天成交的那些业主和一些意向购房者相关信息，她拷贝到了 U 盘。给员工们派活时，大致划定工作区域。几个闺蜜在石化企业管理岗位任职，求助信发出去不久，就收到了不少有价值的数据。

“挺好，我就喜欢同高效率员工共事！”

马莉雅气喘吁吁敲开米勒的房门，他眼睛笑了一下，一把接过资料。

米勒看了一阵，瞟了眼腕上的手表。

“哟，10 点半了。要不，我请你吃夜宵？”

马莉雅松了口气，细声道：“谢谢总经理，我从不吃夜宵的。”

“嗬，担心发胖吧？”

马莉雅笑而不语。

“那行，你明天上午换休两个小时。记住，只有两小时！”

马莉雅不笑了，故意递出俏皮的眼神。“总经理，你那个行动效率奖不给了？”

米勒一脸漠然。“临时任务，不在行动效益奖之列！”

“朝令夕改，哼！”

马莉雅假装生气地噘起嘴巴，一脚油门踩下去，火红色宝马消失在夜幕中。

米勒目送马莉雅远去，兜里的手机嘀嘀两声。

马莉雅发来的微信："总经理，晚安！"

米勒胸口一热，感觉有股暖流在胸口缓缓流动。

夜深了，四周寂静无声，米勒躺在床上，想起了碧波荡漾的莱茵河，还有母亲安娜那迷人的微笑，心里默默念叨："妈妈、爸爸，你们还好吗？"

米勒在床上磨蹭半天，全然没有睡意，索性坐起来，将身子靠在床头，思绪回到了公司的房产项目上。

6个楼盘，分布在凤凰城几个行政区，地理位置都不错，无一例外面临困境。打个比方，好像架在火上的乳猪，看上去油晃晃的，若不及时翻动，就会烤焦。

全市有大大小小房地产开发商100多家，一窝蜂抢市场。这样的市场背景，没有捷径可走，只有那条亘古不变的定律：机会改变命运，细节决定成败。米勒记起马丁·路德那句话："即使我知道整个世界明天将要毁灭，我今天仍然要种下我的葡萄树。"

想到葡萄树，他眼前恍惚起来，朦朦胧胧看见那座绿阴如盖的葡萄庄园。枝条浓密的树架下，走出一个微胖的女人。他只看一眼，撒腿狂奔过去。

"托马斯·米勒，让妈妈看看，好久没有见到你了！"

母亲抚摸他一头黑发，目光充满了慈爱。

"妈妈，爸爸呢？"

米勒从母亲怀里挣脱出来，抬起头，看着她那双灰色的眼睛。

安娜默默看着远方，泪水簌簌而下。

"爸爸，塔利亚……"

米勒撒下母亲，朝不远处那棵枝叶茂密的椴树跑去。

椴树被日耳曼人尊奉为爱情与幸运女神弗蕾亚，人们常在椴树下聚会、举行婚礼。日耳曼人心目中，椴树是神圣的，被认为是女性的植物。

母亲曾经告诉米勒，年轻英俊的塔利亚在椴树下亲吻了他心爱的姑娘。美丽的安娜羞得面红耳赤，答应嫁给塔利亚。

手机闹铃音突然响起，米勒一惊，见天色已经大亮，赶紧起床。

洗漱、梳头、穿西装、打领带、擦皮鞋，10 分钟搞定这些事儿。刚走出房门，见到那辆火红色宝马车停在楼下。

马莉雅一身正装，亭亭玉立候在车旁。

"不是让你换休吗，怎么一大早跑过来了？"

"总经理先生，您廉价的换休，我才不稀罕呢！"

马莉雅扑哧一笑，绯红的脸色，宛若鲜艳的樱花。

米勒让马莉雅逗乐了，弯腰上车。

"给——！"

"这是什么？"

米勒刚把屁股放稳，马莉雅就递来黄灿灿的面包。

"这是咖啡，巴西出产的。"

马莉雅递过一个精致的紫砂杯，见米勒眉头轻轻挑了一下，变戏法似的换成了金属水杯。

"西湖龙井，明前茶。"

米勒十分意外，想说些感谢之类的话语，话到嘴边，临时改了。

"你怎么知道我喜欢绿茶？"

"总经理中文名字不是有个清香扑鼻的'茗'字吗？"

米勒觉得马莉雅不但漂亮聪明，而且心思细腻、温柔体贴。

路上车少，两人很快抵达办公楼。

米勒挺着腰杆走向自己办公室，董事长房门开着，司马德儒眼睛盯着笔记本电脑。

"早啊！"

听到脚步声，司马德儒抬起头。

米勒发现董事长眼里布满血丝，凸起的眼袋有些发青。

"您熬夜了？"

"睡不着呀！"

司马德儒剥开口香糖，递向米勒："抽烟有害身体健康，用它提神吧。"

米勒摇手，示意不需要。

"你起草的公司楼盘营销策划方案我看过几遍，整体不错，有些细节，还得推敲。"

司马德儒将嚼过的口香糖残渣吐到包装纸里，沉着脸叹道："高铁站那边的楼盘遭遇阻工，闹事的打伤了建筑公司的人，挠头啊！"

米勒本想说点什么，见董事长眉头紧锁，想好的话咽了回去。

"该付的钱，我们早付过去了。村委会简直乱弹琴，把钱挪作他用，失地农户拿不够钱，就到工地闹！"

司马德儒一激动，咳了起来。

"村里所欠农户补偿款，我们先垫上吧。就500万多一点，早一天复工，楼盘按期封顶，营销策划得当，墙内损失墙外补是不成问题的！"

司马德儒瞟了米勒一眼，脸色有些不大好看。

"500多万，那是真金白银呀，说不要就不要了？"

"我们自己的钱，为什么不要呢？"

米勒认为，公司最好跟村委会再度协商，就垫付资金问题，两家签订一份协议。可以考虑两个方案。长川投资集团垫付500万元现金，给村里解燃眉之急。时间一年，村委会按银行同期贷款利率支付利息，到期偿还本息。如果没钱，可以用土地补偿。高铁站地段寸土寸金，给了地皮，就等于连本带息都还上了。

司马德儒一拍脑袋，连称好主意。

这段时间压力大，把自己急糊涂了，没有想到这一层。他抬起眼，看着脸上略带稚气的总经理，心里冒出异样的感觉：小伙子好像有点儿眼熟。

"行吧，高铁站楼盘复工问题就照你说的办！"

司马德儒委托米勒牵头同对方谈，不管哪个方案都可以接受。

"董事长，我今天准备拜访市里几家央企及大型民企老总，还想借用马经理。"

司马德儒顿了顿说："你这几天不是使得挺顺手的吗？"

米勒一怔，脸色微微泛红。

004 神秘的总经理

托马斯·米勒心里咯噔一下，明白董事长话里有话。

上任这些日子，他搞的动静有点大，端掉几位占着茅坑不拉屎、违纪违规员工的饭碗，司马德儒亲外甥首当其冲。

副董事长钱起波有个表侄，在集团物业公司干水电工，串通少数素质不高的业主偷电偷水，经理敢怒不敢言。米勒弄清情况后，当即炒了他。那家伙不吵不闹，一口气爬到 20 楼顶层就要往下跳。他老婆一屁股坐在楼底下捶胸顿足、号啕大哭，引来几百上千人围观。

110、119、120 接到报警，火速派人赶到现场，电视、报纸、网络平台记者蜂拥而至，长川投资集团这下出了大名。

新任总经理到处惹事，长川投资集团上下议论纷纷，司马德儒嘴上没说什么，但脸色像雨天一样阴沉沉的。

米勒瞧董事长今日这副模样，倒不像生气，稍想了一下，大大咧咧回道："强将手下无弱兵，那是董事长您调教有方呢！"

司马德儒呵呵两声，眼睛继续盯住电脑屏幕。

同董事长相处，米勒看出司马德儒是个长袖善舞的企业家。他性情豁达，处理问题冷静沉着，分寸把握得当。在工作层面上，董事长或明或暗维护他的威信。两人私下相处，司马德儒像父亲那样亲切、和蔼。

米勒回到自己办公室，开始每天的必修科目：浏览国际国内重大新闻、重要财经信息、查看隔夜国际原油期市及欧美股市收盘指数。

他尤其关注中国时政消息面和政策方面的变化，重要信息做好备份存入电脑。中国市场有只看不见的手，几乎无处不在，楼市、车市、股市、债市等，哪样都离不开。

他忙完这些，赶紧下楼。

"美元升值预期增强，人民币汇率及大宗商品市场一路走跌。总经理，那些金融大鳄恐怕要吃大亏喽！"

马莉雅笑脸相迎，边说边伸手接米勒的手包。

米勒本能地将手往回收。"马经理，昨晚做功课了？"

马莉雅脸色泛红，腼腆地笑道："关公面前耍大刀，不好意思。"

米勒接过话说："做市场管理，必须拥有雄厚的专业知识。敏锐力、洞察力、判断力相当重要！"

马莉雅轻轻嗯了一声。

两人走到停车场，米勒拉开车门。

"我今天坐副驾驶位置，一路上顺便看看。"

说这话当口，他坐上去，麻利系好安全带。

小车平稳地行驶，米勒瞟了马莉雅一眼，身边这位姑娘，皮肤白皙细嫩，脸上泛出淡雅秀丽的神色。

"这车你自己买的？"

米勒没话找话说。

马莉雅嘴角抿抿，用玩笑的语气回道："总经理，你来自宝马的故乡，宝马X6什么价位，应该比我更清楚吧。"

马莉雅目不转睛盯着前方道路，嘴角露出笑意。

"我倒希望拥有自己的宝马呢！"

马莉雅转过脸，瞟了米勒一眼。"总经理，你觉得董事长这个人怎么样？"

米勒不喜欢背后议论评价某个人，马莉雅冷不防抛出这个话题，他脸色落了下来。

"我觉得董事长非常了不起，长川投资集团离开他，很难想象会成什么样子。"

马莉雅忽然察觉自己失言了，赶紧补充道："总经理，董事长是真心待你的。大伙都说，你日后就是咱集团的当家人。"

米勒看着窗外匆匆后撤的景物，马莉雅说了什么，他没往心里去。

小车大约行进半个小时，驶入城郊接合地带，前方道路两旁有一溜烂尾楼。

"停车！"

米勒大叫一声。

马莉雅一惊，踩死了刹车，车身朝前冲了一下。

马莉雅脸色发白，拍了拍胸口。

"总经理，你没事吧？"

安全带将米勒绑得紧紧的，他一脸歉意道："不好意思，我一急，搞得你措手不及！"

两人下车，走向那片灰不溜秋的楼盘。

工地杂草丛生，散落的水泥残渣和断裂的砖头长满青苔。晨风撕扯楼宇四周破旧的围网，高大的吊车僵硬地悬在半空中，感觉随时都会坠落下来。

米勒数了一遍，总共 12 栋房子。

"马经理，这些楼盘什么人开发的？"

"听财务部的人嘀咕，好像一些草台班子公司圈钱盖的。融资期满，散户挤兑，后续资金跟不上，开发商纷纷跑路。没跑掉的官司缠身，叫苦连天。受害者不断上访，请求政府替他们追债。"

米勒眉头一展说："马上掉头，我们去法院！"

"总经理，不是说好了拜访央企领导吗？"

马莉雅站着没动。

"人家把票子硬往咱口袋里塞，你还往外推不成？"

马莉雅一脸茫然地看着米勒，不知道他在说什么。

"喂，朱大伟吗，你小子起床没？"

电话那边传出的声音含含糊糊，说他在上海出差。

"我正往市法院那边赶，有紧要事拜访他们！"

米勒呜哩哇啦说了半天，马莉雅不知道他这会儿说的哪国语言，反正不是英语。听口气，对方有些为难。

米勒挺不耐烦，黑着脸吼道："我不听你解释，法院那边我半个熟人没有，协调的事情全靠你！"

米勒这回说中文，马莉雅听明白了。

对方支支吾吾还想说什么，米勒挂了电话。

真是神了，两人来到市中级人民法院，负责经济案件的副院长，领着经济庭及执行局一干要员，满面春风迎在法院门口。

双方坐定，经济庭长直奔主题，向长川投资集团公司总经理、德籍华人托马斯·米勒博士，通报全市房地产开发纠纷案情况。

米勒给马莉雅递出眼神，让她做好记录。

听完情况通报，米勒走出会议室，很快返回了，表示长川投资集团愿意同人民法院合作，彻底解决黑心开发商圈钱，造成业主和散户损失的问题。

副院长眉开眼笑，频频点头。这些年，上当受骗者经常到法院告状，要求帮助追讨债务，有几次，把法院办公楼挤得水泄不通。

市委市政府严令法院加大执行力度，千方百计将楼盘变现。

烂尾楼盘涉及 5 家开发商，法院查封他们在银行开设的账户，冻结资金不到万元。法院想过引进有实力的开发商接盘，将散户投入的资金置换出来，但效果一直不理想。

财神爷从天而降，副院长双手握住米勒，诚恳地表态，只要长川投资集团整体接盘，其他都好商量。

双方初步商定合作意向：法院依法裁定，出具判决书，判定那 12 栋烂尾楼总价值，下达执行通知。长川投资集团独家出资，整体打包收购。约定一个星期后，双方磋商具体细节。

楼盘处在城市延伸部位，市场潜力不小。米勒盘算下来，拟定收购心理价位不超过 15 亿元。当然，能 15 个亿拿下来，相当不错。他有些亢奋，上车半天了，仍喜形于色。

马莉雅跟着开心。这位总经理不简单，小小年纪，脑袋瓜儿转得比车轮子还快。若能成功收购烂尾楼，注入资金续建发售，公司必定大赚一把。

她发动车子问："总经理，我们这会儿去哪儿？"

米勒笑着说："打道回府呗！"

宝马车快速前行，驰过一处红绿灯，米勒打出一个手势。"马经理，请停一下。"

马莉雅把车停到辅道的空地，发现不远的地方，有处楼盘销售中心。

米勒带着几分神秘说："走吧，买房子去！"

长川投资集团多的就是房子，刚刚谈了 12 栋房子收购意向，还想捣鼓啥？

马莉雅在肚子里嘀咕。

米勒下车，刚走出几步，立马坐回来，问马莉雅附近有没有精品服装店。

这人东一榔头西一棒子，到底要干嘛？

马莉雅感觉自己木偶似的任由米勒摆弄。没办法，谁让人家是总经理。

两个人沿街寻找，找到一家装潢不错的服饰店。

米勒抬起手指指说："你到女装区看看，挑一套中意的。一刻钟后，我们到收银台会面。时间紧迫，抓紧点！"

家里衣柜塞得满满当当，各种款式的漂亮时装多的是，马莉雅什么都不想买。眼下买和不买都无所谓，闲逛吧，她走马观花似的在女装区晃来晃去。

一会儿工夫，米勒把原先那套藏青色正装换成了纯白色西装，脖子上系着红领带，整个人帅气、干练、亮眼。

一套米黄色亚麻套装吸引住马莉雅，米勒快步走过来。

"喜欢不？"

马莉雅点头。

米勒面向导购员，请她让马莉雅试穿。

"5800 块，差不多我一个月工资呢！"

马莉雅连连摇手道："算了，算了，以后再说吧！"

米勒用命令的口吻说："请抓紧换上，待会儿有正事要办！"

马莉雅站着没动。

米勒扬扬眉头，微笑道："你昨晚行动效益奖还没给付呢，就这套时装抵了。"

　　导购员会意，喜滋滋地说："我说美女，你男朋友好有眼力。情侣装，多般配呀！"

　　这话一出，两人互看一眼，脸都红了。

　　两个人穿戴利索，快步走向售楼中心。马莉雅满腹疑虑地问："好端端的正装换成便装，弄得像搞地下工作似的。"

　　米勒笑而不语。

　　走进售楼处，两人形影不离，俨然求房心切的情侣。米勒仔细盘问楼盘销售情况。售楼小姐脚跟脚，不厌其烦进行楼盘销售形势宣贯，中心内容就一个：这儿楼盘好，特别抢手。一期现房剩下不多，想买房，就赶紧出手，明天百分之百涨价。

　　米勒点点头，笑着说："我们先看看，回头再聊哈！"

　　他挤进闹哄哄的队伍，跟在那些老头老太后头问这问那。这些人大都过来凑热闹的，真心买房的不多。两个人跑了几家楼盘，情况大同小异。

005 德国妈妈

　　长川投资集团有个奇怪的现象，公司主要负责人，既管生产经营、企业发展，还要腾出一部分精力，管员工们吃喝拉撒睡这类婆婆妈妈的琐事。普通职员还好对付，将住宿和餐饮安排到位，每个月工资奖金按考核标准及时发放就算 OK。关键是集团那些元老，还有老不老、少不少，在二线晃悠的那帮人。重大节日，或者他们生日之类，作为总经理，得认认真真当回事。不然，麻烦事就会找上门。

　　米勒从内心排斥这种落后的人情模式，董事长拍拍他的肩膀，宽厚地笑笑。

　　长川投资集团是家族企业，那些员工，就像家人。尊老爱幼，从祖辈那儿一直往下传，这叫功德。那些老前辈，是公司有功之臣，不管什么时候都值得敬重。生活需要感恩的心创造，所谓天意怜幽草，人间重晚情，老吾老以及人之老。

　　董事长耐心细致开导米勒，一句话，入乡随俗，到什么山上唱什么歌。

　　今天是位退休老矿长 80 大寿，晚上在公司食堂摆了几桌。正台墙上大号金色"寿"字分外抢眼，电子显示屏滚动祝福的语句，《生日歌》来回播放。米勒西装革履，风度翩翩地出现在庆典现场。

　　马莉雅帮米勒准备了祝寿词，他只看了一眼就搁到案头上。临场发挥，声情并茂，极尽褒扬。老矿长热泪盈眶，硬要拉他合影留念。

　　宴会开始，老人家吃喝儿子儿媳孙子双手捧杯，全家老少向情深义重的总经理敬酒。

米勒忙扶老人坐下，殷勤地同老寿星碰杯，表示祝福。

寿宴结束，米勒赶紧回家。洗完澡，一阵倦意袭来，往床上一躺，迷迷糊糊睡了过去。醒来的时候，发觉上身光溜溜的什么都没盖。

喉咙疼，鼻塞，喷嚏一个接一个。他赶紧服下消炎药，猛喝白开水。

夜色深沉，米勒将脑袋枕在手臂上，两眼盯着雪白的天花板。看累了，将目光移向窗外。月光浓稠，远处传来夜鸟的啼唱声，断断续续、幽幽咽咽，仿佛婴儿在哭泣。

米勒想家了，想亲爱的妈妈和爸爸，还有那个精灵古怪、野性十足的妹妹。

妈妈是位身材高挑、体态丰腴的日耳曼女人，同爸爸经营一家公司，拥有知名品牌的葡萄酒庄。她负责公司财务管理，每天笑声朗朗，从来没见她发过愁。

他们家的葡萄庄园一眼望不到边，有500多工人。这些人，不少是穷苦人，利比亚人、叙利亚人占了相当的比例。

爸爸妈妈待他们不错，那些人，交给一个高个子叙利亚人管理。

小伙子20多岁就到了葡萄园，父亲塔利亚把他当兄弟，帮他成家、盖房子。他对塔利亚夫妇忠心耿耿，把庄园管理得井井有条。

庄园出产优质葡萄，用于酿酒。米勒见过庄园的酒窖，巨大的木桶圆圆滚滚，竖起来恐怕有两层楼高。

他家的葡萄酒品味纯正，质量标准达到法国葡萄酒 AOC（法文"原产地控制命名"的意思）级别，市场认可度一点也不逊色享誉全球的拉菲（法国葡萄酒）。

父亲成天忙忙碌碌，到了周末，会推掉所有事务，同家人在一起。他们驾着宽大的房车，驱车几百公里，栖息于荒郊野外。或者来到风光旖旎的莱茵河畔，拍照、赏花、垂钓、野炊，享受一家人团聚的惬意和欢乐。

米勒深爱爸爸，同妈妈特别亲近，有事没事跟她咬耳朵，两个人搞得神神秘秘，然后开怀大笑。

莎拉金发碧眼，乖巧俏皮，这位来自奥地利的小女孩很讨人欢喜。家里那些好吃的好玩的，妈妈总让他先来。莎拉挺不乐意，老跟哥哥争，醋意明明白白写在她那张粉嫩的小脸上。

"宝贝，哥哥从小身子弱，你让着点噢。"

妈妈柔情蜜意地抚摸女儿的小脑袋，亲吻她俏丽的脸蛋儿。

莎拉坐到一旁默不作声，泪珠儿滚滚而下。

米勒走过去，帮莎拉擦眼泪，将糖果玩具统统塞给她，牵起妹妹的小手，跑向屋外绿茵茵的草地，尽情地玩耍。

儿时的幸福和快乐流水般逝去，点点滴滴印在米勒心里，伴随他成长。可是一场突如其来的车祸，夺走了他的幸福，改变了他的人生。

那辆该死的大货车，像张牙舞爪的巨兽，撞断栅栏，迎面冲过来。爸爸吓蒙了，猛打方向盘，奔驰车坠入幽深的山谷。

米勒赶到医院时，爸爸僵硬地挺在停尸床上。

妈妈昏迷不醒，呼吸面罩几乎盖住她整个面孔。米勒两眼一黑，瘫倒在地上。跟随而来的中国留学生朱大伟，一把将他抱在怀里。

米勒醒来的时候，莎拉紧紧握着他的手。这个比哥哥小两岁的女孩子，已是漂亮迷人的大姑娘。她浑身瑟抖，只知道傻傻地哭泣。

警察向兄妹俩通报案情。爸爸和妈妈接到邀请，赴西南部城市斯图加特参加慈善募捐活动。小车行进到半道，一辆高速行驶的运货车方向盘突然失灵，冲破隔离带，疯狂撞向爸爸的奔驰车。

那天下午，慕尼黑大学球场正举行一场精彩的棒球比赛，米勒打 6 号"游击手"位置，对垒的是莎拉他们大学的校队。

这是一场高水准比赛，两支球队粉丝助阵的热情震天撼地。

莎拉一眼认出赛场上英俊帅气的米勒，扯着嗓门给哥哥呐喊助威。

莎拉读本科，米勒攻读硕士。两所大学相距并不很远，但各自学业繁忙，彼此见面不多，平日靠电话联系。

双方打得难解难分，打成平局，进入延长局比赛。裁判一声哨响，叫停比赛。米勒被人请出赛场，后面跟着一群人，还有几个穿警察制服的。

莎拉感到不妙，急忙追过去，哥哥已不见踪影。

手机响了，莎拉收到一个特别不好的讯息：爸爸妈妈遭遇了车祸，要她赶紧去医院。

妈妈终于醒了过来，病房进来两位律师。妈妈嘴唇黑紫，脸色惨白，说话有气无力。

安娜吃力地告诉律师，工厂、庄园、股票、住宅，还有银行存款，归米勒和莎拉继承，兄妹两个一人一半。

米勒握住安娜的手，泣不成声地说："妈妈，别这样，您会好起来的，一定会好起来的！"

他俯下身子，亲吻妈妈，泪水滴落到安娜浮肿的脸上。

安娜帮米勒揩去泪水，拉过莎拉，将两人的手握在一起。

"当初，爸爸和妈妈收养你俩就有个私心，希望你们一辈子不要离开这个家。"

莎拉抱住妈妈放声大哭。

安娜嘴角轻轻抽动，艰难地露出笑意。

"我可怜的孩子，妈妈知道你喜欢哥哥。想爱，就要勇敢些。"

莎拉擦去泪水，抽泣着点头。

"托马斯·米勒，我亲爱的儿子，往后这个家全靠你了。答应妈妈，一定要照顾好妹妹。"

米勒搂了莎拉一把，流着泪说："妈妈，您放心吧！"

"还有一件事，妈妈一直非常内疚。"

安娜歇了一口气，吃力地说："我的孩子，身世问题一直是你心上的疼，妈妈心里也疼呀！"

黄皮肤、黑头发的托马斯·米勒，看不出德国血统，从小学到中学，没少遭人欺负。这些安娜都清楚，伤心难过得直落泪。

小时候，米勒老缠住妈妈问自己身世，安娜独自走到阳台，遥望远方的天空一句话不说。她清楚地记得，当年收养米勒，那是一个鲜花烂漫的春天，她和丈夫手牵手，沿着一溜樱花树漫步而行。

这是中国南方一座城市，到处开着艳丽的樱花。夫妻俩来到一座绿树掩映的建筑物前，里面传来婴儿的哭泣声，那声音洪亮高亢、穿云破雾、直击心灵。夫妻俩快步走进去，见到了一个嗷嗷待哺的小男孩。

　　说来奇怪，小孩儿见到两个陌生人居然不哭了，亮晶晶的小眼睛盯住他们。

　　"孩子，妈妈和爸爸听那儿的院长介绍，你的生身母亲已经离开人世。父亲是谁，我们不知道。"

　　安娜呼吸变得困难，但坚持要把话说完。

　　"妈妈知道你无时无刻不在思念自己的故乡，只是担心爸爸和妈妈难过，把这份思念埋在心底。回去吧，我的孩子，回到你的祖国，找到你的生身父亲。他应该不算年轻了，留给你的时间可能不会太多。"

　　妈妈说完这些，安详地合上眼睛，眼角垂挂着几滴泪珠。

　　安娜是按照基督教仪式下葬的，安放在离法兰克福不远的小镇墓园。那里是安娜的故乡，她的父母葬在那儿。

　　小镇属于莱茵河一条分支的上游。河面不宽，河道岸堤一高一低形成落差，仿佛绵延攀爬的藤蔓。

　　秋日的阳光无精打采，水雾伴着枯黄的落叶，飘在墓地上空。几只黑色鸟儿忽上忽下，发出尖厉忧伤的啼叫声。

　　遵照安娜的遗愿，告别仪式相当简单。神父做完祈祷，指引逝者亲友到棺木前看最后一眼。莎拉一身黑纱，手捧白花，挽着哥哥手臂不停地抽泣。

　　米勒来到妈妈棺木前，准备将一样东西塞进妈妈手中。

　　神父慌了，急忙上前阻止。

　　"收殓礼毕，这个时候，不可以惊扰亡灵！"

　　米勒向神父深深地鞠了一躬，流着泪告诉这位白胡子长者，这是自己尚在襁褓时候的兜肚，妈妈亲手给他缝的。他驱车回到柏林，从家中翻箱倒柜找出来的，想让它永远陪伴亲爱的妈妈。

　　神父念了一段祷语，破例接受了托马斯·米勒的请求。

　　滴滴两声响起，米勒被手机铃音惊醒了。

天色微微泛亮，屋外响起晨练人的脚步声。

米勒拿起手机看了一眼，马莉雅发来的微信，说目前本省共有 5 家孤儿院，院龄超过 20 年的有 4 家。

几天前，他给马莉雅布置了一项任务，调研全省孤儿院分布情况。

这个信息没有多大价值，米勒依然给马莉雅回过去"谢谢"二字。

006 头脑风暴

米勒脑袋昏沉，四肢软绵，赶紧走进浴室，打开热水龙头，将水温调高，从头顶浇到脚跟。淋浴一阵，感觉通体舒适，感冒症状居然消失了。

今天是个不同寻常的日子，有项特别重要的活动，由他唱主角。

集团多功能会议厅座无虚席，各子公司都设置了视频分会场。

大厅投影屏幕显示一排红色字样：长川投资集团公司行动效率讲评会。

会标怪里怪气，董事长一向看重的周经营例会，让这个莫名其妙的会议取而代之了？

有人嘀咕，搞不懂托马斯·米勒要什么花招。

室内灯光渐次变亮，米勒挺直身板，走向主持席位。

"各位，从本周开始，周经营例会并入周行动效率讲评会。"

司马德儒坐在主席台下方第一排中央位置，脸上的神色十分平静。

"首先，由人力资源部通报天雅士花园促销行动效率执行情况。"

李玥平日给人的印象是小家碧玉式的优雅，今天显得干练、利落、自信，讲话语句流利、声音脆亮。

司马德儒边听边做记录，有时候还点头。

接下来，李玥通报各部门促销行动效益考核结果：营销部应得促销行动效益奖 10 万元；工程部、企业文化部各得奖 8 万元；托马斯·米勒总经理应得促销挂钩奖励 26 万元。

会场一片哗然。

李玥眼睛离开讲稿，抬起头看着前方，咳出一声，没再往下念。

当初策划天雅士花园促销，米勒将替业主预订小车的任务交给了财务部。

这个别具一格的新招，马莉雅写进了公司《经营内参》，司马德儒看后大加赞赏。

时至今日，没有见到财务部有何下文。倒是马莉雅不错，调动各方资源，使公司同市里几家4S店建立了战略合作关系，预订小车400多台，单车价位，在米勒预定售价基础上下调了0.5个百分点。

一边是牛气哄哄的财务部经理，一边是认真死板的新任总经理，李玥哪头都不敢招惹，选择沉默以对。

米勒眉头皱了一下，把话头接了过来。

"天雅士花园销售进度、回款额度、单房售价，均超过预期。"

与会者屏声静气，两眼盯着米勒，看他往下怎么说。

米勒朝司马德儒看了一眼，两人目光碰到了一起。

"经集团董事会研究，同意奖励营销部10万元；工程部和企业文化部各奖8万元。至于总经理个人挂钩奖励额，本人决定：划归总经理奖励基金池，用作奖励其他业绩突出者。"

台下有人交头接耳，还响起稀拉的掌声。

"可是——！"

米勒有意停顿下来，眼睛盯住米拉。

"财务部未能认真执行公司相关决定，间接影响天雅士花园促销！"

大伙目光唰地投向米拉那边。

米拉坐在第二排的位置，正歪头用指甲刀修剪涂成玫瑰红的指甲盖。

米勒提高声音说："公司决定，停发财务部行动效益奖3个月！"

没待大伙反应过来，米勒扔出了一个重磅炸弹。

"鉴于财务部副经理拒不履行天雅士花园促销职责，上班时间伙同少数员工打麻将，免除其副经理职务，解除劳动合同！"

"财务部经理米拉，在本次促销活动中指挥不力，工作协调不到位，解聘现职，改聘为副经理，主持财务部全面工作。"

米拉一哆嗦，手里的指甲刀掉到了地上。

"第三份决定：董事会行政秘书、综合部经理马莉雅，利用业余时间打通关节，协调市里几家 4S 店，为天雅士花园促销工作顺利开展做出了贡献，给予行动效率特别奖 2 万元！"

米勒两眼朝会场四周扫视一圈，发现几个人将头压得很低，尤其那棵蓬松的"薰衣草"。

会议进入第二个环节，投影显示 4 个鲜红的大字："头脑风暴。"

米勒目光深邃，情绪激昂地描述"长川投资"未来发展蓝图：

打造 3 个平台，即金融升级平台、建筑业集群平台、传统产业升级平台。采取参股、收购、融资融券等方式，介入逐步银行业、保险业、证券业。将公司三大稀有金属矿业有限责任公司分拆上市，发行股票。以东南亚和西亚基础建设为重点，介入"一带一路"项目，渗入公路、铁路、港口、桥梁建筑领域，实行跨国经营……

007 一场酒会

"头脑风暴"，带来的不是惊喜，而是惊吓。大伙眼里，这个"老外"，简直就是神经病。什么蓝图远景，分明是痴人说梦、胡思乱想。

集团出现了一波离职潮，半个月不到，光骨干就走了10多个。米勒暗自一惊，逐一了解离职原因，悬着的心勉强放下来。

此次行动效率讲评会，米勒拿财务部开刀，纯属自作主张。司马德儒没料到小伙子出手如此凌厉，一声招呼没有，一巴掌下去，扇没了财务部副经理，扇扁了财务部经理。

米拉离开长川投资集团那天，一场秋寒不期而至，冻得人发抖。米拉涂过口红的嘴唇，像熟透的桑葚，乌乌的颜色刺眼睛。

"薰衣草"变回了黑头发，走路脚步轻轻，身段不再端着，给人的感觉，她这才活出女人的味道。

米拉来到总经理办公室，很礼貌地往门上叩了两下，站定身子后朝米勒鞠了一躬。

"总经理，谢谢您的挽留，对不起，我这就走了！"

米勒定下神，语气平缓说："能不能再考虑一下，别急着走嘛？"

米拉眼里闪着泪光，声音低沉地说："这些天，我想了许多，悟出不少道理。如果是我个人脾气性格问题，影响到总经理的工作，在这里真诚道歉！"

米拉昔日趾高气扬的样子荡然无存，米勒一下子有些不适应。平心而论，他不过想教训一下这个目中无人的女人，并不想把她怎么样。给她处分，有意留了后手的。米拉个性张扬、霸道，团结协作精神差了点儿，但为人耿直实在，业务能力不错。

米拉去意已决，米勒有点失落，站起身，朝她伸出了右手。

"哪天觉得长川投资集团还值得留恋，欢迎你回来！"

"谢谢您，总经理！"

米拉握了一下米勒伸过来的手，转过身，捂住脸走了。

送走米拉，米勒两眼望着窗外发呆。

刚过寒露节气，天色比往日黑得要早一些。离下班还有半个小时，室内光线开始模糊起来。一连多日阴雨绵绵，飘洒的雨雾如同厚厚的布帘罩在头顶。

米勒做过比较，凤凰城的气候，跟德国东北部差别不是太大。他家有几处房产，大部分时间住在柏林。

那是一座风景秀美的城市，周围被森林、湖泊、河流环抱。施普雷河从市区南面缓缓流过，北大西洋暖湿气团迎面而来。秋天到了，雨水不断，整个季节，空气湿滑潮润。

凤凰城属于温带大陆性季风气候，域内河流湖泊众多，秋日多雨。米勒来这儿时间不长，悄然喜欢上这座城市。

手机铃音响了，室内飘荡《多瑙河之波》美妙的音乐。米勒从小喜欢这首管弦乐曲，音乐的旋律徐缓温婉、优美舒展，如同回旋的河水，又像妈妈吟唱的宽广柔软的梦幻曲。

董事长打电话问他晚上有空没有，想请他喝一杯。

明天周末，难得的假日，他想回到家里，一个人待着。随口推说自己想加个班，《公司未来五年发展规划》部分细节，还想琢磨琢磨。

司马德儒一听哈哈大笑。

"我的总经理先生，你若加班，本董事长是不给开加班费的！"

一句没过脑子的话让董事长抓住了尾巴，米勒心里幽幽地笑了一下。

董事长生活圈子大，请他吃饭的人正排着队呢。这个点打电话过来，肯定推掉不少饭局。

米勒对司马德儒有种说不清、道不明的感觉，他很想走进董事长的生活。

中国社会，人情味浓郁，往往工作与生活连在一起。生活上的关联，很容易将人与人的距离拉近，工作起来方便得多。处的时间长了，还会生出心有灵犀一点通的默契。

从马莉雅配合自己，就能明显感受到。这个 23 岁的女孩子，不知不觉介入到他的日常生活。买饭、上下班接送、每天晚上催睡、次日早上叫醒，马莉雅几乎成了他的生物钟和管家婆。冰箱存放的水果、酸奶之类食物，每一样都是马莉雅买来的，不让买还不行。马莉雅用小纸条逐一标明食用保质期，叮嘱早上、晚上各吃哪种合适。眼看要吃完了，马莉雅一声不吭补齐。如此一来，他对她就有了某种依赖，离开她的照顾，真有些不习惯。他傻傻地想过，往后找老婆，照马莉雅这个模板挑选保准没错。

员工们都已下班，米勒整理好办公桌，陪同董事长一道下楼。

马莉雅火红色宝马车停在大堂门口，米勒同司马德儒一左一右分别坐到后排。一上车，他困得两眼睁不开。

米勒醒来的时候，发觉自己半边身子靠着董事长，连忙挺直腰杆。

"不好意思，董事长，挤着您了。"

"看来你是真累了。目的地到了，下车吧。"

董事长笑容满面地说。

这是一家远离闹市的豪华会所，迎宾小姐将他们送到 5 楼包厢。司马德儒应是这儿的常客，楼层经理和服务生都热情地向他打招呼。

两荤两素一汤，一份糕点。

司马德儒将目光朝向米勒，问他喝点什么。

米勒端起西湖龙井，意思说喝这个最好。

"喝点酒吧，酒能解乏。"

司马德儒微笑着对服务生说："拉菲吧。"

"先生，我们这儿新到了一款德国高档葡萄酒，口感比拉菲还好，您几位要不要试试？"

"天底下居然还有这么好的酒，拿过来瞧瞧！"

司马德儒从服务生手里接过酒，就着灯光，仔细看酒瓶包装，除认出AOC标记，其他字母什么意思概不明白。

"博士先生，这酒来自你家乡，请翻译一下。"

"蓝色经典，一代名酒。"

托马斯·米勒看都没看脱口而出。

"那好，我们一人一瓶。"

司马德儒吩咐服务生取酒，服务生站在原地不动。

"董事长，一般情况，一桌只上一瓶，顶多两瓶。"

米勒解释，这个酒庄老板有个原则，好酒只能用来品尝，反对滥饮。

"你们德国人就死板，喝得多就赚得多，这个道理，小孩儿都懂！"

司马德儒瞧瞧米勒不以为然的样子，呵呵笑了两声，亲自斟酒。轮到马莉雅，她用手护住杯口。

"董事长，我开车呢。"

"没关系，我们请代驾。"

米勒迎合董事长那份执拗，讨好似的笑笑。

二比一，马莉雅扭不过，接过酒瓶，优雅地给自己倒上。

一瓶"蓝色经典"，塞牙缝都不够。司马德儒意犹未尽，招呼服务生再加两瓶拉菲。

他不是贪杯，今天真想多喝一口。

司马德儒知道喝酒伤肝的说法，去年上医院体检，查出肝部有个拇指大小的阴影，医生警告他尽量少喝，最好戒酒。人在江湖行走，身不由己，有些酒，不喝还真不行。

这些年，司马德儒边吃药、边喝酒，倒没觉着身体有什么大碍。他今天想好好犒劳米勒博士。小伙子聪明过人、有胆有识、干活拼命，他年轻时就是这个样子。

有一件事令司马德儒特别感怀。这次奖励米勒天雅士花园促销绩效挂钩26万元，小伙子分文未取。检验一个人的品德，钱财是个试金石。

米勒身上确有不少毛病，直来直去不说，还有点傻帽。担任长川投资集团总经理没几天，得罪的人，比他当董事长20多年少不到哪儿去。一个人单枪匹马，挥刀砍向他那些家族势力，胆子够肥的了。

说实话，刚开始他接受不了。小伙子嘴巴一张，红口白牙杀无赦，到头来，还得他这个当董事长的收拾残局。

长川投资集团股份结构特殊，近亲繁殖严重，子女们大都分布在长川投资下属企业，成为贵族群体。这些人对内搞互怼，对外搞歧视，造成一些关键岗位脱离率高、人才青黄不接。

司马德儒从内心感谢米勒，小伙子就像天不怕、地不怕的黑旋风李逵，呼呼呼使出几板斧，杀出了一条血路。

米勒此举，虽然给他带来不小压力，但内心痛快之至。那些渣滓若不清除，长川投资集团终将败在自家人手里。

司马德儒端起酒杯说："这段日子，你俩都挺辛苦，我代表公司，敬一杯！"

几杯下去，司马德儒有些兴奋，关切地问米勒："博士，你父母亲在国内，还是在德国？"

米勒端杯子的手抖了一下，少顷，脖子一仰，满杯拉菲灌进肚子里。

这当口，米勒兜里手机响了，他只看了一眼屏幕，笑容立刻爬满脸。

司马德儒凝神屏气，只听出来"莎拉"二字，后头一连串叽里呱啦。

马莉雅不知道总经理说啥，听得傻乎乎的。

接完电话，米勒满心欢喜说："真棒，莎拉考上博士了！"

这话没头没脑，董事长和马莉雅都蒙圈了。

米勒开心地说："我妹妹莎拉考上了我的母校，开始攻读博士学位。Sehr gut! Das ist ja Geil!（德语，很好的意思）！"

米勒端起酒杯，依次碰了司马德儒和马莉雅杯子，干了杯中酒。

接连几杯下去，米勒有了醉意，话匣子关不住了。语气沉重地告诉董事长，爸爸和妈妈遭遇了一场车祸。在德国，他只有妹妹一个亲人。他说他深爱爸爸和妈妈，特别想念他们。话没说完，眼圈红了。

马莉雅鼻子酸酸的，眼泪止不住流出来。

司马德儒往米勒这边挪了下身子，搂他一把说："对不起，孩子，惹你伤心难过了！"

米勒抹了把泪水说："不好意思，让董事长扫兴了。"

酒会结束，服务生走到司马德儒身边，轻声道："先生，您要的车到了。代驾司机等在楼下。"

司马德儒转眼向着马莉雅："总经理不胜酒力，辛苦你送他到家。"

马莉雅忙说："好的，董事长，您放心吧！"

008 孤男寡女

米勒平日滴酒不沾，一杯红酒会让他晕头转向。今晚喝了几大杯，身子软成了稀泥巴。

代驾是典型的"菜鸟"，一条平坦的公路，他开得像跳迪斯科。车到拐弯，不但不减速，竟大幅度打方向盘，车辘辘几次压到道路边界，吓得马莉雅尖叫。

从哪儿找来的棒槌呀？照这样开下去，非出事故不可。

马莉雅抱住米勒，提心吊胆地给司机当教练，提醒他什么时候加油提速、什么时候把速度降下来、拐弯前预先打方向灯。一路训练过来，总算到了米勒居住的小区。

马莉雅吐出憋在胸口的那一团气，从包里掏出 100 元现钞，打发代驾司机赶紧走人。

米勒处于醉酒昏迷状态，体重 80 多公斤的汉子，要将他弄到家，着实够马莉雅喝一壶。

没人搭手，只能靠自己，马莉雅连搂带抱，最后背上了。

米勒山一样压在后背，压得马莉雅腰疼背胀、两腿发颤。她咬住牙关，一步一步朝前挪，汗水沿着鬓角朝下淌。

终于把米勒背进电梯，出电梯口时，米勒牛哞似的叫出一声，吐得马莉雅头发、颈脖、肩膀，到处都是。刺鼻的气味引起马莉雅一阵反胃，她的情绪几乎崩溃了，禁不住哭出声来。

这个时候，哭是不顶用的，她挽住米勒一只胳膊，从自己脖子上绕过去，左手紧紧拉住。右手从背部搂住米勒的腰身，连拉带拽把米勒弄进房间。

脱衣、擦身、洗脚，将米勒安顿好后，她开始洗澡，这顿折腾下来，酒劲儿朝上冲，抱住抽水马桶，山呼海啸一通狂吐。

吐光了，人就舒服。马莉雅把自己收拾利索，回到卧室，见米勒发出均匀的鼻息，关掉大灯，留下夜视灯，搬来凳子，挨米勒床边坐下来。

米勒翻了一下身子，感觉碰到了什么，睁开眼睛时，阳光照进屋里，床边趴着一个人。

马莉雅？

怎么回事？

他依稀记起昨晚喝酒了，到底在哪儿喝的，怎么回的家，脑子完全断片了。

马莉雅扭动一下身子，眯眼抬头，显出一脸疲态。

"醒了，好点儿没？"

马莉雅想站起身子，哎哟一声，两腿麻麻颤颤，动弹不得。

米勒忙说："别动，我教你！"

他给马莉雅示范，两只手推拿颈椎，接下来按摩腰椎，再往下掐大腿。

马莉雅照米勒说的做了，果然管用。

"总经理，行啊，想不到还懂中医按摩推拿术！"

"我一直对中医很感兴趣。中医博大精深，我不过触及皮毛而已。"

米勒洗漱完毕，给马莉雅讲解有关腿脚麻木方面的知识。说腿脚麻木分几种情况。如果症状只是偶尔出现，通常是神经系统受到压迫，导致供血不足，用简单的物理方法，即刚才采用的推拿按摩法，就能解决问题。

马莉雅目光一闪，好奇地问："还有别的什么病症？"

"有颈腰椎病引起的；还有气血不足引起的。如是这样，必须到专业医院治疗，弄不好全身瘫痪。"

"不愧博士，一肚子学问！"

马莉雅嬉笑着迎合道。

"中医作为中华民族五千年文明历史的瑰宝之一，享誉全球，我们身居海外的华人都引以为豪！"

"呵呵，总经理，你也会唱高调？"

马莉雅半开玩笑半认真地说。

"你没在国外生活过，很难理解旅居海外的华人的这份特殊情感。我接触过不少华人社团代表，那些人，无论地位多高、拥有多少财富，对中华文明、对祖国、对家乡故园的那份情感都非常深厚！"

马莉雅若有所思地点头。

米勒告诉马莉雅，他从小爱读"四书""五经"和唐宋诗词。爸爸妈妈都很支持。他们说，文化是一个民族的灵魂，无论身处何处，绝对不能忘怀。

马莉雅受到感动，目光直视米勒眼睛。米勒似乎觉察到什么，将脸转向一旁。

"我用电饭锅给你煲了粥，按的定时键。"

米勒点头表示谢意，难为情地说："我很少喝酒的，不好意思呀！"

马莉雅眨了下眼睛，温婉地笑道："你好沉，背都背不动。"

米勒一愣，这才注意到，马莉雅身上穿的是他的睡衣，阳台上晾着她那套时装。

"Oh, my god!（英语，我的天），肯定把你折腾得够惨！"

"还好吧。你就是夜里老磨牙，不停地喊爸爸妈妈，听着让人瘆得慌。"

米勒一听，脸色立刻变了。

马莉雅一惊，歉意地瞅了米勒一眼，起身走进厨房，盛了一碗粥端给他。

"总经理，挺香的，趁热喝吧。"

米勒早已饥肠辘辘，一连喝了两碗。

面包烤好了，马莉雅拿给米勒。

米勒忙说："谢谢！"

马莉雅眼睛水盈盈地扑闪着，脸上爬满了红晕。

"谢啥，只要你乐意，往后我每天都给你做早点。"

米勒张开嘴巴，本想说那敢情好，却说不麻烦了。

马莉雅的情绪瞬息低落下去，走到阳台，取下自己的套装，进里屋换上。

"刻板、死板、麻木、死脑筋，你只要稍稍暗示一下下，就能把我留下来的……"

马莉雅将肚子里所有具有攻击力的词汇翻出来，火红色宝马车后头冒出一溜青烟，呜呜地开走了。

米勒站在阳台，目送越来越模糊的小红点，有种怅然若失的感觉。

滴溜一声长音，马莉雅发来微信，内容就一个"笨"字，再加一个惊叹号。

仿佛被电着似的，米勒身子颤了一下，竟然不知道如何回复。

嘟，嘟，嘟……

米勒愣了一阵，感觉百无聊赖，拿起手机，拨通了马莉雅的电话，响了几声，无人接听。再拨，仍没人接。他正准备放弃，响起了敲门声。打开门，伸进一张红扑扑的脸。

"给，麻烦拎进去！"

马莉雅将一袋新鲜蔬菜和几样荤菜递给米勒，那口气，像家庭主妇支使自己的男人。

米勒慌忙道："快请，请进屋！"

马莉雅走进来，撸起袖子忙开了。

有女人就能感觉到人气，家的氛围就激发出来了。米勒看着马莉雅忙碌的样子，体会到女人对于一个家的意义。

妈妈在世的时候，家里笑声不断。妈妈是全家的灵魂，在她的温情里，他和莎拉有说有笑，高兴得不得了。

小时候，每当爸爸回到家里，先亲妈妈，说亲爱的，辛苦了。然后，将他和莎拉搂在怀里，给他们讲有趣的故事。

妈妈给爸爸冲上一杯热气腾腾的咖啡，拉住他和莎拉。

"我亲爱的宝贝们，爸爸很累了，让他歇歇吧。"

一会儿工夫，饭菜香了，妈妈给爸爸倒一杯他们葡萄庄园酿制的"蓝色经典"，葡萄酒的清香弥漫了整个屋子。

回想往日的场景，米勒心里涌出酸涩。片刻，将身子倚到门头，欣赏眼前这个身材窈窕的女子忙活的样子。

马莉雅皮肤雪白、身材匀称，浑身洋溢着东方美女的气韵。

米勒正看得出神，马莉雅忽然转过身，他慌乱地将身子转过去。

"总经理，开饭了！"

米勒坐到饭桌前，看着马莉雅眼睛，认真地说："我俩单独相处，你别总经理前、总经理后地叫着，听起来怪别扭的。"

马莉雅脸蛋儿红了，小声问："请问，我怎么称呼你？"

米勒稍微想了一下说，"乐意的话，你可以称我崔茗。"

"对对对，你中文名字就叫崔茗。"

米勒点头。

马莉雅厨艺不错，每样菜都对胃口，尤其红烧鱼、青椒炒肉、宫保鸡丁，米勒特爱吃。在德国，他们一家四口常到中餐馆聚聚，享受中国菜的美味。

"马经理，手艺真棒呀！"

米勒朝马莉雅竖起大拇指。

马莉雅落下脸，一副不开心的样子。

"崔茗，我郑重其事地提醒你。我俩单独相处，不能再马经理前、马经理后地叫着，听起来怪别扭的！"

马莉雅以牙还牙，给了米勒一个回马枪。

现炒现卖，够厉害的。米勒嘿嘿笑道："请问，我该怎么称呼你呀？"

马莉雅顿了顿，脸色有些泛红。"我小名燕子，只有家人才这么称呼。"

米勒轻声称道："燕子，燕子……"

马莉雅脸色红到了脖子根，娇嗔道："崔茗，你还有完没完？"

009 精明的博弈

接连下了半个月雨，终于迎来放晴的日子，阳光透过玻璃窗扑进办公室，到处明晃晃的。米勒从财务部出来，来不及喘口气，昌德金矿有限责任公司总经理马广京的电话就追了过来。

"环保局那帮人什么东西，说好了让我们复工的，眨眼变卦，叽叽歪歪找麻烦，这破总经理，老子没法干了！"

马广京声音像炸雷，震得米勒两耳发麻，他正想拿话怼过去，那边挂了。

"什么人呐？"

像嗑瓜子嗑出了臭虫，恶心得米勒想吐。

上星期，米勒专程到昌德金矿跑了一趟，一眼见到马广京，心里说不出的厌恶感。

马广京担任昌德金矿总经理几年，同当地政府部门关系搞得很僵，多次跟执法人员发生冲突。米勒不明白，昌德金矿号称长川投资集团老班底，在公司处于举足轻重的位置，为什么交给如此粗俗之人管理？

马莉雅提醒米勒，马广京是董事长的堂弟。这人横竖不讲道理，最好别同他发生正面冲突。

米勒纳闷了，一个姓司马，一个姓马，怎么扯上兄弟关系的？

马莉雅捂嘴窃笑。

"人家把姓氏头部掐了，百家姓里就有马姓，倒也顺理成章。"

"还有这样的事，怪哉！"

不管怎么说，应该感谢马莉雅提醒及时。这次是来处理污染问题，不是处理人。长川投资集团人际关系微妙，这个"马蜂窝"，轻易别去捅它。

昌德金矿被地方政府关停达半年之久，司马德儒亲自出面协调复工复产，效果不理想，将这个烫手山芋扔给了米勒，让他想想办法。

米勒绕矿区走了一圈，发现山上树木成片枯黄，周边几条小河水质变成了酱油色。村民反映，村里不少人患怪病，癌症患者明显增多。

秃子头上的跳蚤，明摆着的事儿。马广京违背集团和地方环保部门规定，擅自滥开乱采，造成污染，引发民怨。

马广京鸭子死了嘴巴硬，非但不承认错误，还占了天大的道理，声称哪位村干部没拿矿上的钱。当初就说好了，有什么事，他们全担着的。

马广京还叫嚷昌德金矿税款按时足额到账，从没拖欠一分钱。民政福利事业方面，出过不少力。去年搞扶贫帮困活动，矿里一次性拿出 5 万块钱，支持当地村委会。这些年，昌德金矿为地方经济发展贡献不小，屁大点污染，比起那些浓烟滚滚的化工企业，零头都算不上。再说癌症，能赖上谁？人吃五谷杂粮，生老病死挺正常的，硬要咱矿上背锅，明摆着讹人。

昌德金矿造成严重污染事故，群众实名举报，县环保执法大队上门调查了解情况，马广京竟将他们轰出办公室，扬言如若再来，就打断他们的腿。

老百姓被激怒了，男女老少几百号人堵住矿口，不让开工。马广京当空挥出大手，他的护矿队员，扑向赤手空拳的村民们。

一场混战打得哭爹叫娘，10 多个村民伤得不轻。伤势最重的是前来劝架的一名人大代表。他挨了几棒子，被打成脑震荡。

"简直无法无天！"

米勒气得怒火朝上冲，把马莉雅的善意提醒抛到了爪哇国，当着马广京那帮下属，将他狠狠地怼了一顿。

马广京不服气，脖子一拧就要走人。

"你给我站住！"

米勒几步上前，截住马广京。

"从今天开始，矿上的事，直接向我汇报。若再惹出乱子，唯你是问！"

训完马广京，米勒专程拜访主管安全环保的副县长。

这位副县长脾气不小，口口声声要取缔昌德金矿。

米勒满脸赔笑，承认过错全在昌德金矿，当面承诺做好如下几点：

第一，长川投资集团愿意承担群殴事件中受伤村民所有医疗费用，并给予一定数额的生活费和误工补偿。第二，同意在县环保执法部门监督下，全面整顿矿区，决不让污染事故再次发生。第三，保证被污染河流逐步整治到位，还老百姓青山绿水。第四，抓紧生活用水工程施工，让周边村民一个月内喝上清洁的自来水，且免收一切费用。

集团领导态度如此诚恳，整改措施详细具体，副县长不再说什么。昌德金矿年产值超过30亿元，县里真不忍心把这家税收大户给整黄了。

米勒费了一番周折，大体摆平这件难事，昌德金矿复工应该不会有问题。

马广京电话里喊魂似的叫屈，估计添了变数，米勒气不打一处来，几步来到司马德儒的办公室。

董事长脸色相当难看，料想马广京先给堂兄打过电话。

"再让这家伙干下去，不但昌德金矿关门，整个长川投资集团都会被他拖垮！"

米勒猜中了，董事长正在生他堂弟的气。

"董事长，事情到了这个份上，我觉得，集团该对昌德分公司领导班子采取措施！"

司马德儒看了米勒一眼，闷声闷气说："这事你别管，我心里有数！"

米勒回到自己办公室，马莉雅脚跟脚敲门而入。

"总经理，法院那边电话催了两次，是不是这就过去？"

米勒看了下手表，点了点头。

同上次差不多，那位副院长领着他的团队恭候在法院门口。双方坐定，没有客套，就收购烂尾楼的具体细节展开洽谈。

过来的路上，米勒给马莉雅交了底，由她全权代表公司谈判。就一条法则：砍价。

马莉雅刀刀见骨、分厘必争。比如，楼盘西边有块空地，原为烂泥坑，不在征地范围。楼盘开建后，被垃圾垒成了小山包。马莉雅圈定楼盘红线的时候，非将烂泥坑作为楼盘附属物不可。原因简单：这个楼盘原本规划盖到20层，只盖到8层楼就撤了脚手架，续建工程资金投入巨大，理应给予长川投资集团相应的补偿。

诸如此类细节还不少，米勒同马莉雅提前到现场勘察过，找出折价收购应对之策。马莉雅精明、难缠，一本账算得滴水不漏。

法官们有他们的底线，可以考虑一些实际情况，但尺度不能放得太宽，双方几次差点谈崩，副院长和米勒不得不出面调停。最终法院裁定：总价值13.6亿元由长川投资集团整体接盘。

这一仗打得漂亮，比集团董事会预想的结果好很多。

烂尾楼收购成功，米勒脑袋灵光一闪，给朱大伟打电话。这位老同学已由副处转为正处，负责省发改委固定资产投资规划。米勒提出来，长川投资集团愿意拿出500套住宅作为棚改拆迁户安置房，也可以作为经济适用房，面向社会奉献爱心。

米勒亲自跑了一趟市民政局，表示长川投资集团可以单独拿出4栋住宅楼，配套相关设施，建设较高标准的养老院。如果老人们不愿住高楼，可以辟出一块地建房，供那些失独老人颐养天年，但发改委、民政部门需要配套相关政策支持。比如，省城老区改造，包括供电、供水、供气设施、道路交通建设一揽子工程，长川投资集团愿意参加招标，同等条件下，要予以优先。

一片无人问津的烂尾楼，让米勒挥毫泼墨，绘制出绚丽夺目的图画。

这里面的玄妙，他是这样给司马德儒解读的：长川投资帮政府部门解决一部分挠头的社会问题，集团也可由此向政府申请的一些优质资源。

"小伙子绝顶聪明，是个厉害的主！"

司马德儒看完马莉雅报来的综合材料，高兴得眉毛往上翘。

司马德儒正乐不可支，米勒推门进来。

"董事长，新增贷款已经到位。集团能调配的资金超过90亿元。工、农、建、交、中，几大银行纷纷表态，如果长川投资集团有好项目，他们可以向总行申请，追加贷款额度！"

司马德儒不敢相信自己耳朵，照米勒说的，长川投资集团资金链断裂的风险，得到了有效化解，还像母鸡下蛋孵小鸡，孵出了一窝窝。

米勒弄出这手，突破口就在天雅士花园销售。楼盘每天都有较大额度的进项，米勒指示财务部，房款只能汇入工行和中行账户。这些资金，偿还全额贷款还差一部分。他便以梦华天酒店作抵押，向建行办理抵押贷款手续，获得一批贷款，将工行、中行贷款及时还清了。

长川投资集团的信誉，受到省银监会肯定，金融系统报刊跟进宣传。那些银行负责人耳聪目明，探听到长川投资集团重金引进高级管理人才，企业运营形势发生了很大的变化，经济效益明显提升，追加贷款，就不足为奇了。

"董事长，时机已经成熟，能否考虑发起成立市房地产业协会？"

司马德儒没明白米勒话里的意思，微微笑道："你是怎么想的，愿闻其详。"

米勒诡秘一笑，套用宋代朱熹那首著名的《活水亭观书有感》说："问渠那得清如许，为有源头活水来。"

司马德儒顿悟，米勒意在让长川投资集团担纲领头，牢牢控制全市房地产界话语权。

"想必你已经深思熟虑，大胆干吧。有什么困难，或者要我出面协调政府部门请直说！"

米勒汇报说，他正在让工程部细化方案，用大数据说话。建议明天召开公司董事会，请董事们先讨论一下。

"这件事向房地产管理局、工商管理等部门报资料就可以开张了，有必要搞得那么复杂吗？"

司马德儒一副云淡风轻的样子。

"有些小公司看到市场风向在变，有意投怀送抱，挂靠到我们集团门下。还有几家直接提出来，让长川投资集团实施资产重组。"

司马德儒点头，想听米勒说得详细具体一些。

米勒认为，挂靠或兼并重组有利有弊，利大于弊。长远看，扩充长川投资集团实力迫在眉睫。民营企业强强联合、构成群体优势，这步棋迟早要走的。

"你说的都有道理，我看行。"

司马德儒摘下老花镜，拿在手上擦，眉头舒展开来。

"兼并重组不算小事，最好先跟董事们通通气，让大家一起拿主意、担担子。免得让人说集团一大摊子事，就董事长跟总经理两个人一唱一和。"

司马德儒翻看桌上台历，上面记着他明天的活动内容：参加省经信委主持召开的座谈会。

董事会时间就定在后天？

不行。后天星期三，分管工业的庞副省长视察经济技术开发区工业园，他得去陪。

司马德儒按了下桌上火红色电话机上的"3"字键。

"小马，你通知各位董事，本周四上午召开董事会，地点在集团董事会议室。对了，请财务部、营销部、工程部经理列席会议。"

010 较量

马广京感到从未有过的压力和危机。下午上班不久，他就从矿上来到集团办公楼，气势汹汹地闯进总经理办公室，身后跟着两个高大的保镖。

室内空无一人，马广京一屁股坐到沙发上，跷起二郎腿，点燃香烟，吞云吐雾。

接连抽了两支烟，仍不见米勒露面。马广京两只眼睛到处打望，目光掠过米勒的办公桌，两样物件引起了他的注意。

那是一尊老虎雕塑，旁边立着一座奖杯。老虎龇牙咧嘴、杀气腾腾。奖杯上的字样他认不出来。杯身正面的图案，有一个身强力壮的男人。那人怒目圆睁，挥舞长拳。

他今天直奔集团总部，就要讨个说法。堂兄不在办公室，不知道去了哪儿，电话打爆了都不接，他便奔总经理这儿来了。

马广京不想把米勒当成冤大头，只想让他传话，让堂兄明白，别把他这个堂弟不当回事。

这些年在堂兄手底下当差，浑身都不舒服，总感觉有根刺扎在胸口，冷不丁就要疼几下。

司马德儒属虎，老虎乃百兽之尊、丛林之王。他属龙。常言道，飞龙斗不过坐地虎。明里斗不过，他就暗中做手脚。第一招在姓氏上做文章，去"司"留"马"，用意很明显。你走你的阳关道，我过我的独木桥。没有特别紧要的事情，他轻易不会踏进集团办公楼半步。

看了半天，总经理办公室不像外头说的那般豪华气派，但气场已经震到他了。瞧桌上摆的那个东西，这个来自德国的小子也属虎。细眼看那尊闪闪发光的奖杯，他已然变成软蛋了。

马广京领教过德国长拳的厉害，那段痛苦史，他死都忘不了。

那年，他酒后寻衅滋事，稀里糊涂一刀子捅穿"嗑药帮"（吸毒者）老大的肚子。

对方保镖牛高马大，一溜虎虎生风的德国长拳招呼过来，打得他头昏眼花，遍地找牙。

保镖拎小鸡似的将他拎到荒郊野外，绑在树上放出狠话：不拿 100 万消灾，肉票就撕了。还警告马广京的家属，如若报警，就杀他全家人。

这事闹得沸沸扬扬，司马德儒不想管这个不争气的堂弟，老父亲跺足捶胸，寻死觅活逼他去救人。司马德儒只得找朋友调停，好话说尽，花了 30万元，总算摆平了这件事。

马广京遭到德国长拳暴打，明白了一个道理：但凡手上有功夫的，最好别招惹。

既然来了，不能屁不放一个就走人吧？堂兄不在，他今天想讹米勒一把。

终于等到了米勒，马广京瞥他一眼，将烟屁股扔到地上。

"总经理，你们集团头头脑脑一声招呼没有就撤了昌德金矿财务科，底下花一分钱得左请示、右报告，这矿上的事到底还玩不玩？"

啪的一声，米勒将手中的黑皮套笔记本扔到办公桌上。

"你真不想玩了？"

马广京一惊，半天没应话。

"无事不登三宝殿，你今天不是为退股撤资的事而来吧？"

米勒端起桌上茶杯喝了一口，拿眼看住马广京。

"你写给集团董事会的撤股报告我看过。算盘打得不赖，原始本金 150万元，按资产升溢估算，价值 800 万元。"

"我请会计师事务所的人算的，还会有错吗？"

马广京口气陡然强硬起来，脑袋晃了几下。

"行啊，我们一道算算！"

米勒瞟了马广京保镖几眼，走到他跟前。

"2013 年 8 月 22 日，你从昌德金矿有限责任公司财务账上挪走现金 180 万元。开支用途：采购 5 台鼓风机，用于井下通风。鼓风机到现在都没见着，那些钱进了地下钱庄，让你弄到境外赌博去了？"

马广京一惊，没想到米勒把这件尴尬事的来龙去脉搞得如此清楚。

"同年 10 月 20 日，你吩咐出纳紧急筹措现金 85 万元，用于支付周边农户污染费用，给出纳打了一张白条。污染户到现在还在上访，声称到手的钱零头都不够。那些钱，绝大部分进了你个人腰包。"

马广京脸上神色暗淡下来，慢慢低下头。

"你买通一些贪图小利的临时矿工，采取少交或瞒报沙金产量等手段，截留沙金 20 多公斤，非法牟利 300 多万元。你的行为已经触及刑律！"

仿佛头顶响起炸雷，震得马广京身上骨架松了一下。

"你挪用矿上资金，私养一帮打手，惹出几桩刑事案件，造成恶劣的社会影响，严重损害了集团形象。"

马广京嚣张气焰被彻底打下去了，两个保镖不知啥时候开溜了。

米勒停顿片刻，跟马广京算细账。

昌德金矿先于长川投资集团 5 年成立，马广京当时注入资金 150 万元。3 个月不到，他以各种理由陆续抽了回去。按照当时的情况，可以认定马广京尚未正式认股。那些钱，可视作短期流动资金，参照同期银行贷款利率计算利息就行。

马广京缓缓抬起头，瞟了米勒一眼，发现他咄咄逼人的神态，分明就是第二个司马德儒。

当初，昌德金矿经营不善，连续 5 年亏损，亏额达 600 多万元；拖欠客户材料款 200 多万元和矿工工资 140 多万元。集团收购后，帮金矿偿还了全部债务，实行昌德金矿单独核算、自负盈亏的政策。这些年，矿上也就保本经营。

若按托马斯·米勒这套算法，马广京不但得不到一分钱，还欠长川投资集团 500 多万元。

"关于你的处理问题，具体由董事长跟你谈。"

马广京抹了一把额头上的汗水，垂头丧气地离开了总经理办公室。

米勒松了一口气，腕上手表时针指向 5 点整，天色渐渐暗下来。米勒走到窗前，朝楼下瞄了眼，一辆银灰色"大奔"疾驰而来。

车子刚停稳，司马德儒匆匆下车，直接来到米勒办公室。

"救救急，给倒杯水！"

司马德儒有些疲乏，却掩饰不住内心的喜悦，米勒给他泡了杯西湖龙井。

"庞副省长真是的，随行人员只带了一个秘书，悄无声息跑到工业园生产装置视察，弄得市长和一帮人措手不及。整个下午，我们马不停蹄地跟在后头追。"

司马德儒揭开茶杯盖子，吹吹飘在水面的茶叶，急不可耐地喝了一口。

"我这个老同学，认真劲头真够可以的，每每事必躬亲……"

董事长津津乐道，言语中不乏显摆炫耀的意味。

米勒能理解，一个民营企业家，攀附一些社会关系很正常。何况，董事长跟庞副省长的确有些渊源。他们一起读过 EMBA 课程班，司马德儒毛遂自荐担任生活委员，服务工作做得不错。

司马德儒告诉米勒，他今天瞅住空档，简要汇报了长川投资集团经营情况，庞副省长听得挺细致。

米勒对这些没兴趣，点开电脑桌面，向董事长汇报优化后的《头脑风暴》项目。

司马德儒把屁股放到沙发上，两腿架在一起，有滋有味地喝茶，听了一小会儿就打哈欠。

天色已经黑下来，马莉雅袅袅婷婷走了进来。

"董事长，我给您留车了。"

司马德儒如获大赦，朝米勒笑了笑。

"总经理，这事先不急，你慢慢琢磨，等方案成熟了，我们再找机会议一议。"

司马德儒几步出了米勒办公室，见马莉雅站在楼道口不动，颇有深意地看她一眼。

米勒关上门，准备下班，转身时，发现马莉雅立在身后，问她怎么还没走。

马莉雅轻声答道："你都没走，我怎么能走？"

"哦，我们走吧。"

两人走进电梯，面对面站立。

马莉雅换了便装，胸脯挺得老高。她描了眉，略施淡妆。睫毛修长柔软而舒展，能见着下边两湾幽深的碧潭。瞧她这身打扮，像是参加隆重的晚宴。

走出电梯，马莉雅温情地说："崔茗，今晚想吃什么？"

这个称呼来得突然，米勒一时半刻还不适应，慌不择言道："那，那，那随便吧。"

马莉雅嬉笑道："天上飞的、地上跑的、水里游的、长在树上的，中国哪家饭馆都有，就是没有随便。"

米勒被逗乐了。

"上车吧，我带你去一个地方。"

"去哪儿？"

"我家呀。"

"你家？"

米勒迟疑了。

"租的房子，我给你做饭，行不？"

米勒还没表态，兜里电话响了起来。

"总经理，你到了哪儿呀？"

糟糕，忙起来就忘事。米勒上午答应过李玥，晚上一起吃顿便饭。

"李玥，我还在办公楼呢。你到了没？"

马莉雅沉下脸，将刚发动的车子熄火。

"我们一起去吧？"

米勒侧脸看着马莉雅，期期艾艾地说。

马莉雅无语。

"李玥说过几回，不好意思再推了。"

马莉雅将车钥匙递给米勒说："你开车过去，我打车回家。"

"同事之间吃顿便饭，咱俩一块去吧。"

马莉雅再次启动车，开得慢慢悠悠，赶到"田园风光"酒家，已是晚上7点多。

李玥站在大厅门口东张西望，见米勒来了，热情地迎上前。

"路上好堵，让你久等了！"

米勒不自然地说。

"没关系的，我反正没啥事。"

李玥笑眯眯地说："总经理，里边请。"

她见米勒站在门口没挪步子，忙问："总经理，您有客人？"

米勒两眼左看右看，没应她的话。

马莉雅泊好车，拎着粉红色小包，昂首挺胸朝他们这边走来。

李玥眼尖，一眼认出来了。

"我说谁呢，原来是马经理，一块请吧！"

马莉雅嘴角轻轻抽动一下，算是打过招呼。

李玥不敢招惹马莉雅。她是董事长身边的红人，历来有种高人一等的优越感。最近跟总经理走得很近，成了长川投资集团不折不扣的"小太阳"。冤家路窄，今晚这顿饭怎么吃呀？

李玥吸了一口气，让自己心绪平静下来，笑眯眯地看着米勒。

"总经理，你点菜吧。"

米勒说："你来吧，简单点就行。"

李玥将服务生请到一边，不看菜谱、不听推荐，让后厨按她说的做。

菜肴很快上齐，红烧鱼、青椒炒肉、宫保鸡丁、一份小菜、一份汤。

马莉雅傻眼了，分明自己是菜谱的原创，怎么让李玥偷了？

一股怒火从肚子里冲出来，手上一滑，咣当一声，端在手上的茶杯滑落下去。

服务生慌忙跑过来收拾碎片，连声说没有关系的。

怎么没关系，这就有关系！

马莉雅眉头蹙了蹙，不冷不热地说："李经理，你这菜点得多用心呀，色香味俱全。好菜得有好酒陪，来瓶茅台怎么样？如果手头紧，酒钱我来付。"

这话怼得李玥脸色一阵红、一阵白。

米勒摇手道："我不喝酒，就喝茶。"

马莉雅给米勒送出温婉的笑脸，柔声道："总经理，你的酒，我来喝。"

一瓶白酒分成三个大杯，马莉雅端起一杯，跟李玥面前杯子碰了一下，咕咕咕喝个底朝天。

"李经理，余下的酒，咱们一口干了？"

"别这样，慢慢喝嘛。"

米勒两眼惶惑地看着马莉雅，心里挺不爽的。

李玥脸色复归自然，慢条斯理地说："马经理，这酒不能这么喝，你会醉的。"

"醉了没啥，怕醉你别喝！"

马莉雅端起另一杯，分两下喝，呛了一大口，呛得眼泪汪汪。喝完，脸色惨白，埋头趴到桌子上。

米勒两肩耸耸，双手一摊。"李经理，不好意思。"

李玥心里冷笑，脸上依然笑眯眯的。

"传说马经理是董事长的挡酒牌，一斤白酒毛毛雨，今天算是见识了，不过如此嘛！"

米勒感到难堪，李玥眯眯笑道："看来，还得辛苦总经理送她回去。"

李玥从白色背包掏出钱包，扬了扬说："服务员，买单！"

米勒用胳膊碰了下马莉雅，没动。

拉她，还没动。

他用力拉了一把。马莉雅慢慢抬起头，喷出一口难闻的酒气。

"怎，怎，怎，怎么啦？喝，喝喝呀……"

"走吧，我送你回家。"

米勒搀了马莉雅一把，她脚下磕磕碰碰，一只手搭住米勒肩膀。

两人相互搀扶着出了门，马莉雅见到有辆出租车泊在前方路边，朝那边招手。

"出租车，北，北辅道街，26 号，小，小白楼。"

没等米勒反应过来，马莉雅钻进车内，一溜烟不见了踪影。

011 一场冷面战

马莉雅同李玥饭局上的那番较量，让米勒对年轻女性有了新的认识。女人不好惹，尤其那些正处妙龄的女子。

晚上没睡踏实，天刚亮就起了床。马莉雅那辆宝马车在自己手上，他直接开到办公楼。

走进办公室，看了一眼公司高层活动安排表，前天就该到公司化工厂巡视了。化工厂属于集团安全生产重要监管部位，这个地方他一直放心不下。

他按下座机"3"字键，电话响了几声无人接听。再按，依然空响。

"不应该呀！"

马莉雅如同应点装置，工作日上午8点整，准时到董事长和总经理办公室瞅瞅，看集团两位高层当日有什么重要事务需要她协调的。

米勒拿起电话，拨打马莉雅手机，按完第11个数字，没再往下按，直接找小车班要了车。

化工厂位于省级绿色经济开发区工业园，行进半个小时左右，小车进入园区。

轰——！

平地一声巨响，米勒坐在车上都有震感。

前方浓烟滚滚，一伙人慌慌张张朝外跑，消防车呜啊呜啊的声音，从不远的地方传来。

"怎么回事？"

米勒脑袋一炸，禁不住喊了起来。

司机刹住车，神色有些慌乱。

"总经理，爆炸声好像从我们化工厂那个方向传来的。"

"还愣什么，赶紧开车过去呀！"

米勒大声吼叫，手脚微微抖动。

化工厂装置现场一片狼藉，消防泡沫满地都是。厂经理头戴安全帽，站在泡沫堆里，看样子吓蒙了。

米勒拉他一把嚷道："有人员伤亡没有？"

经理痴痴傻傻，两眼盯着厂安全员不说话。

"报告总经理，无人员伤亡！"

安全员是个皮肤黝黑的小伙子，说话吐词清楚，声音洪亮。

"那就好，那就好……"

米勒喃喃自语道。

现场很快清理完毕，米勒黑着脸走进厂会议室。

室内装修不错，整面墙挂着牌匾和锦旗，省里的、市里的、经开区的，清一色安全环保之类的先进称号。

米勒指着那些荣誉，满脸怒气地问站在一旁的管理人员，这些东西是不是花钱买来的。

没人敢接话。

"捂住鼻子哄眼睛，自己糊弄自己，有朝一日把命糊弄没了，都不知道怎么回事！"

米勒双手叉腰，脸色很吓人。

"天天喊人命关天，安全责任重于泰山，你们眼里哪有泰山和人命？"

米勒一屁股坐到椭圆形会议桌主持人的位置，指着化工厂经理、副经理劈头盖脸一通狂吼。

"你，你，还有你。你们几个可以不要命，那些操作工还要命呢。他们的命，比天都大，知道吗？"

米勒察看过现场，事故原因很清楚，典型的习惯性违规操作造成的。

厂里进行技术消缺，物料管线还残留介质，经理贸然指挥动火。所幸残存物料不多，爆炸当量不是很大。

米勒将化工厂管理人员全部集中起来，让安全员当老师，集体重温安全生产责任制及相关安全管理制度。责令由经理领队，全厂员工，到邻近的中国石化下属企业，全方位进行安全生产应知应会培训。学习大型国企"三老四严"、落实安全生产责任制等先进经验，考试考核合格者才允许上岗。同时决定：工厂停车整改，准备材料，向安监和环保部门汇报。布置完这些事，他板着脸返回集团办公大楼。

回来的路上，他考虑该如何处理本次事故直接责任人，想了半天没能理出头绪。

化工厂号称"小长川"，管理人员大都是集团董事们的关系户，处理人的事情，他不得不慎重。董事长的话犹在耳畔回荡：树敌过多，于事无补。

回到办公室，感觉有点累，扭扭酸胀的脖子，伸了一个懒腰。这一伸，肚子里咕噜一声。昨晚聚会不欢而散，回家泡了一碗方便面算是打发了。早上起来没胃口，只喝了一杯燕麦。离午饭还差一刻钟，往日这个时候，马莉雅会准点过来问他中午吃什么，提前给他买好饭。

怎么不见人呢？

米勒拨打马莉雅手机。电话通了，听了半天，终于有人说话："对不起，您拨打的电话暂时无人接听，请稍后再拨！"

米勒再拨过去，还是那个温柔无情的女声。

"咋回事嘛？"

米勒沉不住气了，站起身准备朝外走，座机响了，他看了一眼，不大情愿地拿起话筒。

"总经理，午餐食堂有红烧鱼，还有辣椒炒肉，我帮你买过来吧？"

李玥声音柔软顺滑，如同轻盈的春风，当空飘荡过来。

"谢谢，我买好饭了。"

米勒挂断李玥电话，马上拨给综合部前台。

"麻烦帮我订一份饭，什么菜都可以。对对对，直接送到我办公室。"

整个下午，办公室悄无声息。没人过来请示汇报工作，没人来电话，米勒一下子成了闲人。

他平日忙得不可开交，巴不得一秒钟当成一分钟用，一天 8 个小时，眨眼就过去了。这会儿，时间像被人拽住似的不往前走，真正体验到度日如年是什么滋味。

打开电脑，浏览国际国内信息，看了 A、B 股交易盘面变化情况，眼睛看花了，脑子里没记住一条信息。

心浮气躁、心烦意乱、心猿意马……

熬不下去了，他背起包，反手扣上房门，乘电梯下楼。

开上马莉雅专用的那辆火红色宝马，一路风驰电掣，几次差点闯红灯。没头没脑跑了一阵，记起了马莉雅昨晚酒醉后叫的士的那些话。

对了，她说过北辅街路，26 号，小白楼。

米勒按照导航，找到了目的地。还好，没跑多少冤枉路。

咚咚。

无人应声。

咚咚咚。

室内仍没动静。

咚咚咚，咚咚咚，咚咚咚……

米勒几乎用拳头擂了。

房门打开了，米勒见到马莉雅时惊得目瞪口呆。

012 美女遇险

马莉雅身穿粉色睡衣，浑身上下松松垮垮。头上缠着绷带，脸颊有几处伤痕，几件衣服卷成一团，扔到墙角，上面有沾着泥巴的斑点。

靠墙的小餐桌摆着一盒饼干，包装打开了，饼干一片都没动。

马莉雅背靠床头坐着，脸色苍白，眼皮耷拉，凌乱的发丝垂下来，遮盖了半张脸，这个模样，很容易让人联想到影视剧中被人遗弃的怨妇。

马莉雅特别爱面子，每天把自己打扮得女神一般光鲜靓丽。发丝、眉毛、嘴唇、指甲、脂粉，包括服装面料的颜色和款式，还有随身手包搭配，几乎无可挑剔。

她身上散发出来的气质十分特别，优雅淡然中不乏孤傲。这种孤傲，冷冷的、幽幽的，充满了迷幻，具有强烈的视觉冲击力。

如此独具魔力的女性，堪称女人花中的奇葩，司马德儒慧眼识珠，将她收入旗下，培养成长川投资集团形象代言人。

当初，米勒不明白马莉雅为何在集团享有优厚的待遇。工资奖金福利均优于同级别管理人员。董事长专门给她配置高级轿车，带她出席许多重要场合。他暗地想过，难道董事长搞了潜规则？

深入了解后，明白这是司马德儒高人一招的妙棋：将马莉雅打造成长川投资集团流动广告。只要有机会，就让马莉雅在电视、报刊、网络等媒体曝光，包括省里的、市里的一些电视选秀节目、谈话节目、文艺晚会之类，由马莉雅领队，现场打出长川投资集团的徽标。这些年，房地产市场竞争激烈，长川投资集团之所以能硬撑下来，过得还不算错，这尊鲜活的美女广告功不可没。

一夜之间，活广告黯然失色。可以断定，马莉雅酒醉后钻进那辆出租车，后面发生了令人震惊的事件。

回想昨晚饭桌上的场景，米勒心里难以平静。面对马莉雅咄咄逼人的气势，李玥处处谦让。马莉雅过分了，不依不饶把人家往墙角逼，令他这个总经理相当难堪。

事已至此，责怪已毫无意义。眼下最紧要的就是尽快让马莉雅心情平复下来，恢复原貌，保住难得的广告效应。

米勒目光落到马莉雅脸上，关切问道："伤成这个样子，怎么回事呀？"

马莉雅稍稍抬起眼皮，随即合上了。

"心里有啥不痛快，千万别憋着，憋久了就会出毛病，说出来就好了。"

米勒谨慎选择用词，生怕哪句不合适，让马莉雅气上加气。

马莉雅喉咙嗝出几声，看样子想回话。

"有什么不开心的，你说吧！"

米勒有点急了，一句话的意思重复了几遍。

马莉雅喉咙嗯嗯几声，用手在喉部捏了一下。

米勒明白了，赶紧烧水去。

电开水壶功率大，很快噗噗噗冒出水花儿，米勒泡好茶，端给马莉雅。她接过茶杯，张口就喝。

"小心烫着，慢点儿。"

马莉雅嘴角抽了抽，回以笑意。

天色不早了，残阳送出的光线阴暗模糊。马莉雅喝过茶，脸上有了红晕。起身下床，坐到小餐桌前，抓起饼干狼吞虎咽。

看来饿坏了。

能吃就好，米勒放下心来，给她续水。

"你先拿饼干顶一顶，待会儿我们到外头吃点。"

马莉雅不吃了，转过身抓住米勒，两眼盯着他。

米勒一愣，顺势坐下来，马莉雅这才将手松开。

室内一片静寂，马莉雅撩撩纷乱的头发，走进洗手间，一会儿听见淅淅沥沥的水流声。

马莉雅回到米勒跟前的时候，浑身打扮一新。脸上涂了护肤霜之类的东西，若不刻意去瞧，看不出脸上擦伤的痕迹。再看她的衣着打扮，上穿紧身红色羊毛衫，下穿洁白的百褶裙装。这身装束恰如其分衬托出凹凸有致的形体，青春女性线条，完美地展示出来。

"呵呵，到底是美女，稍加修饰就胜过国色天香无数。"

米勒适时抛出一句玩笑话，自己领头笑出声来。

马莉雅唇齿轻启，微微笑道："都毁容了，还拿我当乐子。"

米勒听出她喉咙嘶哑，声音浑浊。

"女孩子皮肤自我修复能力是很强的。要不了多少时日，你依然貌美如花！"

这话把马莉雅逗乐了，脸上的笑容灿烂起来。

"燕子，你昨晚拦都拦不住，直往出租车里冲，后来发生了什么事情？"

这一问，马莉雅两眼发直，神经质地嚷："流氓，臭流氓……"

马莉雅歇斯底里地叫喊起来，浑身不停地抖。

米勒吓了一跳，赶紧扶住她。

咚咚，咚咚……

响起了敲门声，马莉雅尖叫着扑到床上，用被子蒙住脑袋。

米勒打开房门，进来一男一女两名警察。

"请问，你们二位是？……"

米勒后退一步，感觉自己结巴了。

"我们是这儿的片警。"

警察亮出证件问："你是马莉雅的男朋友？"

"男朋友？"

米勒脑袋麻了一下。

男警察指着被窝里瑟瑟发抖的人说："那是马莉雅吧？"

女警察走到床头，看了米勒几眼说："我们按工作程序过来复核笔录。她昨晚醉得相当厉害，在所里说了半天，也没把事件来龙去脉说明白。"

米勒忙说他刚到这儿，没来得及弄清楚咋回事。

女警解释，昨晚大概8点半左右，他们接到小区保安报警，说这里发生一起入室强奸未遂案，受害者就是马莉雅。

男警补充案情。据目击者反映，嫌疑人是的士司机，帽檐压得很低，看不清面目轮廓。调看小区监控录像，经过核实，车牌号码为假冒。初步判断，此人为惯犯。他们想进一步核实情况，找到相关线索，及早抓住不法分子。

女警用责备的语气对米勒说："你们男人就是粗心，女朋友醉成那样了，就该送她回家。如果不是她会些功夫，小区保安巡逻到此，她就……"

"我什么时候成马莉雅男朋友了？"

米勒肚子里嘀咕，抬眼看警察，见对方一脸严肃，他心里清楚，这个时候越解释、越没意义。保不准节外生枝，要他录口供。

"马莉雅惊吓过度，情绪还不稳定。过几天，我让她上所里跟您二位说说？"

男警察说行，出门时不忘叮嘱米勒，作为男朋友，有责任保护好自己女朋友。

米勒苦笑着送他们下楼。

马莉雅还在被窝里发抖，米勒过去掀被子。

"流氓，滚开、滚开……"

马莉雅一招跆拳道"双飞踢"，身轻如燕地飞起来。

米勒轻盈地摆动腰身，躲过凌厉的攻势，眼见马莉雅身子失势，就要栽下去。

习武的人都知道，这招气贯长虹般的飞跃，需要强大的体能支撑，马莉雅昨晚醉得厉害，身体十分虚弱，一旦摔下去，就不是小事了。

米勒舒展长臂，一招猿猴揽月，揽住了她的腰身。

马莉雅定下神来，见是米勒，搂住他的肩膀大哭起来。

哭了就好，将委屈和伤心都哭出来。

马莉雅哭了几声，猛然抬头，怔怔地看着米勒，泪眼汪汪地说："崔茗，我，我，我……"

013 梦幻的暗示

　　这是一个令人感到焦躁不安的夜晚，四周伸手不见五指。幽深的山谷，传来激烈的厮杀声。几个蒙面黑衣人，手执钢刀扑过来，米勒施以德国长拳搏击，打斗几个回合，他的体力有些不支。

　　"崔茗，我来了！"

　　马莉雅一个"冲天云卷舒"飞奔过来，背靠背贴住米勒，要他赶紧跑，不然就来不及了。

　　"你来干嘛，这不是添乱吗？"

　　面对这帮残暴凶狠的杀手，马莉雅只会越帮越麻烦。

　　生死攸关之际，米勒突然变招，使出鹰爪拳，一路攻势凌厉，拳法密不透风，将对手逼退几丈远。趁机抓住马莉雅胳膊，飞鸟般腾空而起。眼看脱离险境，一阵狂风卷来，两个人如同飘零的落叶，朝山崖坠去。

　　嘭——嘭——！

　　马莉雅摔在地上，身子扭了扭，口吐鲜血而亡。

　　"啊——！"

　　米勒惊叫着弹跳起来，揉揉眼睛，脑子慢慢清醒了。

　　晦气，怎么又做梦了？

　　胸口怦怦跳，额头和后背都是汗水。

　　米勒原先很少做梦，自从来到长川投资集团，梦不知不觉多了起来，还做了不少怪梦。每当他身临险境，马莉雅就会出现，拼命保护他。

梦，如此之多，难道出自何种心理暗示？

他心里早有答案，这些跟形影不离的马莉雅直接关联。

马莉雅是个有故事的女孩，身上的气质，跟许多女孩子迥然有异。她执着、好强、凛然不可侵犯。那天，他到她家探视，面对身心遭受伤害的姑娘，嘴巴笨拙得只会重复那句话：你有什么话就说吧。或者，想哭就哭，哭出来会好受些。

警察走后，他叫了外卖，两人随便吃了点，面对面坐着。马莉雅眼神幽幽，给他讲了她过往的那些事儿，一边说、一边流泪。

17年前那个冬天，南方下了一场大雪，雪地上踩出一长溜脚印。爸爸缩着头走在前头，后背满是积雪。

妈妈脸色忧郁，牵着刚满5岁的马莉雅。

路上特别滑，两人摔了几跤，她摔疼了，哇哇大哭，爸爸懒得管。

他们来到镇子靠东一栋两层楼房，一位胖阿姨正就着炉子烤火。爸爸和妈妈说明来意，她眼睛眨了几下，满脸阴云地看看马莉雅。

"孩子这么小，怪可怜的，你们能不能再考虑考虑？"

爸爸脑袋摇得像拨浪鼓，妈妈眼圈通红，泪水在眼眶打转。

"孩子的事情你们安排好了？"

爸爸先点头，妈妈迟疑一下跟着点了一下头。

"看来你俩王八吃秤砣铁了心，造孽呀，我就不劝了！"

胖阿姨站起身，往手上哈口热气，拉开抽屉，取出两个绿颜色小本本，往上面写了几行字，啪啪盖上印，一人一个递给爸爸和妈妈。

"你们的女儿真漂亮，一家人就这么散了，可惜啊！"

胖阿姨摇头叹息，埋头锁抽屉，一阵寒风吹来，马莉雅打了一个冷战。爸爸瞧她一眼，一头走出屋子，消失在迷蒙的雪野里。

妈妈抱起小莉雅，将脸贴住她冰冷的脸蛋，泪水不停地流。

马莉雅长大后才知道那叫离婚。爸爸喜欢上别的阿姨。

次年春上，河边的杨柳树枝条开始吐芽，家里来了一个胡子拉碴、五大三粗的男人，他向围过来的左邻右舍打招呼，殷勤地发糖果和香烟，将妈妈和她领走了。

妈妈要她管那人叫爸爸，她愣了半天直摇头。

这是一个烧锅炉的，在县城氮肥厂上班，说话粗声粗气，脾气糟透了。

后爸嗜酒成性，一碟花生米能喝半斤，喝多了就撒酒疯，对着妈妈拳打脚踢。

马莉雅不明白妈妈为何老在夜里哭泣，继父只要回家，就将妈妈往里屋拖。妈妈哀求继父，说她身子弱，实在受不了。继父根本不听，像疯狂的野兽，扑在妈妈身上。

妈妈生了一个男娃，这个早产儿全身乌紫，没出产房就夭折了。

妈妈身体越来越差，躺在床上目光散乱，大口喘气，在她上初中那年死了。

仿佛屋脊断裂，整座房子都垮塌了。马莉雅跪在妈妈的遗体旁边，两眼直直地盯住那张没有血色的脸。

妈妈入殓出殡时刻到了，忧伤的唢呐声唤醒了马莉雅，她发疯似的冲到棺木前，拼出全身气力挡住棺材口，死活不让盖上。

姑姑拉开可怜的侄女，马莉雅拼命哭喊、挣扎，晕倒在姑姑的怀里。

安葬好妈妈，马莉雅搬到学校读寄宿。继父不给钱，她靠捡破烂卖钱赚学费和伙食费。

马莉雅功课特别棒，成绩一直排在年级前三名，课余学习跆拳道。

高一那年放暑假，马莉雅回到继父家中。这天是中元节，按照习俗，她给母亲烧了纸钱，希望妈妈在那边不再有病痛，能过上好日子。

傍晚时分，落日的余晖将房前屋后涂抹了一层暗红色彩，继父醉眼蒙眬，走路摇摇晃晃。瞧见继女亭亭玉立、娇艳迷人，两眼放出亮光，扔下酒瓶扑过来。

马莉雅闪身躲过。继父不甘心，转身再扑。几次警告无效，马莉雅像发怒的狮子，使出一连串横踢、侧踢、推踢、后踢、摆踢，将禽兽不如的继父踢翻在地，连夜逃到姑姑家。

姑姑住在农村，家境不宽裕，她咬牙将存栏肥猪卖了，给侄女儿凑齐了学费。

马莉雅获得了国际奥林匹克数学大赛二等奖、全省中学生作文竞赛一等奖、省级三好学生等一系列荣誉，被上海一所高校录取。

大学几年，马莉雅年年获得奖学金，入围亚洲小姐，成为某企业产品形象代言人。

好景不长，名冠上海滩的佳丽被人盯上了。有人开出7位数的价码要她陪3年。还有人直接上门骚扰，晚上堵到寝室门前，逼她陪消夜，吓得室友打电话报警。

警察问过情况，要求学校加强安保措施，问题依然没有得到根本性解决。

马莉雅陷入深深的苦闷和惶恐，成天精神萎靡、郁郁寡欢，患上了轻度抑郁症，不得不休学。等到复学，这个令她万般痛苦的局面丝毫没有改变，考试挂了几科，只获得肄业证书。

感谢董事长大恩大德，在她人生迷茫、身陷绝境的时候，聘任她担任董事会行政秘书，兼综合部经理。在她眼里，董事长如同亲生父亲。

有些人开始八卦了，拿她同董事长关系说事，公司一度流言蜚语铺天盖地，马莉雅坚信身正不怕影子斜。相信人世间真情，渴望真挚的爱情。米勒来到公司，少女的心扉掀起了层层涟漪。

屋里响起了《多瑙河之波》优美旋律，米勒拿起手机。

电话是莎拉打来的，刚接通，她急不可耐地叫喊起来。

"哥，你们那儿该到起床时间了吧？"

米勒脑袋被什么撞了一下，嗡嗡地叫。莎拉什么时候学会说中文了，还说得一点都不比他差。

莎拉在电话里咯咯咯笑，告诉哥哥，她课余时间上了中文培训班，练习用筷子吃饭，有空就研究中国菜谱及生活习俗。

她想干嘛？

一丝惶惑和不安，从米勒心头掠过。

莎拉叽里呱啦说不停，半天才轮上米勒说话。

"我说莎拉，你现在什么都不用干，博士课程比硕士那段难度大得多，千万不能分心，记住没？"

电话那边沉寂了。

过了一会儿，莎拉期期艾艾地说："哥，我要去中国，我离不开你！"

米勒听出莎拉鼻子抽息的声音。

"好妹妹，学业、学业、学业，你知道吗？还有论文，哪样都得下功夫。时候不早了，我得上班去，这就挂了！"

跟往日一样超快节奏。洗漱、穿衣、打领带，几分钟搞定。住宅附近有家早点店，卫生状况不错，米勒递上几块零钱，抓起两个馒头就走。

往日这个时候都是马莉雅接他，今天肯定来不了，他站在马路牙子边，朝疾驰的车流招手。

嘎的一声，一辆显旧的出租车停在跟前。米勒瞧了一眼，没有上车的意思。

司机摇下车窗说："这会儿车紧，你打不到出租公司那些车的。"

满嘴黄黑牙齿、公鸭嗓音、蓝色圆帽、右手缠了块纱布。

这些特征符合片警描述的样子。马莉雅说过，她狠狠咬了嫌犯的右手。

米勒心口一阵狂跳，很快沉住气，拉开"黑的"车后门。

"先生，你去哪儿？"

米勒不假思索地说："南正街8号。"

他昨天驾驶马莉雅的宝马车，察看过导航，南正街跟北辅道街只有一条马路之隔，派出所就在附近。

车子启动，米勒若无其事地啃馒头，右手悄悄给那个片警留下的手机号码发短信：

"我是马莉雅男友，正坐在嫌犯的车上，目的地南正街8号，请火速赶到。"

很快到达目的地，米勒下车，给付100元钱。埋伏在附近的便衣警察，趁的士司机找零钱当口，将他铐住了。

无巧不成书，一场怪梦，把嫌犯梦出来了。

嫌犯供认不讳，他就是试图侵害马莉雅的黑车司机，常在夜里蹲守酒店附近，伺机对独行女性下手。

这件事悄无声息地过去了，马莉雅不停地贴面膜，休养了几天，面部完美如初，清脆的笑声回荡在集团办公大楼。

014 疯子在行动

马莉雅一场大醉，坏事变成好事。打那之后，她整个人变了样儿。跟人打交道，笑容可掬，语气变得温软，尽显谦卑。

连车速都慢了不少。同样一段路程，她比过去要多出几分钟。

目睹马莉雅前后变化，米勒明白了一个道理。面对纷纭复杂的人际关系，身段柔软、左右逢源非常管用。

马莉雅非常优秀，值得信赖，无论工作还是生活，早已成为他不可或缺的助手。昨天，他同光大银行约定，今天上午 10 点钟见面。这是个难得的机会，马莉雅为此出了不少力。

这是他本轮银行系统调研第 5 站，是最为关键的节点。光大银行总部在北京，决策权在总部董事会。省分行依然重要，他看中的是省分行的杠杆效应。

前不久，他陪某城市银行行长吃饭，两人交谈甚欢。这人是朱大伟的高中同学，席间，行长详细介绍他们银行创办之初的宗旨和定位，眼下正在寻找合作伙伴，拟增资扩股，壮大实力。一旦条件成熟就 IPO，上市发行股票。

米勒当然不会放过如此绝佳的机会，当即表态，以长川投资集团小额贷款等资产入股这家城市银行。双方就发行金融证券、承销政府债券等进行战略合作，达成共识。

城市银行实力有限，尚不能将长川投资集团打造成金枝玉叶。米勒想攀"高枝"、傍"大腕"，名正言顺地成为大银行股东。查阅大量资料后，两眼盯住光大银行。

光大银行省分行办公楼造型独特，主楼如同展翅飞翔的大鸟，辅楼层层叠叠，好像茂密的丛林。

光大银行毗邻景区，西面可望凤凰山峰，南眺波光潋滟的江流，一面青山一面城的美丽景观尽收眼底。

米勒佩服选址者的高明。据说，光大银行落户省城之初，放弃金融大街，选择风景区，意欲淡泊明志、宁静致远。

接待他们的是主管发展业务的副行长，皮肤白皙，满脸笑意，给人亲切和蔼的感觉。

米勒迫不及待介绍长川投资集团概况，重点推介公司未来 5 年发展构想。副行长听完，微微一笑，感叹总经理抱负不凡。

米勒听不出对方赞扬的意味，随即表述此行的目的：代表公司董事长前来拜访，期待得到光大银行提携。

副行长频频颔首，正准备回话，手机响了，看米勒一眼，礼貌地说："不好意思，我先接个电话。"

副行长走到接待室外头说了一通，返回的时候，脸色没了先前的温和，一口气说出长川投资集团几个"不够"：经济总量不够，产业结构不够，经营品质不够，管理团队整体素质不够……

仿佛被人当头打了一闷棍，米勒的脑袋嗡嗡地响，沉着脸说："既然这样，我们就不打搅了。"

米勒拎起包朝门口走去，马莉雅面向副行长微微笑道："行长，这是我们总经理托马斯·米勒博士的名片，如有机会，还望多多指教！"

副行长一愣，惊道："这位是托马斯·米勒博士？"

"对呀，我们公司总经理，德籍华裔、经济学博士。"

"总经理先生，请留步！"

副行长走到米勒跟前，将他浑身打量几遍，诧异道："你就是《银行业政府调控与市场自我调节专论》的著作者、享誉欧洲经济理论界的青年学者托马斯·米勒博士？"

"呵呵，不过一篇旧作而已。至于享誉欧洲经济理论界就不敢当了。"

"失敬，失敬。大学者光临，荣幸之至。只是没有想到，托马斯·米勒博士如此年轻！"

副行长握住米勒，激动地说："我曾经赴德国培训学习过，我的硕士论文，参照过你经济专论的一些观点。米勒博士高屋建瓴，令人深受启发。快请坐，我们慢慢聊。"

剧情反转了，米勒和马莉雅两眼对视，心里暗笑。

015 野心"傍大款"

　　情势掉了个儿，米勒不再拘谨，谈吐和神态比先前自然多了。

　　副行长凑近米勒，带着几分虔诚地说："托马斯·米勒博士，我们行长也是你的铁粉呢。"

　　这个信息令米勒更意外，心想：今天什么日子，平白无故冒出了两个有头有脸的"米粉"？

　　副行长让米勒博士和马经理先坐一会儿，他请行长过来。

　　一刻工夫，屋外响起轻快的脚步声，伴随一连串呵呵呵声。

　　行长快步而入，老远伸出肉乎乎的手掌。

　　"欢迎年轻有为的托马斯·米勒博士莅临本行，哈哈哈……"

　　行长身材魁梧，笑起来浑身都在颤动，米勒感觉眼前耸立着一座肉山。

　　这条汉子，50上下的样子，圆脸、小眼睛，笑起来像尊佛。

　　"谢谢，行长您高看了！"

　　"你看，你看，越有学问就越低调。托马斯·米勒博士在学界颇具影响力，那个名声就像极品茅台，香飘万里！"

　　行长搬来饭局上的说辞调和气氛，很快意识到不大妥当。茅台价高，品质优良，但说破天就是酒水。张口闭口吃的喝的，很容易让人将他联想到酒囊饭桶。赶紧改口道："米勒博士学识渊博、年轻有为，不愧为经济学界的精英！"

　　行长满口溢美之词，眨眨眼睛说："不瞒托马斯·米勒博士，你的论文我可没少读呢，这些都是副行长推荐的。"

副行长赶紧帮腔，称行长的高职论文，得到托马斯·米勒博士关于银行业理论基础启发，在国内银行界受到推崇。

这个马屁拍得不十分精准，行长脸上笑意少了些许。

米勒淡然笑笑说："拙作有些局限性，唯恐以讹传讹，贻笑大方。"

"哪里，哪里。博士鸿篇巨制，纵横捭阖、旁征博引，理论与实践结合完美，让人受益匪浅！"

行长记忆力不错，列举托马斯·米勒论文部分篇目，还能说出个别章节标题，绘声绘色将米勒赞扬一番。

两人聊了一阵，行长亲切地问道："大学者驾临本行，有何指教？"

这话问到了米勒心坎上，忙说："这次拜访贵公司，一来认认门。光大银行实力雄厚，市场影响力大，早就想过来拜访。二来恳请行长帮帮忙。"

行长坐到沙发上，将双手抱到胸前，身子往后背靠靠，接过话说："咱们都是干企业的，一家人不说两样话，有什么事，尽管吩咐就是。"

行长是侃大山的高手，米勒压根儿插不上话。聊过一通，行长从兜里掏出手机递给副行长。

"机会难得，给我和托马斯·米勒博士拍几张。"

行长拉上米勒，走到亮处并排站立。

一个个儿高挑显瘦，一个胖墩墩显肥，两人站在一起，画面怪怪的。

副行长忍不住在心里笑，摆开架势说："两位领导看我这边哈。靠拢些，对对对，这个角度刚好。开始啦！"

手机咔嚓、咔嚓，副行长喜笑颜开说："very good（英语，非常好）。"

台面上的事已告一段落，行长起身告辞。说他马上飞北京，赶过去参加总部重要会议，中午没法陪托马斯·米勒，一再表示歉意，承诺下回找时间补上。指示副行长，中午一定陪好托马斯·米勒博士，代表他，敬敬行里的贵宾。

行长终于走了，米勒感觉浑身一轻。这位仁兄说一句话，哈哈几声，这个习惯他有点受不了。行长一走，他忽然感到失落。副行长是行里"二把手"，指不定就是接班人。米勒决定从他入手，先试试这儿的水深。

副行长执行行长指示不折不扣，硬要米勒留下来喝一杯。

恭敬不如从命，米勒清楚应酬交际上的奥秘，平时不太好说的那些话，饭桌前一坐，酒杯一端，就能顺理成章说出口。

副行长极显粉丝的那份崇敬，不停地向米勒敬酒。几杯下去，米勒脸红耳热、心跳加速。

马莉雅在一旁察言观色，担心总经理喝高，频频给他递眼神。米勒好像没看见，只要副行长举杯，他就喝酒。

酒过三巡，米勒将话题转换到参股光大银行。

副行长举到半空中的酒杯轻轻放下，拿起桌上餐巾纸擦擦嘴巴，喝口茶，目光平静地看着米勒。

"米勒博士，我前面说过，就贵公司现有条件，参股光大银行确实有困难。这话你听了别不高兴。"

副行长有意把话语节奏放慢，神情庄重地说："光大银行属于国有控股金融企业，对股东的标准是苛刻的。"

副行长端起酒杯，喝了一小口。

"贵公司短期内恐怕难有机会，以后也不好说，情况就是这个样子。"

米勒表现得非常冷静，和颜悦色地点头。

"你说的这些，我心里有数，没想过一时半会儿就能挤进光大银行这趟高铁。"

"那，那，那你们的意思是……"

副行长已现微醉，舌头像短了半截。

"我的想法是这样的……"

米勒有意停顿下来，拿起酒瓶，给副行长杯中添了点酒，端起杯子，示意两人先碰杯再说。

副行长早已成了红关公脸，再喝肯定会醉。

"我有点多了，慢……慢……慢点儿喝……"

米勒脑袋开始嗡嗡叫，还有反胃的感觉。这个警报告诉他，不能再喝了，但是这口酒他还得喝下去。

"我们长川投资集团家底是薄了点儿，但未来充满希望。我们不急于求成，只想将公司相关情况让贵总行做个备份，让你们总部高层有个印象就行。"

副行长打了个饱嗝，眯眼看着米勒。

"行吧，改天你们把资料发过来看看。不过，丑话先说在前头，能不能成，我不敢打包票。"

"能给我们报资料就千恩万谢了。来吧，哥俩走一个？"

咣当一声，两个杯子碰到了一起。

016 莫名其妙的变故

    酒已足，饭已饱，该说的话都已经说到位，米勒起身告辞。走出酒店，脚下轻飘飘地往前冲，马莉雅一把拉住他。

    米勒感觉四周都在晃，身子站立不稳，顺势搂住马莉雅的肩膀。

    这个突如其来的动作，把马莉雅惊住了，脸色唰地红透了，本能地扭了扭身子。

    米勒头脑还是清醒的，赶紧把手抽回来，一晃一荡朝前走去。

    马莉雅愣了一下，迈开步子追上去，搀住米勒，走向那辆火红色宝马车。

    “我们回公司，还是送你回家？”

    米勒眼神迷离，身子斜在副驾驶位置。

    “我们到，到，到湖滨公园去，走，走走吧。”

    马莉雅以为自己听错了，没有动车。

    “走，走，走哇，未，未，未必，你，你，你不识道？”

    米勒好像有些不高兴了，马莉雅回以温存的笑意。

    “总经理，我们到底去哪儿呀？”

    “不是说，说，说了嘛，湖，湖，湖滨公园。”

    马莉雅听明白了，将米勒的座椅缓缓放下。

    米勒舒舒服服躺着，很快响起了呼噜声。

    小车大约行驶半个小时，湖滨公园到了。马莉雅推推米勒，他依然鼾声如雷。

马莉雅停好车，将暖气调到适宜状态，车窗开出一条缝隙，从后座拿出一个枕头塞进米勒怀里，她自己抱了一个。一阵倦意袭来，迷迷糊糊睡了过去。不知道睡了多久，她被手机铃音吵醒了。

"董事长，您找我有事？"

"你同总经理出去都快一整天了，多大的事呀，要那么长时间吗？"

马莉雅心头一紧，解释说："总经理同光大银行几位领导谈了很久，对方硬留他吃顿便饭，怎么都推不掉。"

司马德儒嗯嗯几声，把电话挂了。

马莉雅推了米勒一把："崔茗，快醒醒，董事长找你。"

米勒伸了一个懒腰，眯眼瞧手机。

16 点 50 分。屏幕显示 3 个未接电话。

糟糕，手机处在静音状态，他连忙往回拨。

"董事长，中午喝了几杯，在车上迷糊了一会儿，我们马上回公司。"

司马德儒小半天瓮声瓮气地说："烂尾楼整体收购案有麻烦呢。"

"不应该呀！"

"什么不应该？只要钱没进兜里，就不是你的。"

司马德儒告诉米勒，开发商集体上诉，告市中院裁定有失公允，造成烂尾楼总价值严重缩水，损害了投资者的权益。

"怎么搞成了这个样子呢？"

一阵冷风从后背穿过去，米勒酒醒了大半。

"我当初跟你说过，中国的国情，跟德国是不一样的……"

司马德儒情绪好像有点失控，米勒感觉不爽，若换成别的什么人用这样的语气跟他啰唆，他早就大光其火了。

当初计划收购烂尾楼，司马德儒举双手赞成。集团董事会反复讨论、商量，大家一起分析利弊得失，最终集体拍板定案。

召开董事会议研究收购烂尾楼，每位董事怎么说的，包括最终表决结果，马莉雅都有记录。这个过程，他充其量只是提议者。这下倒好，什么原因都没有弄清楚，自家窝里先杠上了，把矛盾集中到他的身上。

可以断定，不是开发商兴风作浪，而是另有猫腻。米勒做过调查，那些开发商，仅2家具有独立资质，其余3家，分别挂靠别的房地产开发公司。他们盖楼资金来源简单：组建小额贷款公司圈钱。或者同一些融资公司合作，以高额利息吸收社会闲散资金，把圈到的钱投到房产项目，实质上是空手套白狼。法律意义上，涉嫌合同欺诈，属于除恶打黑的范畴，公安部门正在网上追逃那些圈钱的老板们。

如果收购烂尾楼那事真有变故，恐怕问题出在法院。米勒想到了一个项目，同法院合作修建执行大楼及住宅楼那档子事。

这个项目原本不错。法院同长川投资集团，摊在桌面上讨论合作事宜，几经沟通磋商，双方达成合作意向。时间过去几个月，长川投资集团迟迟不见动静。法院那边催了几次，董事长态度始终不大明朗。

司马德儒还在电话那边嘀嘀咕咕，米勒抢断他的话说："我一会儿到办公楼，见面谈吧。"

司马德儒说后天召开董事会，到会上一块谈。

米勒收起手机，朝前指指，意在让马莉雅送他回家。

两人路上无话，马莉雅觉得憋闷，点击车载音乐，车内弥漫《多瑙河之波》优美的旋律，米勒慢慢把眼睛闭上。

整体收购烂尾，这是米勒精心运作的杰作。他吃准法院急切了结此案，趁机把效益最大化。

做生意不是搞慈善，机会来了，抓不住就是傻瓜。他承认自己刀子狠了一点，有乘人之危的嫌疑。但话说回来，客观上能替那些投资散户挽回大部分损失。从这个角度看，他的心不算太黑。

米勒心里十分清楚，这件事绝对不能生变。收购能产生巨大的商业利益，这是最直接的。他以收购楼盘为基础，推出民生工程，包括经济适用房以及养老公寓。这些举措实施成功了，长川投资集团就能长出"通天手"，触及城市建设投资领域这块蛋糕。一旦搅黄，将危及长川投资集团大局。当初，他抱有博彩心理，将宝押在这儿，投入烂尾楼复建的资金已经达到23亿元。

马莉雅见米勒心事重重，试探着问："崔茗，你不会灰心丧气吧？"

米勒张开眼睛，瞥她一眼。

"你说呢？"

马莉雅不无忧虑地说："我知道你挺难的，可惜帮不上忙。"

米勒心里疑影重重，没去理会马莉雅话里的意思。

烂尾楼收购价压得较低这是事实，可是那是多少年无人问津的不良资产。如今有人接盘，多好的事儿，法院怎么突然生变呢？

住地到了，马莉雅停住车，拉了一把手刹。"解铃还得系铃人，依我看，你应摸摸情况，看问题出在哪儿。"

米勒不想多说什么，打开车门准备下车。

"崔茗，请留步……"

马莉雅神情严肃地说："有句话，一直搁在心里，不知道当讲不当讲？"

米勒退回来，重新坐下。

"先给你打预防针，听了不许生气。"

米勒笑笑说："你当我小孩儿，那么不经事？"

"董事长那儿你要多沟通，避免不必要的误会。集团那些董事心眼儿多，你要当心点……"

米勒回道："还有事吗？"

"你编制的《头脑风暴》我觉得特别棒。长川投资集团上千号人马，只有你才有这样的眼光和胆略。"

米勒脸色平静，听莉雅往下说。

"阻力那么大，可否考虑先缓缓。或者先易后难，从条件成熟的项目开始，出手就要见到效益。长川投资集团的人，历来喜好吹糠见米。说难听点，他们大多目光短浅。"

米勒将双手交叉盘在胸前，两眼注视前方，看见了住宅楼下面那个卖早点的摊子。这会儿卖卤菜之类的熟食品，附带卖一些调料。小老板相当精明，照他这样经营下去，不发财都难。

米勒心里笑了下说："燕子，感谢你能给我说这些，再见！"

017 智斗众董事

上午 8 点 30 分。长川投资集团董事会议室。

司马德儒坐在圆形会议桌顶头，脸上看不出什么表情。

董事们依次坐定，脸色不约而同沉着，室内气氛沉闷压抑。这样的情势，预示着一场没有硝烟的战斗即将展开。对垒双方已经清楚，董事们已将司马德儒和米勒划归为一个阵营。

多少年了，关系公司经营发展大事，或者一些棘手问题，董事们往往各执一词，谁都不服谁。司马德儒始终摆着一张冷面孔，看他们怎么说。末了，魔术师似的，三下五除二把道理拢到自己这边，依照他的初衷做出决议。

这段日子，董事们先后向他发难，要求召开临时董事会，逼宫的意味相当明显。目的就一个，坚决拿下令人讨厌的德国经济学博士。

几位董事分头找到他，几乎众口一词，对米勒所做的工作予以全盘否定。

"罔顾事实，睁眼说瞎话！"

司马德儒很生气，心里相当难过。

闹成如此局面，米勒犯禁了，动了那些人的奶酪。

长川投资集团好像一棵大树，躯干和枝叶一目了然，看不见的是那些埋在泥巴里的根须。盘根错节、枝枝蔓蔓，你中有我、我中有你。得罪一个人，就会惹恼一大帮。

一波未平、一波又起。有人传话，收购烂尾楼的事会出现变数。这个项目，可谓长川投资集团的生死决战，倘若阵地失守，将会产生多米诺骨牌效应，最终结局，他想都不敢想。

6位董事，8点不到就坐到了会议室。原定8点20分开会，马上就到9点，米勒一直没有现身。

"小马，你再去催一下，什么大不了的事情，一个电话打老半天。"

马莉雅起身，嗒嗒嗒的脚步声传向门外。

米勒背对门口，电话里一个劲跟人家交涉。

马莉雅听出来了，总经理正同法院谈论执行楼及住宅楼建设问题。

米勒说长川投资集团正在做方案评估，工程投资不小，住宅楼部分市场前景如何，不能凭空拍脑袋，得用数据说话。

他边说边辅以手势，情绪有点激动。

对方在电话里一再解释，烂尾楼案子为独立个案，千万别同建执行大楼及家属住宅楼扯到一块。两件事一码归一码，根本不搭界。强调省高院来过电话，支持市中级人民法院的裁定，烂尾楼的案子，变不到哪儿去。

马莉雅走到米勒跟前，示意他马上去会议室。

米勒瞟了马莉雅一眼，应话道："感谢，感谢啊，嗯，嗯嗯，是的，对，对，对，是这样的……"

马莉雅耐着性子等了几分钟，看不出米勒结束的意思，一慌神，拉了米勒的袖管。

米勒瞪她一眼，捂住手机话筒。

"急啥，我不正忙吗？"

"总经理，你能不能快点儿？"

"好，好好，那就这样，人民法院秉公执法，令人信服！"

米勒啰唆了一通，不慌不忙挂断电话。

"知道吗，天塌不下来的。"

会议室就在隔壁，米勒整理了一下衣服，昂首阔步走进去。

董事长和董事们脸色都阴沉沉的，米勒故意咳了一声。

"刚才同市中级人民法院协调了半天，情况已经清楚。有人唯恐天下不乱，蓄意制造事端。省高院支持市中院的裁定，维持原判！"

他将椅子往后拖了一下，大模大样地坐下去。

司马德儒瞅米勒一眼，语气平缓地说："先不说这个，现在开会。"

马莉雅打开投影仪，屏幕现出"年度第三次董事会集团公司运营情况通报"字样。

她点击鼠标，照屏幕显示内容念稿。

马莉雅操一口标准的普通话，音色柔美，语调圆润舒缓，节奏把控适度，像主持电视新闻节目。室内气氛，一下子松弛下来。

董事们眼睛跟随屏幕上鼠标所指位置游动，像无数只老鼠捕捉食物。他们的目光，间或落在这个长相精致的女孩子身上。

董事们一直对董事长抱有成见，自然不会放过司马德儒身边的人，曾经浮想联翩，杜撰司马德儒同马莉雅之间的绯闻。眼前的马经理，衣着中规中矩，举止文雅、目光温和，话语悦耳动听，丝毫看不出轻浮的样子，残留在他们心里的厌恶感逐渐消失，觉得马莉雅真是个人才。由她为长川投资集团形象代言，没选错人。

马莉雅念了 20 多分钟，情况通报完毕，董事们鼓掌称好。

司马德儒目光扫向大伙，掌声戛然而止。

"小马念得快，大家不一定完全听明白了。有几个指标，我补充说明，如有疑问，可以直接向总经理提问。"

米勒淡然地笑笑。

司马德儒戴上花镜，打开自己的蓝色面皮笔记本。

"从 9 月份开始，集团整体效益开始回升，亏损势头得到遏制。11 月份，当月盈利 370 万元。12 月、明年元月、2 月份效益会更好一些……"

董事们脸上的神色依然严肃，似乎这些数字，跟他们没啥关系。

"天雅士花园楼盘住宅部分已经销售完毕，门面销售 80%，累计实现利润 5.3 亿元，基本达到预定利润目标。这只是静态效益，关键及时变现楼盘，一举扭转集团即将出现的资金断裂局面，还多争取银行贷款 30 多亿元，长川投资集团这步棋总算走活了。"

司马德儒见董事们脸色平和不少，喝口茶，润润嗓子。

"昌德金矿关停长达半年多，上个月8号正式复工，目前运营正常，赶上金价上涨，本月盈利80万元。这是冲抵给周边村民安装自来水费用35万元之后的纯利润。"

"梅山湖楼盘开始封顶，高铁站楼盘全面复工，其他3个楼盘均按计划进度施工。公司发起成立市房地产协会，组建了自己的建筑公司、材料公司、装修公司，实行产业链集群经营，此举能将房地产项目利润最大化……"

米勒插话说："公司介入金融业部分项目已经启动，如果不出意外，下个月就能入股城市银行。还有几家商业银行业，我们正紧锣密鼓地洽谈相关事务。"

本为清算会，董事长把数据一摆，那些董事无话可说了。

能有这个效果，司马德儒心里很高兴，只要大伙不再发表反驳意见，他便可宣布会议第一阶段到此为止。余下的事，让马莉雅安排车辆，请董事们到几家在建楼盘工地考察一番，中午安排一场酒会，跟大伙碰碰杯，打情骂俏几句就算完事。

米勒偏偏来事了，他两眼向与会者扫视一圈，语气严肃地说："还有一件事不尽人意！"

司马德儒一惊，拿眼睛看米勒。

董事们不是搞清算吗，他正想借此反清算。中国有句俗话叫作打蛇打"七寸"，他今天就要往"七寸"用力使棒子。

米勒调查清楚了，那个小不点的化工厂，几乎成了长川投资集团关系网的缩影。经理、几位副经理、营销主管、会计出纳，无一不是董事们的家人或亲戚。

米勒脸色冷峻、目光犀利，模样儿有点吓人。

"就差那么一丁点儿呢，险些酿成灭顶之灾。离我们厂子500米处，有一家气体生产厂，一旦引爆，将是毁灭性灾难！"

室内鸦雀无声，董事们显然被镇住了。

"这起事故，引起市安监局高度关注，上报到省安监局，政府部门声称要关我们厂子大门，向董事会班子成员和直接责任人问责。我到处求爷爷、告奶奶，详细汇报整改措施，在安全生产责任书上签了字、画了押，政府部门勉强同意我们整改到位后试生产。"

米勒顿了顿说："字是托马斯·米勒签的，对不起，还附上了各位董事的尊姓大名。换句话说，在座各位的命运都拴在一起。如果发生安全事故，谁都跑不掉！"

董事们一听，像秋后的茄子，变得软不拉几。

"化工厂习惯性违规屡见不鲜。经理搞一言堂，安全员不敢管事，管多了就要挨揍。这种胆大妄为、无法无天的人，还能容忍吗？"

他站起身，目光巡视一圈。

"各位前辈，搞化工是脑袋别在裤腰带上的活计。我们生产危化品，高温高压、易燃易爆。还记得二战时期，美国扔到日本长崎、广岛两颗原子弹那回事吗？如果我们厂子炸飞了，那些球罐装的物料爆炸当量，比原子弹还厉害！"

董事们吓得没敢接话。

"还有一件事，我想借这个机会做个说明。"

米勒坐下来，满脸怒气难消。

"有人传言烂尾楼收购案生变，传出若干个版本，闹得沸沸扬扬、满城风雨。"

司马德儒故意咳出两声，暗示他别说了。

米勒不管不顾，继续往下说。

"有证据表明，长川投资集团有内鬼。有人为了一己之私，联合极个别跑路开发商向法院施加压力。这种丧心病狂、吃里爬外的人，绝不能饶恕！"

会议室出奇的安静，司马德儒给自己点了支烟，吸了一口说："总经理，内鬼的事是不是先放一放。当然，以后绝对不能允许类似的事件发生！"

董事长话说得轻、落得重，董事们都懂他的弦外之音。

司马德儒宣布散会，董事们无意到建筑工地考察。他们成天没啥事，不打牌的时候到处晃荡，这些楼盘看过多少回，没什么新鲜感了。至于中午便餐的事情，早让总经理的原子弹爆炸和抓内鬼之说，搞得一点兴趣都没有了。

会议室剩下司马德儒和米勒两个人，董事长嘴角露出古怪的笑意，呵呵几声，发丝泛白的脑袋摆动了几下。"你呀，你……"

米勒会心地笑道："董事长，晚上请您喝一杯？"

"算了，我戒了。"

董事长端起保温茶杯，臂弯夹着笔记本，起身离座。

米勒看着董事长的背影，感觉他后背驼了不少。

018 茫茫沼泽地

米勒回到办公室，将房门反锁，手脚朝天躺到沙发上。他忽然感觉腿脚酥软，整个人累得慌。

这种疲乏，不仅是身体上的，还有精神重荷带来的倦慵。躺了一阵，身子像泡沫一样漂浮起来，飘到了半空中，然后调头朝下坠落。

下方是漫无边际的沼泽地，生长着毛茸茸的杂草和成片的荆棘，嘭的一声，他栽进了草地里。黑色的淤泥，紧紧地裹住他，身子不断向下陷落，眼见着就要没过颈脖，他的呼吸变得困难起来，猛然挥出一条胳膊。

一阵疼痛袭来，他的神志清醒过来，睁开眼，发现右手打在沙发扶手上，思绪慢慢回到今天的临时董事会。

说来挺逗，马莉雅、董事长和他，没作任何暗示，就能心意相通，一场即兴表演活色生香、精彩纷呈。

马莉雅聪明伶俐，演奏出漂亮的序曲。那矜持优雅的气质、悦耳动听的语音，为他大获全胜奠定了基础。

董事长无愧为老谋深算的江湖大佬，一招一式无懈可击。摆出的那些数据，背后都是真金白银，让那些前来兴师问罪的老家伙哑口无言。

他的表演相当出色，玩出峰回路转、柳暗花明的套路，把化工厂事故的危害性渲染到了极致，那些牛气哄哄的"化工盲"，吓得差点尿裤裆。

平心而论，他那套说法并非耸人听闻，此次事故，实乃不幸中之万幸。倘若引发连环爆炸，就是借他一百个脑袋，他都不敢想象后果是什么样子。

董事长前天下午打的那通电话，让他当时心里很不是滋味。回到家洗了个热水澡，往床上一躺，脑子里火花四溅，蹦跳出几道灵光，连忙从床上爬起来，嘟嘟嘟拨出去几个电话。

昨天晚上，马莉雅通知他，集团临时董事会于次日上午 8 点半左右开始，他迟迟不露面，就想晾晾那帮倚老卖老的老头子。轮到他发言，将化工厂爆炸事故上纲上线发挥一通。结果比预想的还要理想——事半功倍，一剑封喉。

米勒讨厌长川投资集团不正常的人情文化，有些人就爱搬弄是非。马莉雅曾向他诉苦说，总有人在背后指手画脚，说出来的话很刺耳。一次，她病倒了，那是一场病毒性流感，不小心中招，一连几天高烧不退。实在顶不住了，请病假到医院急诊科打点滴。有人开始兴风作浪，称她同董事长乱来，到医院打胎去了，气得她哭过几回。

诉苦者心事重重，听者风雨不惊，米勒劝马莉雅别当回事，只要自己行为端庄，不怕别人嚼舌头。

可是自己不知不觉卷入漩涡之中，成了长川投资集团某些人刻意攻击的对象。

董事长曾给他讲过曹植"七步成诗"的故事。曹氏兄弟搞窝里斗，这种同室操戈的现象，在长川投资集团表现突出，让人烦不胜烦。

难怪董事长处理问题总那么小心，一项决策出台，反复论证，左右权衡，生怕出现差池和闪失。

米勒真心佩服司马德儒，刚见面那会儿，一眼就喜欢上这位言语不多的小老头。

那天远道而来应聘，从马莉雅那儿探听到，董事长司马德儒在梦华天酒店有间办公室。办理好入住手续，他直接敲响了 20096 号房门。

有人应声，米勒推门进去，发现一个头发微微发白的长者埋头批阅文件，身后的墙面挂着一幅放大的人物肖像照，给人的感觉：儒雅、自信、严谨、威严。

"请问，您是司马董事长吗？"

那人抬起头，摘下花镜，打量米勒几下，语气温和地反问："你是？"

"我叫托马斯·米勒，来自德国。刚在酒店住下来，冒昧过来打搅您。"

司马德儒点头，微笑。"托马斯·米勒博士，欢迎你。"

彼此寒暄几句，米勒看出司马德儒手头事多，告辞而去。

这次见面，米勒有种奇怪的感觉，好像在哪儿见过董事长。

无独有偶，马莉雅悄悄跟他说过一件有意思的事。

马莉雅看他几眼，抿住嘴巴笑。米勒不解，问马莉雅笑什么。

她说他的模样跟董事长挺相像的。比如，说话的神态，还有走路的姿势。马莉雅说董事长进门习惯右脚先、左脚后，总经理也是这样的。

"拉倒吧，我看你是没话找话！"

米勒白了马莉雅一眼，以为她要贫嘴，故意拿他开心。

马莉雅感到挺委屈，噘着嘴巴说："不信，自个儿照镜子瞧瞧。"

米勒拿着董事长照片，跟自己镜子里的模样比对。刚开始感觉不怎么像，后来好像有点像。再往后越看越像，嘴巴、鼻子、眼睛都像。

奇了怪了？

难道……难道……难道……

一道闪电在脑海里闪过，将那片黑暗的空域照亮了，米勒似乎看清楚了自己的本来面目，恍恍惚惚之间，眼前浮现一副画面。

清晨，阳光穿过葡萄架，从浓密的叶片之间滤进来，紫色的葡萄密密匝匝地拥簇着，蜿蜒曲折地伸向远处。

爸爸和妈妈一边一个牵着他的小手，一家人自由自在行走在葡萄庄园。

葡萄园无边无际，托马斯·米勒走累了，好奇地问前面那个地方是哪儿。

妈妈指着头顶一串连着一串的葡萄告诉他，顺着葡萄架往前走，再往前走，一直走下去，那儿有个波光激滟的大湖。

湖水躺在阳光里，那些青的山、白的云都化在水里，梦一般美妙神奇。

妈妈抚着儿子的小脑袋，深情地说："孩子，你的家乡就在那儿，那里是太阳最早升起的地方。"

一阵狂风吹来，葡萄架剧烈地摇动，托马斯·米勒看见妈妈另外一副模样。

妈妈躺在医院的病床上，如同枯萎泛黄的葡萄树叶。妈妈泪眼婆娑，哆嗦着说："秋天来了，万物凋零，葡萄树叶就会枯黄，风一吹，就像飘落的幽灵找不到归宿。"

他握住妈妈的手，亲吻她冰冷的额头。

"妈妈，托马斯·米勒永远都不会离开您的！"

"傻孩子，去吧，回到你的故乡，你属于东方那片土地。天堂里有爸爸陪着，我们天天都能看见那些甜蜜的葡萄，想吃了就摘几颗。"

爸爸和妈妈走了，像飘零的落叶随风而去。安葬好父母亲，米勒归国的意愿更强烈。他选择长川投资集团，觉得这家企业品质不错，可以当作落脚之地。没想到，长川投资集团就像茫茫沼泽地，一脚踩下去就拔不出来了。

集团工作千头万绪，蛛网一样裹在他身上，成天忙得晕头转向。

日子流水一般逝去，寻找生身父母亲的事情他一刻都不敢忘记。天之大、地之阔，哪怕踏遍中国的山山水水，也一定要找到亲生父母。他总在心里这样说。

那天，他作为任务交给马莉雅，要她了解省里孤儿院（现在叫儿童福利院）相关情况，这就是自己寻亲计划的第一步。

马莉雅有些路子，弄来不少信息，可惜价值都不大。

听说李玥家在省城，亲戚在民政系统工作，米勒似乎看到了一线希望，采取迂回的方式，有意无意同李玥聊这个话题。李玥总是那副眯眯笑脸，将任务应承下来。

一个多月过去了，李玥那儿没有什么消息。集团事务纷繁复杂，搞得他焦头烂额，寻亲的事暂时搁了下来。

手机嘀嘀两声，谁知道是什么垃圾信息，他懒得理。

嘀嘀，微信铃音再次响起，他还是没理睬。

片刻，《多瑙河之波》的旋律潮水般朝他奔涌而来。

陌生的电话号码，他想了想，接通了。

"你好，请问找谁？"

"总经理，我是李玥。"

"你这是哪儿的电话？"

"不好意思，我在外头。给您发了两条微信，手机没电了，借小卖部的电话打过来的。"

"有事吗？"

米勒漠然地问。

"当然有事啦，嘻嘻……"

这一笑，米勒很快想象出电话那头的眯眯笑脸。

这张笑脸内涵丰富，他不能说喜欢，但一点都不排斥。

李玥给他的感觉同马莉雅截然不同。漂亮、平静、文雅，像院子里寂静生长的花朵，有时含而不露，还有的时候烂漫地绽放。

"有啥事，请直说。"

他说这话的气息不大顺畅，仿佛怀里抱着活蹦乱跳的小兔子。

"呵呵，电话里说不清楚。"

"米我办公室吧。"

电话那头没了声音。等了一会儿，仍不见李玥说话，他喂了几声。

"总经理，我在德华路18号，星星点灯咖啡屋。"

不待米勒回话过来，李玥补了一句话。

"我在这儿等您，不见不散啊！"

这是什么意思？

没容米勒明白怎么回事，电话那边挂断了。

019 破碎的孤儿心

李玥斗胆给米勒打这个电话，她在跟自己赌，料定米勒一定会来赴约。

她挂掉话机，轻轻嘘了一口气，抬起头，目光朝向远处，一排白墙跃入眼帘，隐约看到"省第一儿童福利院"字样。

这儿就是她的家，她童年的一段时光，是在那儿度过的。

妈妈是个和蔼可亲的女人，在这儿担任院长。妈妈好像不只属于她一个人，那些同伴，争先恐后叫这位个儿高挑、成天笑容满面的肖院长为妈妈。这件事令她迷惘、难过和恐慌，神情落寞地坐到小教室角落，悄悄地流眼泪。

妈妈走过来，将她搂在怀里，将脸贴住她的脸，声音柔顺地说："阳阳，你是妈妈的乖女儿，听妈妈的话，跟小朋友们一起玩耍。"

妈妈招招手，把几个顽皮的小孩招过来。

"阳阳是你们的妹妹，当哥哥姐姐的，不许欺负妹妹知道吗。谁领妹妹玩，妈妈就奖大红花。"

小朋友们连忙点头，亲热地拉住她的手，加入玩伴的队伍。

李玥对这儿有无限的依赖和留恋，担心某天妈妈不要她了，就像流浪狗、流浪猫一样，连个家都没有。一天，一个跟她差不多大小的女孩子让一个漂亮的女人领走了，女孩子亲热地称那人妈妈。她发疯似的一路狂奔，跑到肖妈妈办公室，一头扎进她怀里，声嘶力竭地哭，问自己的妈妈是谁，她为什么要到这儿来。

肖妈妈搂着可怜的孩子，眼角湿润了。

阳阳哭得更凶了，要肖妈妈帮她找妈妈。哭累了，偎在肖妈妈怀抱睡过去。

李玥依稀记起往日一些事情，奶奶病得很厉害，说话断断续续，告诉她她的身世，她才明白，自己生下来就是孤儿。

3岁那年，她被好心人收养了。

这是肖妈妈给她找的一户人家。一对善良老实的中年夫妇，结婚多年没有生育，到省儿童福利院领养孩子。李玥长相甜美，眼珠子溜溜地转，夫妻俩只看一眼就喜欢上了。

那个时候，她叫阳阳，名儿是肖妈妈帮她取的，取阳光灿烂、温暖如春的意思。

她随爸爸姓李，叫李玥。

爸爸和妈妈特别爱她、宠她，新家的幸福和甜蜜，并没冲淡她对儿童福利院那段美好时光的记忆。李玥一直惦记着她那些可爱的小伙伴，特别思念亲爱的肖妈妈，只想回到福利院，让肖妈妈再抱抱。

爸爸常年在外地打工，妈妈随爸爸一块在工地干活，她由奶奶照顾。

爸爸和妈妈常托人带话回来，问这问那。比方说，长高没有。一顿能吃几碗饭。没惹奶奶生气吧。学业成绩在班上排前几名。

李玥从小特别懂事，不到6岁就帮奶奶干些零碎杂活。奶奶心疼她，不让干，她就给奶奶捶背、捏腿。奶奶一双老寒腿，遇上变天，疼得走路都不灵便。李玥将热水袋灌满敷到奶奶腿上，从上至下给奶奶揉搓。

这样的日子过了好多年，过得快快乐乐、开开心心。然而在她读初三那年，一场突如其来的变故，把这个幸福的家毁了。

傍晚时分，天上下着毛毛细雨，村子东头出现一位瘦高个儿、乱发飞扬的女人。她目光呆滞，走几步笑几声。一帮顽皮的孩子跟在她身后嬉闹，高声叫喊：疯子，女疯子……

这个疯女人，就是李玥的妈妈。

半年不见，妈妈满头黑发几乎全白了。脸色白得让人不敢看，扁平的胸脯前挂着一个褐色的盒子，双手紧紧地抱着，好像抱着什么宝贝。奶奶一见，晕倒在地上。

爸爸出事了。

那些日子，接连下了几场暴雨，泥石流铺天盖地而来，冲到了建筑工地，爸爸和几个工友被埋在里面。

妈妈回家后昏昏沉沉，一直发高烧，嘴里尽说胡话，被送进县医院，李玥请假过来陪她，帮她擦身子、按摩。

妈妈醒来后就哭，逼她赶紧回学校。马上就要中考，功课一天都不能耽误的。她拗不过妈妈，流着泪回到学校。

终于盼来重点高中录取通知书，李玥兴冲冲赶往医院，她要将这个消息跟妈妈分享，可是妈妈却安静地躺在太平间。

3个月后，年迈体弱的奶奶，在忧伤中告别了人世。

李玥再次成了孤儿。在县、镇民政部门和学校资助下，她顺利完成了中学阶段的学业，以优异的成绩考上了重点大学，保送读完硕士研究生。

家没了，亲人相继去了天堂，省第一儿童福利院成了她心中永远的家。她很想回去看一眼，回到肖妈妈身边。

上大学后，她每年都去省儿童福利院走走。悄悄站在院墙外面，踮起脚看院内那些郁郁葱葱的树木和五颜六色的鲜花。隔着门窗，瞧瞧那些无忧无虑、尽情玩耍的孤儿。

她最想见的还是肖妈妈。

6年前，她将一摞益智类小人书送到门卫，拜托那位40多岁的汉子转交给肖院长。门卫要她留个名，她微笑着离去。

往后，李玥来的时候带的东西多了起来，手工制作、小玩具、衣服、书包、电脑……

参加工作后，她每年将2个月工资捐给省第一儿童福利院。

肖院长记住了一个无私捐赠者的名字——李玥。

这些年，资助者李玥的身份不断变化：超市促销员、物流公司发货员、楼盘销售经理、人力资源部经理。不变的是那个尘封的痛点——孤儿身份。

李玥对"孤儿"这个词特别敏感，她一直认定自己是有家的，只要人家问起家事，她就理直气壮地说家住省城，妈妈姓肖，特别漂亮，在省城民政系统工作。

那天，米勒跟她谈起孤儿院，她紧张得半天不敢接话。

米勒没有明说是何目的，给她交代任务时，声音不大，面部表情深沉、目光闪烁。如此异样的神态，但凡在儿童福利院待过的，一眼就能明白几分。

她告诉米勒，现在不叫孤儿院，很久以前改成儿童福利院。故作神秘地同米勒调侃，如想了解这方面情况，问她，算是问对人了。今天她有意玩出这个游戏，目的就是想撇开旁人，尤其避过马莉雅，跟米勒单独处一处。

她的小手段着实让米勒犯难。当日的重要活动安排，马莉雅昨天就提醒过，市安监局派人来公司，现场督查化工厂隐患整改措施落实情况，指名道姓要他陪。

李玥打电话时，他脑袋瓜儿一时没接上弦，竟忘了这件大事。

李玥这人也是，一句"德华路 18 号星星点灯咖啡屋不见不散"，没容人置可否，就匆匆挂断电话。

这姑娘平日不是这个样子，给他印象温和内敛，说话处事稳健持重，干啥都张弛有度。今天弄出这招，一点回旋余地都没有，这是为何？

桌上电话响了，马莉雅说安监局领导行程有变。问他中午吃啥，她去买饭。

简直是救命的电话，米勒忙说马上出去办事，午饭不在公司吃了。

马莉雅说她去送，米勒一听，心里直叫苦，脑筋一转，说《公司房地产增值项目效益评估草案》下星期准备提交董事会讨论，他口头向董事长汇报过，有些数据心里还没底，请马莉雅到财务部仔细核对一下，一项项核实清楚。

马莉雅愉快地接下了任务。

米勒赶紧下楼，从司机那儿取过钥匙，独自开车走了。

路上车多，走走停停，不到 10 公里的路程，走了半个小时。

李玥老早就迎到咖啡屋门口，见米勒来了，笑眯眯地打招呼。

李玥身穿米黄色紧身连体毛绒套装，显出窈窕的身段，清亮的阳光下，皮肤白皙润滑，脸色妩媚。

这是个耐看的女人，她身上的那种美，不像马莉雅那样具有冲击力，倒像一杯茶，泡的时间越久，就越见味儿，那味道，直往人心眼里奔。

"请坐，总经理。"

李玥将米勒引进包厢，《多瑙河之波》的旋律从远方飘过来，像温柔的手，在心头抚弄，米勒仿佛回到波光潋滟的多瑙河畔。

"总经理，您喝咖啡，还是别的什么饮品？"

李玥优雅地走到米勒跟前，一股淡淡的香水味迎面飘来。雅诗兰黛，香味幽远绵长，他挺喜欢这款。

"呃，呃，绿茶吧。"

候在一旁的服务生说："先生，不好意思，我们这儿是咖啡屋？"

李玥微笑着将服务生请到一旁，几分钟后，小伙子端来一壶热气蒸腾的龙井。

一张桌子，两杯茶，一曲美妙的音乐，两人细品慢饮，间或抬起眼，默然相视，心里有话，却没有说出来，好似生怕搅乱如此美妙的意境。

"味甘汁醇，口舌生津，好茶啊！"

米勒率先打破僵局，眼睛的余光掠过去，见李玥的胸脯起伏不定。显然，她比自己紧张得多。

"李经理，你不是说给我一个惊喜吗？"

李玥脸色绯红，吞吞吐吐道："就怕总经理不当惊喜呢！"

"呵呵，你先说说看。"

米勒平静地说。

李玥抬起头，两眼直视米勒。

"总经理，你难道对我的身世一点都不感兴趣？"

米勒一怔，没料到李玥会问他这样的问题。

李玥垂下眼帘，声音颤颤地说："我在儿童福利院长大的，刚出生就被送进来。爸爸和妈妈是谁，到现在都不知道。"

李玥讲完自己身世，长长地叹了一口气。

米勒朝李玥看了几眼，发现她的目光特别干净。

李玥不再拘谨，将打探到的全省儿童福利院的情况一五一十告诉米勒，提供了一条令他相当感兴趣的信息：省第二儿童福利院曾经是一处教堂，收养过不少孤儿，有些被外国人领养走了。

米勒眉头朝上一挑，急切地问："你有他们的联系方式吗？"

李玥吃惊地看着米勒，小半天才点头。

020 错爱的煎熬

在普通市民眼里，"蓝湖水岸"是凤凰城富人身份的象征。只要有人说住在蓝湖水岸的，无论大人小孩、婆婆妈妈，哪怕是保姆，旁人都会投来羡慕的目光。

小区坐落在烟波浩渺的大湖之滨，司马德儒是小区首批业主，他家的别墅，处在东面靠湖地段。南北通透，采光好，墙外编号特别抢眼。

当初选房，王韵芳半夜就起床排队，抢下谐音"要发"这套房子。不仅地理位置独一无二，而且还有一个吉祥号码。这辈子过得窝囊而凄苦，她寻思哪天能一扫阴霾，拨云见日，打个翻身仗，把希望寄托在这套别墅上。

购买这号大房子，得花大把的钞票，司马德儒倒无所谓，只要老婆不吵不闹，多花些钱，他不心疼。反正膝下无儿无女，生不带来、死不带去，活一天，享受24小时，何乐不为？

他一次付清房款，包括各类税费。言明，房主写王韵芳一个人的名字即可。

王韵芳不满足这些，哇哇哇给丈夫打电话，她要装修房子，装修公司都谈妥了，省内知名专业公司。

司马德儒二话没说，往老婆账户打了600万元，装修的那些啰唆事，就让这个喜欢折腾的女人尽情折腾去。

王韵芳倒有几把刷子，6个月不到，一套富丽堂皇的别墅出现在司马德儒眼前。

大功告成，王韵芳高兴得走路一阵风，大张旗鼓宴请宾客。

五星级宾馆几个宴会厅她全部包下来了，觥筹交错，热热闹闹，大把的钞票，流水似的进了她的腰包。

别墅再怎么高档奢华，无非一套房子而已，在司马德儒看来，那就是睡觉打呼噜的地方。两个人同床异梦，哪怕七星级宾馆，也跟睡狗窝没什么分别。

司马德儒统领长川投资集团，开会、接待、应酬、处理事务，七七八八的事情多如牛毛，只有夜里才能静下心来歇口气。有时候忙不过来，就把一些重要事务放到晚上处理。从这个意义上说，18号别墅成了他第三处办公场所。

米勒起草的《公司房地产增值项目效益评估草案》，送来有了一段时间，他真心没兴趣看。小伙子上周催过一回，问他啥意见。他敷衍说有些问题还没琢磨透，让米勒先等等。

米勒办事特认真，那份不达目的不罢休的执着，他既满意也烦恼。

晚饭过后，走进书房，就着台灯阅读那份《草案》，有些问题，涉及国家政策走向及市场变化，存在很多不确定性，他一时半会还拿不准，拿起手机，同米勒一一进行对接。打完电话，时间已是10点多钟。司马德儒将身子放进宽大的沙发，不知不觉陷入沉思。

最近一段时间，只要坐下来，他就会思考同样一个问题。这是一件大事，关系长川投资集团的未来，就他而言，这是人生一次极为重大的选择。客观事实摆在眼前，他必须抓紧时间做出决断。

这件事，跟托马斯·米勒息息相关。

托马斯·米勒相当不错，品行端庄、博学多才，看问题眼光独到，处理问题点子多，办法也多。许多棘手难办的事，只要他出马，准能把问题解决好。

米勒担任长川投资集团总经理一年多，招数频出。司马德儒仔细分析过，小伙子每回出招都有板有眼，方案经过深思熟虑，推进步骤环环紧扣，展示出过人的智慧和胆略。

小伙子聪明透顶，称得上是万里挑一的奇才。用副董事长钱起波的话说，这个乳臭未干的家伙，地上的事知道一半，天上的事他全知道。

这话从钱起波嘴里说出来，只能从贬损的角度理解。但客观上，佐证了米勒的能力和水平。

小伙子身上优点突出，毛病倒也不少。最明显的就是执拗，傲气十足，这些跟他年轻时几乎一模一样。他喜欢有个性、有活力、敢打敢冲的年轻人。两人相处时，他对托马斯·米勒有种天然的好感。

关于他和米勒的关系，听到一些说法。抛开董事长跟总经理这层不说，有人真能想，居然说他俩前世今生有某种关联。

一次去省政府办事，马莉雅开车，他主动提起总经理，问小马的看法。

马莉雅同米勒形影不离，旁人看来，他俩正在恋爱。司马德儒嘴上没说什么，心里乐见其成。

马莉雅对米勒赞不绝口，瞄了司马德儒一眼，停顿半晌说："董事长，我觉得总经理挺像一个人。"

司马德儒一怔，眼睛看着前方。"像谁呀，说说看。"

马莉雅吞吞吐吐说："像，像，像您呢。"

话刚说出口，马莉雅就后悔死了，紧张得伸了下舌头。

司马德儒脸色落下来，看着远方一言不发。

天色已经不早，司马德儒收回心思，慢步走到窗前。

今年冬天要比往年冷得多，接连下了几场大雪，原野里白茫茫一片。

中央空调不停地吹出暖气，温度计显示 24℃，他仍感觉冷得不行，取过衣帽架上的呢子大衣披在身上，端起桌上的紫砂保温杯喝了一口。

这是杏子给他沏的大红袍。叶片红绿相间，汤质橙黄明亮，香气馥郁如兰、持久悠长。

司马德儒品尝红茶，品出了这种感觉。

他常年泡在酒里，喝口热气腾腾的红茶，胃里就舒服了。只要他回到家里，哪怕再忙，杏子都会停下手上活儿，给他沏上一杯。

杏子是个内秀的女人，爱琢磨事儿，沏多了，俨然茶艺师一般，水温、杯温、茶与水配比都恰到好处，司马德儒特别喜欢她沏的那一口。

司马德儒没少出入各式高档茶楼，喝过不少号称贡品级别的大红袍，感觉都不如杏子沏的好。他喝杏子沏的茶早已上瘾，一日不喝，胃里就难受。

杏子比王韵芳小几岁，攀谈起来，她俩属于拐了几道弯儿的表姐妹关系。杏子30岁那年到了司马家，就没再离开过。

司马德儒奔波在生意场上，出差的日子多，即便不外出，也大都早出晚归，夫妻俩十天见不了几次面。就是见了，两人你看我、我瞅你，仿佛偶遇的陌生人。

杏子温顺善良，是干家务活儿的一把好手。说是保姆，时间长了成了家人，家里大小事务都由她张罗。包括大红袍这样的细节小事，杏子一声不响包揽下来。

先前，司马德儒听王韵芳说过，杏子是个苦命人，20多岁嫁给山里的村支书的儿子。

男人好吃懒做，嗜赌如命。两人结婚几年，没有生育。婆家人嫌弃她，成天没给好脸色。

那年端午节，从山外传来不好的消息，说她男人打牌借高利贷还不上，同追债的打了起来。待家里人赶到乡医院，男人直挺挺地躺在那儿。

不久，婆家人将这个克夫的"扫把星"赶出了家门。

一楼客厅夜视灯光线黯淡，杏子那扇房门紧紧地闭着，偶尔从屋里传出电视的声音。楼上脚步走动的声音停下有了一阵，估计王韵芳已经入睡。夫妻俩一个住楼下，一个在楼上住着。王韵芳很少下楼，他差不多快一个月没见到老婆。

那天，杏子悄悄告诉司马德儒，二楼成了佛堂，正堂上摆放着各样形态的菩萨。金属的、木质的、瓷质的，大大小小几十尊，夫人每天大多数时间都念经诵佛。

婚姻名存实亡，家的概念同温暖和幸福没有什么关系。司马德儒早已习惯，啥都不在乎，唯一放不下的是杏子。他曾苦口婆心地劝她，趁年轻找个合适的男人嫁了，还帮她牵线搭桥。杏子一直犟着不同意，说要陪表姐，一直陪下去，直到陪不动的那天。

其实，司马德儒对杏子确有某种依赖，哪天回家没见着，丢了魂似的失落。毕竟尚在壮年，生理需求和渴望令他烦恼，甚至狂躁。没有杏子，他几乎活不下去。这个品行纯良、温柔体贴的女人，像妻子一样默默守在他的身边。

他和王韵芳结婚几十年，冷战几十年。王韵芳怨他，恨死了他的初恋唐樱。

无爱的婚姻无异于坟墓，两个人咫尺天涯，所谓夫妻，不过一张纸的名分。

夜深人静的时候，司马德儒脑袋枕着胳膊，两眼盯住天花板，一盯就是几个小时。反思自己走过的路，觉得自己是个罪人，这辈子辜负了唐樱和儿子。

他被迫同王韵芳结婚，偷偷打听过唐樱娘儿俩的下落，有人说唐樱病逝了，孩子不知去向。这些令他悲伤不已，这辈子没法原谅王韵芳。

杏子来到司马家，很快明白表姐及表姐夫冷战的原因。她是同情表姐的，能理解表姐夫那颗孤独落寞的心，小心地尽着本分，悉心照顾他们夫妻俩。

中秋月圆那天夜里，杏子特意做了几道拿手菜，想让表姐好好吃一顿。接连请了几回，王韵芳都闭着眼睛，手中念珠不停地转动。

表姐的冷血她早已习惯，今日是传统佳节，吃顿团圆饭多好。尽管表姐夫不回家吃晚饭，表姐妹俩团圆也算不错。

王韵芳闭着眼睛，手里转了一会儿，冷冰冰地说："你把饭送上来。"

说完，进了自己的卧房。

后半夜时分，司马德儒回来了。

司机送他回来的，一身酒气，走路跌跌撞撞。

杏子赶紧扶住他，把他扶到床上躺下来。打来热水替他洗脸、擦身子。

酒气冲天的司马德儒突然坐起来，一把搂住她丰腴的腰身。她用力挣扎，没能挣脱掉。

第二天清晨，杏子跟什么都没有发生一样忙进忙出。司马德儒站在窗前偷看杏子，发现她悄悄抹眼泪。

杏子的温顺让他变得大胆，常在三更半夜敲她房门，不开就一直敲下去。杏子非常害怕，只得顺从他。

冷静下来后，司马德儒心里一片慌乱，毕竟偷鸡摸狗不光彩。可是他离不开杏子的温柔乡。他向她发过誓，这辈子哪怕只剩一口气，也一定对她负责到底。

司马德儒没有食言，给她存了一笔钱，还给她介绍对象。杏子流着泪说："我不走。已经做了对不起表姐的事，就要向她赎罪，这辈子用心服侍表姐！"

司马德儒劝了几回，怎么都劝不动。

不久，杏子怀孕了。

于她而言，这是天大的喜事，高兴得将头蒙在被子里，痛痛快快哭了一场。原来自己是个完整的女人呀！

司马德儒沉默了，见了面不理她。杏子一番痛苦纠结之后，独自去了医院。

往后的日子，她堕过几次胎，每回都痛心疾首。

杏子屋里灯灭了，司马德儒轻手轻脚走到她房前，右手在半空中举了半天，最终没有敲下去。

021 神经病

司马德儒脑子里乱成了一锅粥，躺在床上翻来覆去，一点睡意都没有。

他怀疑浓茶喝多了，刺激到大脑皮层。茶叶含有咖啡因，容易引起兴奋，影响睡眠质量。他叮嘱杏子，少放些茶叶。后来改喝白开水，但失眠的毛病丝毫没有减轻。

难道身体出什么状况了？

黑夜像只飘动的风筝，忽上忽下地飘向遥远的天边，司马德儒坐在风筝上，眯着眼睛到处张望，发现茫茫原野现出几点亮光，那些光从云层、树枝、草丛、石缝里冒出来，绵绵延延连在一起，恍若闪闪发光的萤火虫。

瞧了半天，那不是萤火虫，而是躯体光斑闪烁的蚂蚁群。

那些蚂蚁长了翅膀，在天上飞来飞去，飞到他身上，往他脖子里钻，爬满周身，嘎嗞嘎嗞咬噬他，咬得他鲜血淋漓。

司马德儒惊恐不已，拼命往地上打滚，要将可恶的蚂蚁碾压死。那些蚂蚁面目狰狞，疯狂地啸叫，惊得司马德儒从地上弹跳起来。

天色已亮，司马德儒发现自己躺在床上，身子软绵绵的。

杏子已经备好早点，银丝卷、小笼包、白米粥，还有几碟菜肴。

司马德儒在床上磨蹭了一会儿，起床洗漱，穿戴完毕，拿起公文包，拉开房门朝外走去。

"先生，您还没吃早饭呢？"

杏子低眉顺眼走到他跟前，轻声道。

"我没胃口，你端给她吧。"

司马德儒朝楼上努努嘴，顺手关上房门。凛冽的寒风中，传来汽车发动的声音。

杏子奔到窗前，见雪不停地下，车轱辘碾压过的路面结了厚厚的冰层，亮闪闪地放光。

"放心吧，他死不了的。就是死了，也活该！"

王韵芳下楼，略施脂粉的脸，比灰暗的天色还要难看。

杏子吓了一跳，赶紧去厨房。

王韵芳一副素雅装扮，仍不失气质和风韵。她今天胃口不错，吃了银丝卷和小笼包，还喝了半碗白米粥。

王韵芳用完早餐，用餐巾纸擦擦嘴巴。

"杏子，粥里的糖是不是多了点儿。不过，还凑合。"

杏子诚惶诚恐地听着，转过身，给表姐端来一杯热茶。

"今天济安寺有个香客会，一帮朋友约我几回了，再爽约就不好意思了，中午饭我不在家吃。"

杏子轻声说："姐，您瞧这天气？"

"我们坐大巴过去，车轱辘装防滑链，很安全的。"

杏子满脸堆笑道："那就好，姐姐该到外头散散心了。"

"成天守着这栋破别墅，烦死人了！"

王韵芳递给杏子一个牛皮纸袋说："帮我把这些钱送到省第一儿童福利院。里边有个略小点的信封，老规矩，当面交给肖院长。"

杏子连忙回话："好的，姐您放心吧！"

忙完家务事，杏子打车去了省第一儿童福利院。院方一如既往给杏子颁发"拳拳爱心，功德无量"的大红证书。

这是她收下的第 22 本证书。杏子不敢贪功，回家后交给表姐。王韵芳扫过一眼，说就放她那屋里。

王韵芳每年都向省第一儿童福利院捐赠钱款，往往选择数九寒冬的季节。大多数时候亲自过去，遇上什么事情相冲突顾不过来，就让杏子全权代表。

王韵芳去和不去都一个样，她从来不露面的。杏子例行公事一般，代理办理相关手续。

王韵芳每年都捐款，省第一儿童福利院没有人认识她，不知道这位出手大方的爱心大使尊姓大名。

肖院长热情地接待了杏子，两个和善的女人，一开始就很投缘，见面总有说不完的话。

每年这个时候，肖院长本人会收到一份匿名的定向捐赠，指名道姓捐给她本人。肖院长拉着杏子的手，问慷慨解囊者到底是谁，是何目的。杏子总是那句话：一名不愿透露姓名的感恩者。

肖院长不再问什么，个人受捐的那些钱款，她单独建了一本账，总共26万元，一分没动交到了院里财务。

杏子觉得表姐这人挺怪，每回陪她打车去儿童福利院，她吩咐司机七弯八拐、颠来倒去，似乎担心有人跟踪。到了省第一儿童福利院那边，小车远远停着，表姐从不下车。办完事，离开省第一儿童福利院，她还会忍不住频频回头看。

路上，表姐眼圈红红的，问她话她也不理不睬。回到家，咚咚咚直奔楼上卧室，将房门关死，间或，传来嘤嘤的哭泣声。

那阵子，表姐情绪时好时坏，激动起来摔东西，撕扯身上衣服，摔够了、撕够了就像疯子一样傻笑。

刚开始，杏子非常害怕。这样的事经历次数多了，就清楚表姐只自虐，不攻击人。杏子走到表姐身边，将她抱在怀里，轻轻拍打她的后背，催眠似的让她睡过去。

表姐醒来，好像什么事都没有发生过。跟她嘻嘻哈哈，有说有笑。

杏子更加害怕了，一个女人歇斯底里，变态似的自残，喜怒哀乐无常，指不定哪天会出大麻烦。电视里面说抑郁症患者容易产生妄想，极端时，一个心眼想的都是死。

杏子私下跟司马德儒说了自己的顾虑和担忧，司马德儒怔怔地看着她。

杏子发现表姐夫目光复杂多变，不知道里面藏的什么意思。

表姐对儿童福利院特别敏感，只要谁提起这档子事，她就会脸色突变、两眼发直。杏子意识到，表姐同省儿童福利院，有着某种纠缠不清的渊源。

表姐夫和表姐形同陌人，按照各自的模式过活，彼此井水不犯河水。杏子像块夹心饼，一年四季夹在中间，好在他们都对她没有恶意。

周末这天，太阳穿过窗帘照射进来，屋里一片温暖。好天气，自然就有好心情。天亮不久，王韵芳起了床，描眉画眼、涂脂抹粉，梳妆打扮好半天。

表姐夫有个习惯，周末准会赖床。

王韵芳往自己身上身下瞧了几遍，对着镜子照照，转过脸告诉杏子，她今天参加票友会。

每月一回的票友会是表姐最开心的日子，她必定打扮得漂漂亮亮，显示天生丽质的本色。

王韵芳天生一副金嗓子，人称"开口跪"。

据说上中学那阵子，她担任校歌咏队领唱，一曲《我们走在大路上》荡气回肠，令人热血沸腾。凭借这首金曲，她参加了全省中学生合唱团表演赛，荣获团体第三名。后来，迷上京剧，花旦青衣都能唱上几段。圈内人说她天赋好，唱啥像啥。她落下脸，愤愤不平道："这算什么，我就不信比不过那个戏子！"

表姐离家时没说午饭在哪儿吃。要照以往，出去几个小时就会回来，午饭一般都在家里吃。杏子忙了一上午，蒸炖煮炒，弄出一桌子菜。

表姐有个特点，只要参加票友会哼上几句，回来准会胃口大开。

表姐夫没有应酬，难得一家人聚在一起吃顿饭，她想准备一顿丰盛的午餐。

饭菜做好了，接下来就是等。早就过了饭点，仍不见表姐的影子，杏子心里不免有些着急。王韵芳出门从不带手机，那玩意儿哇哇哇叫的烦人，她一百个不喜欢。

菜凉了，杏子问表姐夫怎么办。司马德儒支吾几声说："吃吧，肚子早饿了。"

两人面对面坐着，司马德儒不停地给杏子夹菜，夹得她心慌意乱，将饭碗抱到胸口。趁司马德儒不留神，红着脸往他碗里搬。

"我肚子小，吃不了那么多。您，您，您难得在家吃一顿，多多多吃点……"

杏子吃得战战兢兢，司马德儒满脸微笑看着她的眼睛。

"我饱了，你慢慢吃。"

司马德儒放下碗筷，杏子赶紧起身沏茶。刚沏好大红袍，门外传来小车马达声。

杏子探头朝外看，表姐从的士车下来，手里拎着金色小包，高跟鞋托着她苗条的身段，怎么看都不像 50 出头的女人。

杏子迎上去，笑眯眯道："姐，还没吃吧？我这就给你炒几个菜。"

王韵芳没理她，哼着《贵妃醉酒》曲子，哒哒哒上楼。

"德行，神经病！"

司马德儒站在阳台上，愤然地骂道。

他讨厌王韵芳，看不惯她那副莫名其妙的嘚瑟劲。

楼上响起音乐声，王韵芳和着播放器传出的乐声，优雅地唱了起来：

"海岛冰轮初转腾，见玉兔，玉兔又早东升。那冰轮离海岛，乾坤分外明，皓月当空，恰便似嫦娥离月宫，奴似嫦娥离月宫，好似嫦娥下九重，清清冷落在广寒宫，啊，在广寒宫……"

王韵芳仍在兴头上，不折腾一阵不会吃饭的。

司马德儒满脸怒气走到饭厅，手指楼顶嚷道："吵死啦，周末都不让人安生！"

他放下茶杯，冲出家门，琴声戛然而止。

王韵芳走下楼，脸色润泽光鲜。一手叉腰，一手扭出兰花指，道出一段京剧念白："我说杏子妹妹，今天有啥好吃的，姐饿了，全都请将上来，呀呀，呀呀呀……"

022 董事长交班

司马德儒猛轰油门，小车夺路狂奔，成了名副其实的"奔驰"。

前面有个岔道口，几个方向车辆交叉行驶，他忙把车速降下来。

险路险段，没装红绿灯，哪怕站个交警也行呀。

司马德儒正在肚里埋怨，一辆摩托斜刺里冲过来，他脑袋一炸，一脚踩死刹车，摩托车流星追月一样贴着他的"大奔"飞奔过去。

摩托车主咔嚓支住车子，怒气冲冲跑过来，挡住他的车。

"瞎眼了，开得啥车？"

分明是摩托车主违章超车，竟然倒打一耙。

来者绝不是什么好鸟，十有八九故意搞事情的，司马德儒提醒自己控制好情绪，指不定摩托车主还有同伴埋伏在附近。如果被他们缠住，后面的事就不好说了。

他从包里掏出手机，刚拨出"11"，来不及拨"0"，就过来了两名交警。

现场清清楚楚，司马德儒无过错，摩托车主没受伤，车子也没事。

那家伙还不罢休，叽叽歪歪地叫骂，隔着车窗玻璃朝司马德儒扬拳头。

交警制止住摩托车主，打出手势，示意司马德儒可以走了。

司马德儒如获大赦，赶紧走人。跑了一阵，没见摩托车追上来，长长地嘘了一口。

唉，自作自受。如果忍一忍，不跟王韵芳计较，安安静静在家里待着，就不会碰上这号倒霉事。

脾气呀，涵养啊，什么时候能把自己修炼成处变不惊、恬静淡然的仙家呢？

这些年，商场上风风雨雨历练，司马德儒给人的感觉是性情温和，轻易不会动怒，人家都快称他弥勒佛了。可他唯独过不了王韵芳那关，只要见到她那副阴不阴、阳不阳的嘴脸，就会情不自禁往外飙火。

算了，不想那些闹心事了。

司马德儒瞎跑了一程，脑子里空空的，不知道自己要去哪儿。

家暂时是不能回的，反正早就没把那儿当成家。前方十字路口，他想了一下，将车子拐入湖滨大道，手指点击车载电话。

"董事长，您找我？"

马莉雅的声音就是好听，仿佛柔柔软软的和风。

这个女孩外貌出众，综合素质不错，长川投资集团多几个这样的年轻人就好了。

"你给总经理打电话，就说我在办公室等他。"

"好的，我马上联系。"

估计马莉雅联系米勒要费些周章，司马德儒不指望马上能见到他。

这家伙什么都好，就是有一点让人难以接受。周末给他打电话，要么关机、要么不在服务区，再就是无法接通。

米勒说休息时间就应好好休息，他不会给工作当奴隶。司马德儒以为这是玩笑话，没料想周末一到，公司那些事儿，他真撒手不管。

长川投资集团家大业大，涉及行业多，突发事件在所难免。当老总的加个班，处理紧急事务，理所当然。

米勒振振有词反驳他，说公司安排了值班经理，他们理应认真履行职责，这叫专职专权，守土有责。

"巧舌如簧，诡辩逻辑！"

司马德儒停好车，给自己点燃一支烟，苦笑着下车。

前面一排樱花树，树叶落得一片不剩。光溜溜的枝条，挂着亮闪闪的冰凌子，仿佛晶莹剔透的玉石饰品。

司马德儒对樱花有种别样的情怀，他第一次见到樱花，那是很久以前的春天。

那天周末，他一个人闲逛，误打误撞来到新开不久的苗圃场，被眼前鲜艳的花卉吸引住。

花朵颜色各异，深红的、粉红的、雪白的。园丁告诉他，这叫樱花，原产自我国南疆一带，品质高贵、艳而不妖。

司马德儒记住了樱花，而且悄悄喜欢上长相甜美的唐樱同学。

唐樱身材曼妙、能歌善舞，一曲《樱花舞》，舞姿轻盈、飘逸。几个月后，司马德儒考上了外省一所名牌大学，唐樱考入省艺校。两人鸿雁传书，倾诉相思之苦。

大学毕业后，司马德儒分配到华东地级市政府部门，唐樱在本市剧团担任剧务。两人天各一方，情丝缠绵。然而他们刻骨铭心的爱情，输给了死打烂缠的王韵芳。

电话响了，司马德儒回过神，将手机贴到耳朵旁边。

"董事长，打了半天电话，总经理没法联系上。"

司马德儒平静地说："别急，慢慢联系。待会儿来我办公室，我有事找你。"

马莉雅忙说好的。

司马德儒上楼，见马莉雅房门开着，隔着窗帘，她那窈窕的身形隐约可见，缓步走了进去。

看样子马莉雅哭过，司马德儒迟疑一下，呵呵笑出几声。

马莉雅一阵慌乱，急忙往脸上抹了抹。

"董事长，总经理联系到了。"

"我说嘛，还是你有办法！"

司马德儒眼神幽幽地笑了，转身离去，打开自己办公室房门。

米勒有着落了，司马德儒心里踏实不少，提起桌上红色座机，按了"3"键。

"喂，董事长……"

"鼻子哭完没？哭完了把眼泪擦干。"

"您有事吗？"

"就近找家餐馆吧，晚上让总经理给你赔不是。我一块参加，哈哈哈……"

司马德儒朗声而笑，米勒踩着他的笑声进来。

司马德儒满脸滑稽，手指米勒嬉笑道："我说你这个百呼不应的大少爷，不就加个班嘛，弄得人家女孩子梨花带雨。你这臭脾气，得改改啰！"

米勒解释没发脾气。不信，李玥可以作证。

"李玥？"

司马德儒讶异地问："你跟她在一起？"

"有件事请她帮忙，马莉雅找不到我，电话打到李玥那儿。我们正在出租车上，李玥将手机转给我接的。"

米勒顺手抓起小桌上的矿泉水瓶子，仰起脖子，咕咕咕往肚子里倒。

"好凉啊，牙齿都快冰掉了。"

司马德儒明白了，马莉雅打翻了醋坛子。他给自己点燃一支烟，用力吸了一口，吐出的烟圈儿晃晃悠悠。

"您不是说不抽吗，怎么又抽上了？"

米勒发现董事长脸色凝重，连忙打住话头。

"我问你，来公司上班多长时间了？"

司马德儒弹弹烟灰，舒了一口气。

"报告董事长，总经理托马斯·米勒到岗 396 天。"

他想拿这话把董事长逗乐，司马德儒没理这个冷笑话，依然板着面孔。

司马德儒当然记得这些，他抛出这句话，别有一番深意。

招聘托马斯·米勒担任总经理，司马德儒认为这是自己近年来干得最漂亮的事情。方方面面评估，小伙子既有帅才那运筹帷幄的智慧，还有将才叱咤风云的战斗力，完全具备掌管长川投资集团的能力。这段日子，他前前后后想了许多。感觉自己老了，观念跟不上趟。身体大不如从前，胸口经常胀痛，夜里老失眠，干什么都力不从心。想把托马斯·米勒扶上马，扛起长川投资集团公司这面大旗。

"我有个想法，想听听你的意见。"

司马德儒掐灭烟头，端起茶杯，发现杯子是空的。

米勒接过杯子，起身给董事长沏茶。

"什么事，您请说。"

司马德儒停顿片刻，一字一句说："我准备让你全盘接手长川投资集团！"

米勒手抖了一下，杯中的茶水洒出几滴。

"短期之内，董事们会有些想法。我了解他们，这些人都是长川集团老班底，只要把道理讲清楚，他们还是通情达理的。"

米勒两眼看着窗外，太阳光下，皑皑白雪反射过来的光线特别刺眼。

"你若没有不同意见，下周召开集团董事会。我来提议，由你担任长川投资集团常务副董事长，续任总经理，全面负责集团生产经营管理工作。"

"董事长，多干点活倒没啥。就这件事，我看缓缓再说。"

米勒终于说话了，说得一点都不干脆。

司马德儒还想说什么，肚子里咕噜一下，他看看手表说："到饭点了，叫小马开车，我们喝酒去。"

马莉雅在离办公楼不远的"香格里拉"酒店定了包间，一瓶白酒，司马德儒一个人喝了半斤多，当场醉了。

米勒将司马德儒背下楼，马莉雅驾车，米勒坐在车后排，搂着董事长，将他送回蓝湖水岸小区。

杏子一见，吓得两腿发软，将司马德儒安顿在他的卧房。洗脸、擦脚、端茶捧水、倒呕吐物，忙得不可开交。

米勒逗留了一阵子，见董事长已经睡踏实，给马莉雅使出一个眼神，起身向杏子阿姨告辞。

023 惊险的一幕

上午 8 点钟还差一刻钟，米勒到了办公室。刚打开房门，马莉雅撵着屁股追过来，递给他那本白面皮《长川投资集团内控管理制度》和董事长私人印鉴。

"干嘛？"

米勒一脸的茫然。

马莉雅细声说："董事长刚打来电话，吩咐我将这些交给你，请收好。"

"董事长他人呢？"

米勒没有接马莉雅递过来的东西，顺手提起办公桌上的电话。

"别打了，董事长已经关机。"

马莉雅眼神忧郁地告诉米勒，董事长病了。

病了？

昨天那顿酒，司马德儒一个劲嚷着要喝，怎么都劝不住，难道喝出毛病了？

米勒眉头拧住，表情很严肃。

"董事长还交代什么了？"

司马德儒让马莉雅转告米勒，从今天开始，公司所有事务，全权委托总经理负责。司马德儒明白无误告诉马莉雅，照他说的传话就行，其他什么都不用管。

董事长到底唱的哪一出？如此重大的事情，让一个部门负责人当传声筒，这不符合公司管理程序。

董事长行事风格不应是这样，米勒感觉有问题。

最近一段日子，他异常焦躁，干啥都提不起激情，悄然冒出离开长川投资集团的想法。

从德国来到中国，他的本意是寻找生身父母。时间过去一年多，省内大小儿童福利院都摸了一遍，什么头绪都没有。李玥提供了一些线索，那些知情人，有的已经调离本省多年，住在哪儿搞不清楚，联系方式找不到。有的早已不在人世。健在的，大多记忆模糊。这也难怪，毕竟20多年前发生的事情，时间跨度那么大，孩子们进进出出，谁能记得住？

长川投资集团总经理可以不干，寻找父母的事绝对不能中断。妈妈临终前留下遗嘱，他可以继承的财产高达亿元，他认真地告诉莎拉，酒庄、股票、存款，还有那些不动产等，他都可以放弃。

莎拉不听他说什么，自始至终只有一句话：等她博士毕业就会来中国，哥哥在哪，家就在哪。

董事长抛出接班"大饼"，他毫无思想准备。长川投资集团里里外外他都看得清清楚楚，要管理好这家企业，不是一件容易的事。董事长这是把他往火线上推。究竟烧焦成炭，还是浴火重生，哪样都说不准。他摇摇头，将马莉雅递过来的那些东西挡回去。

"你先收好，半个小时后，我们一道去看望董事长。"

马莉雅走后，米勒理一下思绪，提起座机话筒，拨通财务部新任经理的电话，请她把财务日报发过来。财务部经理回话，8点整就已发到了他的邮箱。

米勒打开电脑，点击收文，下载到桌面，将重要数据记到笔记本上。

正忙着的时候，电话铃响了，昌德金矿新任总经理打来紧急电话，马广京领着一帮人开来两台挖掘机，挖断矿区路面，还打伤了两名前来劝阻的副矿长。

米勒打断对方，责令赶紧把伤员送到医院，说他一会儿就到。

马莉雅刚到门口，被米勒的吼声吓了一跳。

"走哇，还发什么愣？"

米勒眼里冒火，面部都扭曲变形了。

马莉雅一路小跑，随米勒进了电梯。

车速很快，米勒坐在后排一声不吭。

米勒同马广京交过几次手，他的脾气性格，大体有所了解，问马莉雅，钱副董事长电话怎么打。

路上往来车辆多，马莉雅不敢分神，将手机递给米勒，让他自己查。

号码很快找到了，米勒拨了几次，电话提示用户已关机。

"钱起波住宅电话知道不？"

马莉雅回话说存在他手机号码下方，米勒赶紧拨。电话打通了，无人接听。

"怎么回事呀？"

米勒快要开骂了。

"不好意思，差点忘了。上个月，钱副董事长找我要车，让人送他去机场。"

"他去哪儿？"

米勒把手机还给马莉雅，眼里直冒火。

"好像说去美国办事吧。"

米勒皱起眉头，没好气地问："公司在美国没有业务，他去那儿干嘛？"

马莉雅告诉米勒，钱副董事长的儿子在美国念大学，念了 8 年都没毕业。每年耗费几十上百万元。听说他儿子出事了，被警方逮捕。

"不问是好是歹就朝外砸钱，活该！"

米勒最清楚不过了，那些面向中国的留学中介多如牛毛，打出高中毕业"2+2"，或者其他联办方式，初、高中阶段，面向中国学子招生。一些学业成绩本来很一般的高考生，让中介忽悠到国外念私立学校，烧钱买来的文凭，国际权威学历认证机构认不认还不好说。一些学校挂羊头卖狗肉，地道的野鸡大学。有的孩子万里迢迢跑到国外，没念几天就不去学校，同一些臭味相投的学生猫在出租屋打牌赌博。

这些情况，马莉雅略知一二，感叹道："可怜天下父母心，谁都希望自家孩子成龙成凤呀！"

"子不教父之过，教不严师之惰。上梁不正下梁歪，有什么样的父亲，就有什么样的儿子！"

米勒怒不可遏，一点都不冷静。

总经理如果是这个态度面对马广京，事情就难办了。马莉雅不免担心起来，提醒米勒，马广京不仅是董事长的堂弟，还是钱副董事长的妹夫。

"管他谁，犯了王法，就得治他！"

车子进入坑洼路，前方路面垒起土堆，将公路拦腰切断。几条汉子，凶神恶煞地朝他们这边冲来。

马莉雅一慌，赶紧倒车。

"停车！"

米勒准备开门。

"总经理，那些人横起来就是亡命之徒，你一个人不能硬碰硬的！"

马莉雅手脚发抖，声音也抖。

"你把车开一边去，千万别下车。"

米勒语毕，炮弹般射了出去。

"马广京，你想干什么？"

马广京一怔，停住步子，扭扭脖子。

"无缘无故免除老子总经理职务，要我干副的，凭什么？"

米勒剑眉立起，板着面孔道："凭什么，问你自己！"

"这，这，这……"

马广京结巴了，那帮喽啰却一个劲起哄，他眼里突然冒出凶光，亮开嗓门叫唤起来。

"你算老几，说穿了就是个打工仔。识相的一边去，惹毛了，别怪我拳头不认人！"

本来窝了一肚子火，马广京这话犹如火上浇油，一股热血直冲脑门，米勒三步两步奔到他跟前。

"马广京，去问问你堂兄，米勒是来打工的，还管打工的。今天把话撂这儿，你的事，我管定了！"

"给脸不要脸，打他！"

马广京话音刚落，喽啰们挥舞棍棒冲向米勒。

米勒一伸手，手腕藤条似的缠住马广京，用力一拧，马广京胳膊扭到了背后。

这招干净利落，几秒钟搞定，旁人看得发呆。只听"哎哟"一声号叫，马广京跪到地上。

这个时候，传来呜啊呜啊的警笛声，喽啰们扔下马广京撒腿就逃。

024 正面较量

　　警察及时赶到现场，米勒朝前推了一把，马广京跌倒在地上，成了沾满泥浆的乌龟。

　　米勒拍拍手上的泥土，朝马莉雅车子那边走去。

　　马莉雅惶恐不安地从车里探出头。"你，你，你，没伤着吧……"

　　米勒轻松笑道："我这套德国长拳不是吃素的。"

　　马莉雅依然紧张兮兮，脸色一点都不自然。

　　"总经理，这件事，恐怕闹大了。"

　　这个局面，米勒很不愿看到。马广京如同"人肉炸弹"，一旦引爆，无论对他本人，还是董事长，伤害都不会小。今天这一局肯定只是序曲，大戏还在后头。祸起萧墙，司马家的人自乱阵脚了。

　　这些年，马广京干出了不少邪门事，引来长川投资集团不少骂声。刚开始骂马广京，后来把矛头指向司马德儒，说马广京之所以如此猖狂，是因为有个当董事长的堂兄撑腰壮胆护犊子。

　　司马德儒苦恼不堪，苦口婆心同马广京谈，把道理讲得明明白白。堂弟非但不听，还跟他耍横，气得他火冒三丈，恨不得将这个不争气的家伙一脚踹出公司。可是老父亲那儿行不通，不允许他对堂弟大动干戈。

　　闹到这步田地，迅速止血才是上策。司马德儒电话告诉马莉雅，通知董事会及监事会成员、部门经理开会，集体商量处理"马广京事件"。

　　司马德儒坐在会议室，俨然一尊黑脸菩萨，大伙只看他一眼，立刻把眼睛挪开。

会议室坐得满满当当，司马德儒有意瞅米勒一眼。

"总经理，请将司马广京犯的事给大伙说说。你到过现场，情况比较清楚，最有发言权。"

米勒轻描淡写说了一遍，定性马广京为一时冲动。

司马德儒点了一支烟，只吸几口，将半截烟卷摁进烟灰缸。

"请董事会及监事会成员发表意见，看这件事怎么处理。"

会场安静得可怕，墙上闹钟走字的声音都能听清。这种场合，傻瓜都知道，多说一句就会爆雷。最终结果，于人于己，百害而无一利，三缄其口是最佳选择。几位董事干脆闭目养神，似乎不关他们屁事。

等了半天，没人发言，司马德儒的目光再次投向米勒。

"总经理，你先说个处理意见吧。"

米勒端起桌上的茶杯喝了一口，两眼朝会场扫了一圈。

"大家都说嘛，规章制度摆在那儿，咱们对事不对人。是吧？"

仿佛坐了一屋子聋子哑巴，无一人应声。

"看来大伙还在思考，我先抛砖引玉。实事求是说，马广京的事，还真是个问题。"

米勒有意停顿片刻，语气一转说："事情发生后，我同马广京谈过，他很后悔。说自己一时没有控制住情绪，做了糊涂事。"

米勒从文件包拿出几张纸，朝大家晃晃。

"这是马广京写的检讨书，反省是深刻的，他表示愿意接受公司任何处分。"

参会人员一脸茫然，总经理平日执纪严明，今天要滑头了？

"什么处分，我恨不得将他送进牢里去！"

司马德儒勃然大怒，一巴掌拍在桌子上，大伙吓了一跳。

钱起波坐在米勒对面，从走进会议室开始，脸上结霜一样冒冷气。

儿子在美国惹事，被警察逮住了，好在他请的律师给力，才让那个不争气的东西，免去了牢狱之灾。

老钱刚从美国回到凤凰城，时差还没有倒过来，难兄难弟们就找上门诉苦。称不知道司马德儒哪根神经岔了道，有意让托马斯·米勒担任代理董事长兼总经理，那个"老外"，即将成为长川投资集团的当家人。

"糊涂、愚蠢，脑子让驴踢了！"

钱起波气得跺脚骂娘，胸口隐隐作痛。

当初，他同司马德儒一起创办"长川公司"，做梦都想当董事长。20多年过去，他的董事长梦，一刻都没有醒过。没想到司马德儒自作主张，把这个家，交给一个外国小子。老天爷，这算啥事，不是请人挖祖坟吗？

钱起波没读多少书，鹬蚌相争渔翁得利的故事还是听人讲过的，一个跟长川投资集团一毛钱关系没有的人，平白无故捡到大便宜，未必不是司马德儒吃里爬外，把大伙卖了不成？

他对司马德儒的恨意陡然升级了，眼珠子骨碌碌转动几下，转出一箭双雕的绝妙主意：唆使那些只长胳膊腿，不长脑子的人到昌德金矿闹事，给米勒来个下马威。逼迫他退出长川投资集团，让精于算计的司马德儒，吃不了、兜着走。

钱起波深知这套路等于玩火，弄不好没把别人烧着，反倒伤了自己。他挖空心思，设计两全其美的招数，让马广京从当地挑几个"刺头"打冲锋，以污染补助款太少为借口把金矿封了，马广京只需站在幕后煽风点火就行。

可是他这个妹夫脑子"一根筋"，纠集社会闲杂人员，搞成打砸抢的闹剧。

"成事不足、败事有余，猪脑子啊！"

钱起波气急恨交加，当然不会有好脸色。

堂弟已经触犯法律，这件事非常棘手。会议刚开始，司马德儒频频拿眼看钱起波，想让他先定调子，再暗示米勒和稀泥。

钱起波闭着眼睛，眼皮都没动一下。米勒说出意见后，他忽然打鸡血似的来了精神。故意咳出一声，抬起眉头，阴阳怪气地说："听总经理话里的意思，广京还真犯了什么大错不成？"

会场气氛立刻紧张起来。

司马德儒心里咯噔一下，深呼吸一口，强装笑颜道："起波，有事说事，别闹情绪。"

钱起波霍地站起来，冷声道："我们干啥事，就应丁是丁、卯是卯，把话摊到桌面上说。我最讨厌当了婊子，还想立牌坊！"

仿佛让人扇了一巴掌，米勒脸上立刻火烧火燎。

司马德儒见米勒像要发作，急忙扫去一眼。

"哎哎哎，老钱，你这话有点过了，广京的问题不小呢！"

"如是这样，你俩还唱什么双簧？你是董事长，大权在握，干脆大义灭亲，把广京开了！"

钱起波说完，拎起手包冲出会议室。

这一军将得司马德儒下不得台，脸色变得异常难看。

马广京所作所为，性质是严重的，影响是恶劣的。至于如何处理，司马德儒的态度很明确。会前，拐弯抹角同米勒聊了几句。米勒一点就通，没料到钱起波不识时务，一通横炮打了过来，把局面搅乱了。

会场出现了一个新情况：钱起波这番拙劣表演，竟有人附和声援。司马德儒心里一沉，不得不警惕了。

钱起波绝对是"双面胶"，惯于幕后搞小动作，长川投资集团人际关系之所以越来越难调摆，跟钱起波暗中作梗不无干系。事实上，他这个堂弟，从头到尾让钱起波当枪棒使了。

司马德儒扫过大伙一眼，声音低沉地说："议定，免除马广京昌德金矿副总经理职务，调入财务部。负责昌德金矿应收款清收，包括他个人借款清欠。"

马广京从昌德金矿总经理，降到副总经理，再到什么都不是，前后两个月不到。有人拍手称快，有人幸灾乐祸。米勒压力猛增，善后工作还得他去做。

那天，警察火速出警，拘留了马广京和他的几个帮凶。

昌德金矿新任总经理电话报告，医院那边来了消息，两名副矿长只是皮肉伤，身体并无大碍。米勒当即指示，给两名副矿长分别嘉奖一万元。回头给公司写个嘉奖申请，他来签字。

"这个也奖啊？"

"你傻呀。要不是他们冲在前头，挨棒子的就是你了。"

025 总经理的胃口

下班时间到了，马莉雅走进米勒办公室，带着几分神秘地说："哎，今晚我请你？"

米勒起身收拾东西，拿起桌上咖啡色手包。

"今晚你跟我走。"

马莉雅心中一喜，面露羞涩道："我们去哪儿呀？"

"蹭饭去。"

马莉雅当即垂下眼帘。李玥请饭的心理阴影犹在，她不想自讨没趣。

米勒呵呵笑道："我上午给董事长打过电话，今晚尝尝杏子阿姨的手艺。你不乐意？"

"什么乐意不乐意，还不是给你当车夫。"

马莉雅细声嘟哝。

米勒嬉笑道："知足吧，想给本代理董事长当车夫的多了去了。"

"讨厌，你还有正经没有？"

两人玩笑几句，开开心心出发。

轻车熟路，半个小时不到，就来到董事长那套大别墅楼下。杏子开门，彼此寒暄几句，米勒和马莉雅走了进去。

杏子告诉他俩，董事长在书房，她一会儿沏茶过来。

"阿姨，我来帮您吧。"

杏子摇手说："别，别，马经理，你去歇着。"

马莉雅帮不上忙，跟在米勒后头，两人一前一后走进司马德儒书房。

董事长从座位上站起来，认认真真打量他俩，目光温和而亲切。

"董事长，您身体好点儿没？"

米勒走过去，想扶司马德儒一把，马莉雅拉他一下。一个人走条道，或者站着都要人搀扶，只能说明老了、不中用了。

米勒会意，伸出去的手缩了回来。

"昨天那件事，你处理得不错。我们民营企业吃不得泻药的，就怕负面影响。唉，你说广京，想起来我就头疼呢！"

司马德儒情绪有些激动，话没说完就咳了起来。咳完，神色严肃地问米勒，公安分局那边协调到位没有。

米勒专程到公安分局跑了一趟，代表集团解释当时的情形，恳请公安部门以教育为主，宽大处理。

司马德儒心里清楚，这件事可大可小，如若较起真来，堂弟他们几个会有牢狱之灾。

事实上，马广京大闹昌德金矿，企业损失不算小。矿上两名副总挨了打，定性为轻微伤，这是技术层面处理的结果。

司马德儒拍拍米勒肩膀说："辛苦了，谢谢你！"

米勒苦笑着耸耸肩膀，脸上现出无奈的表情。

茶来了，杏子一脸灿烂的笑容。

"董事长特地叮嘱，说总经理爱吃鸭子。先生下午开车到农贸市场亲自挑的，嫩嫩的肥鸭，炖了好长一段时间。你们先喝茶，一会儿开饭。"

司马德儒微笑着看住杏子，吩咐把存了10年的茅台酒拿一瓶出来，今晚，他要跟总经理喝几杯。

杏子连忙晃手，意思董事长有病在身，最好别喝。

米勒连忙抢话，说他怕酒。

"没事，喝点能提神，不然会把人闷死的。"

司马德儒朝向马莉雅，眨眨眼睛说："小马，你今晚也喝点，就算给总经理当陪练。他往后要靠你照顾呢。哈哈哈……"

马莉雅满脸通红，赶紧往外逃，声称给杏子阿姨打下手去。

司马德儒看着她远去的背影，目光特别明亮。

"小伙子，抓紧哟，稀缺资源，惦记她的人多了去了。"

米勒不好意思地笑了。

一瓶茅台三个人分，马莉雅端起董事长那杯酒，匀出一部分给自己。

米勒见杏子阿姨端着饭菜上楼，目光疑惑地看着她。

司马德儒脸上露出尴尬的神色，马莉雅用脚尖触碰米勒的鞋子，暗示他别看，赶紧给董事长敬酒。

米勒顿悟，端起酒杯，笑着说："董事长，这酒真不错，我敬您。"

"不是刚敬过吗？"

司马德儒没端酒，显然未从不愉悦的情绪里走出来。

"三杯通大道，我敬您四季发财。"

中国敬酒辞令，米勒早已烂熟于心。现炒现卖，穿插一些俏皮话和网上段子，敬得司马德儒心花怒放、欢乐开怀。

司马德儒来了兴致，亮着嗓子嚷："杏子，不过瘾呐，我们再来一瓶。"

"咦，不能再喝了，这样刚好。"

杏子将沏好的大红袍端给司马德儒，眉目含笑道："您要喝，就以茶当酒。"

她给两位年轻人使眼神，告诉他俩，再喝就有麻烦了。

米勒觉得杏子阿姨笑起来的样子特别好看，怎么看都不像保姆，倒像娴淑能干的家庭主妇。

"董事长，我早就反胃了，今天就此打住，如果陪练让我上了道，改日我陪您喝一壶。"

"谁给你当陪练，看把你美的！"

马莉雅俏皮地回敬一句。

司马德儒一愣，随即开心地笑了。

米勒让董事长笑得脸红耳热，愣神的时候，司马德儒岔开了话题。

"小马，你给杏子阿姨帮忙收拾，我同总经理的话还没说完呢。"

马莉雅如同获赦，随杏子进了厨房。

"怎么样，今晚的鸭汤不错吧？"

两人在书房坐定，司马德儒跟米勒聊菜谱。

肉质鲜美酥软，汤汁香甜醇厚。米勒长这么大，从没吃过如此美味的鸭子枸杞白参薏米汤。

"味道太棒了，我喝了两碗，吃了几块鸭肉。"

"你杏子阿姨性情内敛温和，干啥都不急不躁。常说，要想吃到上好的鸭肉，喝到可口的鸭汤，选择食材是第一关，最关键要掌握好火候。用文火慢慢炖，把食材的原汁原味炖出来。"

这是司马德儒的谈话艺术，变着戏法给米勒上课。

米勒狡黠笑道："看来，我只能是个吃货，没有烹饪的天分。"

"你呀，就是聪明过头了。"

司马德儒从书桌上拿起烟盒，抽出一支来。

米勒连忙制止："抽烟无益健康，您别抽了。"

"没事，我只闻闻。"

司马德儒将香烟横在鼻孔前闻几下，随手扔进纸篓里。

"现在就我们两个，就像父子俩。你不必拘谨，心里咋想的，直说无妨。"

米勒有点懵，没听懂司马德儒话里的意思。

"那天早上，我让小马传话，请你代替行使董事长职权，那是有意考察你。看你的责任和担当，到底没看错人。广京他们几个到金矿闹事，你不顾个人安危冲上去，进行了妥善处置，这件事令我感动。"

米勒心里叫苦，当时那个场面，谁见了都会发怵，若不是自己手头有些功夫，早就躺地上了！

"我做出这个决定，不是一时心血来潮，前前后后考虑了一段时间。由你来接班，我才放心。"

司马德儒深情地看着米勒的眼睛说："长川投资集团问题的确不少，但总的来说，质地还是不错的。接棒吧，这儿有你施展拳脚的空间！"

米勒沉默无语。

司马德儒主动提起《头脑风暴》方案，他大体是支持的。就目前长川投资集团现实状况，缓一缓为好。他的意见是：立足现有基础，先做大做强房地产业，把采矿这一块基础打牢实。至于化工厂发展方向，他同意米勒向精细化、高端化、绿色化拓展，走替代进口的思路。待这些项目都有了起色，家底厚实了，可以尝试向金融平台渗透。

谈到产品升级换代，司马德儒肯定米勒的想法，但不可冒进，更不能盲目铺摊子。家族企业有其自身特点，股东们习惯求稳和小富即安。

说了半天，司马德儒感觉自己的思路有点儿乱，想了想，觉得自己说的并没有错，只是刻意强调"稳妥"二字。他的目的只有一个，提醒米勒以稳为主，像炖鸭子那样慢慢来。

司马德儒一番鼓动，把米勒的情绪调动起来了，他习惯性两手一摊，耸耸肩膀，面部表情略显夸张。

"看来，我被董事长绑架喽。"

司马德儒呵呵笑道："小伙子，不是我要绑架你，而是你的人品和能力绑架了自己。长川投资集团没有你，真的不行。"

米勒沉思片刻，旗帜鲜明地说："要我干也行，得满足三个条件。"

司马德儒微笑着注视米勒，看他怎么说。

"第一，改选董事会，选拔品行端正，有能力的年轻人进入董事会班子。第二，调整股权结构，进行股份制改造，逐步实行全员持股。第三，我要拍板定案特权。"

"你胃口不小哇，想一口吞并长川投资集团？"

"董事长，米勒对钱没兴趣。不妨给您交个底，我不缺钱。若论家庭财富和资金调度能力，我一口气买下半个长川投资集团都不是问题。"

司马德儒暗吃了一惊，半天没有接上话。

026 美女生日

早上 8 点 30 分，长川投资集团即将举行一次特别会议。几天没见司马德儒露脸，看上去好像老了不少。他面部略显浮肿，看人的眼神有些呆滞。但面容依然严肃，俨然一尊冰冷的雕塑。

米勒坐在司马德儒右手边，一如既往挺着腰杆，目光闪闪，气势逼人。

参会者陆续进入会场，进门时，不由自主放轻脚步。

马莉雅从后排靠边位置绕过来，弯腰凑近司马德儒，同他耳语。

司马德儒眼皮抬了一下，眼里闪出一道冷光。

"你通知他没有？"

马莉雅回话说给钱副董事长发了短信，还打电话催过。

司马德儒眉头皱了起来，提高嗓门道："他为什么不按时参加会议？"

马莉雅红着脸回复，钱副董事长称他身体不舒服，血压升高了，头晕得厉害，需要在家里静养。

司马德儒将放在桌前的笔记本合上，两眼朝参加会议的董事、监事、部门经理们看了一圈。

"大家都忙，今天开个短会。"

他简要概括当前宏观经济形势，通报公司主要效益指标完成情况，例行公事说了一句大家辛苦了，然后宣布一项决定：

"公司董事会临时会议表决通过，任命托马斯·米勒博士为长川投资集团公司代理董事长、常务副董事长，续任总经理，全面负责公司生产经营管理工作。"

司马德儒将《长川投资集团公司内控管理制度全本》，公司印鉴及私章一并交到托米勒手中，踩着人们惊异的目光，独自离去。

米勒将屁股坐到董事长座位，目光从大伙眼前掠过。

"我讲三点意见：第一，请各位尽职守则，干好自己分内事。第二，坚决按照集团内控制度办事。我本人概不例外！"

他拿起公司内控管理制度全本当众扬扬，声音洪亮地说："你们可以不认托马斯·米勒，但要认得它。这是长川投资集团公司的家法家规！"

米勒故意停顿片刻，说出第三点意见。

"以今天为起始日，董事会和总经理班子合署办公。集团将修改并完善监事会职能。监事会对公司所有业务运作，包括我在文件、票据上的所有签字，实行全程监督。"

硬邦邦三条，没作任何解释说明。米勒宣布散会，率先走出会场。

马莉雅看了下手表，两会合一，只用了 20 分钟。

会议结束，马莉雅轻手轻脚来到米勒办公室。

这位新任代理董事长正在受理一个电话，脸上神色平静如水。

电话是省民政厅一位处长打过来的。自报家门姓贾，名润华，具体负责扶贫帮困工作。

"首先，受我们厅长委托，感谢我省民营百强企业长川投资集团公司，对民政系统扶贫帮困工作的大力支持。其次，希望企业家、大老板们不断彰显善行爱心，一如既往关心支持我省民政系统扶贫帮困工作。最后，最后嘛……"

贾处长好像接不上词了，支吾了半天，没说出什么名堂。

米勒忙说您客气了，长川投资集团不过做了一点力所能及的工作。

贾处长马上顺着话头说："小事不能小看，一滴水能够见到太阳的光辉。"

米勒在肚里暗笑。估计这哥们在大机关待久了，说话只通天气、不接地气。从对方说话的节奏和口气判断，应该是个本分实在人。

米勒一直想同民政部门进行深入接触，人家电话打上门来，自然好事一桩，脑袋灵机一动。

"贾处长，客套话我不说了，改日专程到贵厅拜访。或者，您哪天有空，我们聚聚。一句话，您这个朋友我交定了。"

"拜访不敢，欢迎托马斯·米勒博士前来指导工作。"

马莉雅站在一旁，大体听清了两人通话内容。米勒来公司一年多，学会跟各色人物打交道，周旋能力水平已然不在董事长之下。她特地过来，本想跟米勒道声恭喜的。看米勒聊得正起劲，站了一会儿，转过身准备离开。

米勒挂断电话，笑着说："别走啊，正要找你呢。"

"尊敬的米勒董事长，请问阁下有何指教？"

米勒落下脸纠正道："本人只是代理，严禁搞语言贿赂。"

这话一出，他禁不住先笑了。

鬼鬼的吓人家一跳，还以为较真呢。马莉雅意识到，往后不管有人没人，在米勒跟前说话不能太随便。

米勒还像以前那样随意，满脸流光溢彩。

"今天晚上我请你。就我们两个，赏脸吗？"

马莉雅有点懵。

"燕子，听见没？"

马莉雅如梦方醒，忙点头。

一整天，马莉雅心情相当愉悦，逢人就笑，感觉这个世界太美好了。下班后，米勒和马莉雅驱车来到市郊一家酒店。

这是一家高档会所，以往实行会员制，会员以外的客人一般不予接待。会所消费水平高得离谱，人称"销金窝"。市场监管部门到这儿查过几回，查出食品和酒水价格虚高，有消费欺诈嫌疑，依法进行处罚。会所老板调整了经营思路，面向普通消费群体，档次有高有低。

生意不错，两人选择稍偏一点的包厢。

"吃中餐，还是西餐？"

米勒在马莉雅对面坐定，微笑着问。

"你爱吃啥，我就吃啥。"

室内温度不低，马莉雅感觉燥热，起身脱外套，刚脱去一半马上穿回来。

米勒嘴角抽动一下，似笑非笑道："怎么舒服怎么来吧，别搞得像外交场合那样正式。"

他麻利地脱去外套，随手扔到沙发上。

这人平日中规中矩，衣服、领带、发丝一样不乱，皮鞋擦得铮亮，私下里却是随性之人。

马莉雅觉得米勒具备演员天分，人前人后真不大一样。好在他人不坏，不然将她卖了，她还傻乎乎帮着数票子。

地道中式菜肴：水煮鱼片、油焖仔鸭、青椒茄子煲、韭菜蛋黄。主食，金黄南瓜甜饼。饮品是一大杯热榨果汁。

这些都是马莉雅的最爱，她深情地看着眼前这个细心体贴的男人，笑出满脸的妩媚。

米勒避开马莉雅的目光，扬起右手，打出一个清脆的响指。

包厢房门推开，室内灯光渐次变暗，优美的生日歌伴随而起，礼仪小姐推着蛋糕车缓缓走来，米勒手捧一束鲜花，面向马莉雅。

"美丽聪慧的马莉雅小姐，祝你生日快乐！"

许愿、吹蜡烛、切蛋糕，马莉雅木偶似的任由米勒摆弄。

多少年过去了，生日的概念早已模糊，甚至成为噩梦。马莉雅最怕过生日，说起生日就会惶恐不安。

依稀记得 6 岁那年生日，妈妈悄悄把她带到小卖部，给她买了一个小蛋糕。她刚凑到嘴边，一条黑影蹿过来。

"啥活不干，光长两张嘴巴，吃什么吃，美死你们了！"

小莉雅一惊，死死护住蛋糕不肯松手。

继父气急败坏，腾出一只手揪她耳朵。

"像你娘一样，天生的孽种，老子看你撒手不？"

马莉雅被揪疼了，呜啊呜啊号哭，两手握住捏瘪的小蛋糕。

妈妈伤心了，好像愤怒的狮子，发疯一般冲向那个凶狠的男人，两人扭成一团。

妈妈被继父打倒在地，双眼紧闭，满脸鲜血。

这个记忆太深刻了，马莉雅一辈子都忘不了，梦里梦到过许多回，惊醒后伤心地恸哭。

万万没有想到，自己深深暗恋的小伙子，带给她如此大的惊喜，一股热浪从胸腔奔涌而出，情不自禁朝前迈出一步。如果可以的话，真想扑进米勒怀里痛哭一场。

她深呼吸一口，用纸巾擦去脸颊上的泪珠，轻声道："崔茗，谢谢你！"

米勒端起冒着热气的榨果汁，递给马莉雅一杯。

"燕子，祝你永远像今天这样美丽迷人。"

这顿生日宴，两人吃得特别开心。马莉雅不停地给米勒夹菜，米勒来者不拒，放开肚皮吃。马莉雅看着米勒吃饭的样子，感觉比自己吃了还有滋有味。

米勒拍拍鼓囊囊肚皮，要马莉雅多吃点。这些食品卡路里含量不高，吃了不会发胖的。

马莉雅说她饱了，起身给米勒倒茶。

米勒止住她说："刚喝过果汁，肚子撑着呢。坐吧，我有话要问你。"

马莉雅一愣，脸上神色微妙地变化。

米勒有意让氛围松弛一些，将两条腿架到一起，优哉游哉地晃动。

"小寿星，你大可不必紧张，本人不过随便问问。"

马莉雅冰雪聪明，从米勒略显严肃的面容判断，清楚他想知道什么，便将长川投资集团近亲繁殖，嫡系旁系犬牙交错的关系网络，完完整整告诉米勒。提醒他，集团上上下下那么多人，要数钱副董事长势力最大。兄弟子侄、七大姑八大姨，几乎遍布公司每个角落。他一奶同胞兄弟姐妹就有5个，还有老婆那边的亲戚，加起来几十号人马。公司董事会班子成员，他都能东拉西扯攀上亲戚关系。

马莉雅眼神忧郁地说："钱起波那人干活没什么本事，使阴招可厉害了。"

米勒老早就看出长川投资复杂的裙带关系的一些奥秘，只是没有完全摸透。

"崔茗，你要当心点！"

米勒沉默半响，点了下头。

027 患难兄弟

马莉雅担心的那些事并非多余，长川投资集团，曾经发生过一桩令人不可思议的事件。前财务总监，遭人暗算，迫不得已，灰溜溜地走了。

此人精通业务，原则性强，分管财务部和审计部，集团资金和物质进出把关严格，司马德儒称他"红管家"。

一年一度的春节团拜会餐活动照例进行，上百号人欢聚一堂，场面壮观。集团高管轮流敬酒，以示对公司骨干一年辛劳的答谢。

敬到采购部那桌，财务总监被一帮热情的小伙子缠住了，将他杯中饮料换成白酒，一杯接一杯轮番敬，喝得他晕晕乎乎，站都站不稳。

餐会进入尾声，大伙陆续离去，财务总监脚下飘忽，差点栽倒在桌子底下。

该死，一时兴起，竟忘了老婆的约法三章：进门不喝酒，喝酒不进门。

采购部早已探明财务总监惧内，将他扶进小车，找个地方帮他醒酒。一行人一路拉风，将醉眼蒙眬的财务总监拉到一个叫"梦巴黎"的地方。

魂牵梦绕的乐曲从空中飘来，五彩缤纷的霓虹灯光在头顶飞扬，一位漂亮的"音乐老师"衣着单薄，踩着嘭嚓嚓的节奏，扭着"S"腰，扭到他跟前。

姑娘风情万种，说话嗲声嗲气。她一把挽住财务总监，将他扶进了客房。

20分钟不到，屋外响起急促的敲门声，几名警察将财务总监和那位"音乐老师"铐走了。拘留、罚款，财务总监从此没再现身长川投资集团办公楼。

这件事令董事长十分震惊，董事会上大发雷霆，将采购部的人大换血。

司马德儒老早憋了一肚子恶气，借机重拳出击。此前，他吃过暗亏，自己那条命，差那么一点点就丢掉了。

那年冬天，大雪纷飞，能见度低。司马德儒感冒发烧，浑身乏力，实在爬不起来。化工厂经理一个电话接一个电话，催命似的催他，说市安监局来人了，检查危险化学品安全生产管理问题，副局长领队，指名道姓要企业法人代表现场陪检。

雪越下越大，雨刮器在挡风玻璃前不停地刮动，前方急拐弯坡段，左边一条数十米深的沟壑。

迎面一辆雪佛兰，碾着中间路面行进，后轮溅起的雪渣，呈扇形飞向两旁。

危险路段，司马德儒格外小心，他的车，蜗牛似的爬行。就在两车相会之际，雪佛兰像发疯的野兽，嗷嗷叫着朝上冲，车身剧烈摇摆。

司马德儒猛地一惊，紧急制动，奔驰车像脱缰的野马夺路狂奔，眼见着两车就要撞上，他猛朝里打方向，小车却冲向左边，奔向深谷。

嘭，嘭嘭……

司马德儒身子疾速朝前倾去，然后猛然后仰。

老天保佑，他的车子被路旁两株相邻的大树卡住了。

几个气囊悉数打开，司马德儒血流满面。

他吓蒙了，半天才从车里爬出来，啪啪啪拨打 110 和 120。

公安、交警、保险公司的人都到了现场，反复勘察后，初步结论：不排除有人在小车刹车系统做了手脚。

公安立案侦查达半年之久，一直没有结果。

这起惊险事故，米勒是从李玥那儿听到的。李玥直言相劝，长川投资集团本身人际关系挺不简单，还有依附于集团的那些"寄生虫"（不大规范的供应商、销售客户），可谓鱼龙混杂。没必要针尖对麦芒，跟人家硬着干。

该问的都已问过，时候已经不早，米勒起身，准备离开会所，马莉雅从包里掏出两把钥匙亮给他看。

"董事长办公室有个保险柜，里面存放一些机密文件资料。具体什么内容，我从没打开过。"

米勒思忖片刻说："钥匙不必给我了，没兴趣窥探董事长的秘密。"

"这是董事长特地交代的，他说了，公司对你全开放。"

马莉雅将钥匙塞给米勒，脸上爬满迷人的笑意。

"崔茗，明天周末，如果没啥安排，我陪你钓鱼去？"

米勒喜欢钓鱼，还有冬天垂钓的习惯。酷寒天气，河面结了厚厚的冰层，凿出一个洞，撒些诱饵，要不了多久，饥饿的鱼儿就会上钩，那感觉特别棒。

马莉雅踩过点，市北 6 公里处的芭蕉湖，水面开阔、水草丰美，适合养鱼养蟹，还是垂钓者的好去处。

这儿曾是奥运健儿水上训练基地，舢板、皮划艇、单人划、双人划都有。精明的商家圈出一片水面，搞水上迪士尼项目。包括情侣双划、鸳鸯戏水、同心越障、爱情接力，等等，深受年轻人喜爱。

米勒歉意地说："我明天有别的事要办，不好意思，下回吧。"

一个"老外"，举目无亲，周末忌讳加班，能有什么事？肯定让李玥那个狐狸精钓住了。

最近一段时间，米勒有意避开她独自出门，马莉雅心里怪怪的。

那天，她找米勒签发文件，正碰上他听电话，一副喜笑颜开的样子。

马莉雅什么心思总写在脸上，米勒挂完电话，一眼看出了端倪。

"别胡思乱想，我约了省民政厅贾处长。人家公务员，挺难请动的。回去洗个热水澡，做个面膜。然后，美美睡上一觉。明天的太阳依然红彤彤、亮闪闪的。"

"讨厌！"

马莉雅娇羞地嗔骂一声。

第二天上午，贾润华爽快赴约，两人一前一后走进市区一座茶楼。

贾润华目光深邃，说话腔调跟电话里判若两人，没了先前的官方口气。

看上去，十足的性情中人。

"喝啥？"

"绿茶。"

"点心？"

"免了。"

"音乐？"

"《多瑙河之波》。"

两人一问一答，简洁明了，不多一个字，不少一个字，仿佛米勒一个人自问自答。

两个人谈话特别投机，一杯茶过去，彼此就有相见恨晚之感。

话匣子打开了，几乎无话不谈。

贾润华说他今年 31 岁，6 年前，女友龚楠赴德国留学，研究生毕业后没再回来。

他俩从小学、初中、高中，直到大学在美术学院，一直是同学。龚楠从小就有个"西方梦"情结，很想亲身体验一把，鼓励贾润华一起到国外深造。如有可能，两人留在国外，在那儿结婚生子。

贾润华同龚楠的看法不尽相同，苦于她那份执着，就没多说什么。

然而一个很现实的问题摆在面前，出国留学，钱从哪儿来？

大学毕业后，贾润华报考公务员，幸运地分配到省民政厅。龚楠进了一家大型国有企业。为了女友梦想，贾润华拼命攒钱，每月除去最基本的生活费用开销，省下来的钱，给女友存起来。他家在农村，家境不怎么好，很少往家里寄钱。为这事，父母和兄弟姊妹都不大开心。

龚楠顺利去了德国，追寻她的梦想。刚开始，他们天天短信联系，相互倾诉相思之苦。不久，这种联络方式改为一周一次，依然甜言蜜语、情意绵绵。再往后，一个月勉强收到龚楠寥寥几个字。最后，女友的消息，只有通过同学或朋友打听。

聊到女友，贾润华情绪非常低落。他告诉米勒，龚楠过得并不好，可以说相当凄惨。为了能够留在德国，嫁给一个比她大 20 多岁的男人。

那人是她老师，老婆患癌症死了。那个身材高大的男人脾气暴躁。两个人文化背景不同，性格差异大，结婚没有多久就剑拔弩张，打得不可开交。龚楠提出离婚，丈夫坚决不干。德国法律规定：离婚案判定大部分财产归女方所有，以此惩戒男方对婚姻不忠。那个男人当然不干了。

离婚不成，两人分居，婚姻关系名存实亡。

龚楠没有稳定的生活来源，每天早出晚归，靠街头卖画维持生计。一天傍晚，正准备收摊，来了几个满脸胡须的男人，拉着龚楠就跑，在一处偏僻的角落，将她强暴了。

警方很快抓获嫌犯，经审讯，这是一伙流落到德国的外国难民。

贾润华用力抓了一把头发，痛苦得面部都扭曲了。

"龚楠天赋不错，人也勤奋，如果留在国内发展，百分之百能成为颇有名气的画家。"

米勒想安慰贾润华，一时找不到合适的话语，用手拍拍他的后背，示意他别太难过了。

"其实，龚楠特别想回国，就是拉不下面子。她的爸爸妈妈都很痛苦，盼望女儿赶紧了结离婚官司，平安回来。"

贾润华给自己点了支烟，猛吸一口，用力吐出来。

"龚楠只要回来，我不会嫌弃她。"

气氛沉闷，米勒感到压抑。他今天约见贾润华，就为自己的事而来，不想老听他一个人诉苦。

他说："贾处长，我……"

米勒话还没说完，就被贾润华打断。

"我这人什么脾气性格你应该清楚了。往后我们两人在一起，只有贾兄和米勒老弟之说。你若叫贾处长，我转身走人。"

米勒原先考虑同贾润华套套近乎，发挥他在民政部门工作的优势，找几家儿童福利院，供养几个孩子，借此同全省儿童福利院建立紧密关系，然后顺藤摸瓜，寻找自己身世。现在看来，迂回和客套纯属多余，便直奔主题，说出自己寻亲的真实意图。

贾润华先是吃惊，然后拍胸脯表态，兄弟的事就是他的事，决不食言。

028 供养琪琪

不知不觉两个小时过去，米勒谈兴正浓，贾润华频频看表，看样子还有别的事情要办，米勒知趣，起身告辞。

离午饭时间尚早，这段空闲到哪儿打发呢？

米勒记起马莉雅昨晚跟他说的那些话，发动车子，朝公司办公楼驰去。

打开董事长办公室，室内干净整洁、典雅舒适。靠窗台那个地方，摆放一溜造型各异、生长茂盛的盆景：绿萝、米兰、君子兰、蝴蝶兰、多肉……

这些都是马莉雅的杰作。这个女孩，心灵手巧，干活一丝不苟，董事长半个多月没来办公室，室内一尘不染，依然感觉人气浮动，就像司马德儒仍旧坐镇集团公司。

这就是秘书的价值所在。

昨晚睡得不踏实，此刻，他有些倦意，一屁股坐到沙发上。

座位正对面墙上挂着一幅人物肖像照。这帧照片，跟梦华天酒店董事长那间办公室的一模一样。

那天，他拜访董事长，见着照片，有种说不出的崇敬和亲切。这会儿，这种感觉更加鲜明，脑子里闪出奇怪的想法：如果父亲还在世上，会不会就是这个样子？

董事长脸上的表情几分神秘，笑意中藏着威严；目光冷峻而执拗，透射出商界领袖的那种霸气。瞬息，董事长脸上神色尽显疲惫，暗黄无光的脸颊爬满了沧桑和无奈。米勒身子不由自主地颤了一下，感觉眼角涩涩的，好像一溜虫子在缓缓地蠕动。

我流泪了？

来到长川投资集团，米勒感觉自己比过去要敏感、脆弱得多，往往一件小事、一番谈话、一抹风景，或者一顿酒席，都能引起他无限的遐思，总莫名其妙地同自己的命运联系起来。

眼皮似有千斤般沉重，米勒闭上眼睛，想躺一会儿，脑子混混沌沌。站起身朝外走，却不知道自己要到哪儿去。恍惚之中，见到前面是一片开阔平缓的地带，广袤的原野狂风呼啸，黑云铺天盖地。董事长逆风而行，头发纷乱，身子摇晃不定，眼看就要栽倒。米勒一惊，闪电般冲过去，董事长不见了。

片刻，太阳从云层钻了出来，四周一片光亮，米勒发现司马德儒面无表情地站在悬崖边沿。

米勒赶紧奔跑过去，一把抱住了董事长。

"你是谁呀，我怎么不认识你？"

董事长的声音嘶哑而阴冷，仿佛寒风掠过枯黄的杂草，发出呜呜呜的呼号声，吓得米勒尖叫。这一叫唤，他把自己弄醒了。

米勒睁开眼睛，发现自己大白天躺在董事长办公室沙发上做梦。

落枕了，脖子难受。他站起身扭扭、揉揉，从头部到颈脖，一指跟着一指往下给自己按摩。

脖子舒服不少，他在屋子里踱来踱去。无意间，书柜中一本书，吸引住他的目光。

这本书形同典籍，超厚，咖啡色封面装潢。

那天，马广京弯腰哈背走进董事长办公室，双手捧着，毕恭毕敬递给司马德儒。

董事长瞥他一眼，没有接。

马广京嘿嘿几声，将书放到堂兄办公桌一角，细声细气地说老族长托他带话过来，真诚感谢德儒董事长慷慨解囊，支持宗族事务。这本家谱有专门内容，配了照片，记录德儒先生给家乡父老乡亲捐款捐物、扶贫帮困的事迹。

当时，米勒正向司马德儒汇报工作，马广京匆匆进来送书插话。

司马德儒两眼盯住马广京，口气严厉地说："你好大的胆子，竟敢把姓氏改了，是不是想背叛司马家族？"

马广京吓得一声都不敢吭，垂下脑袋，两眼看着脚尖。

"赶紧去派出所，把姓氏改回来！"

马广京哈腰点头，面红耳赤地离去。

经过这件事，米勒大体明白宗谱在董事长心中的分量。

宗谱到底有多大的价值，米勒搞不清，潜意识告诉他，应该同一个宗族历史兴盛有关。

带着这个不确切的判断，米勒到网上搜寻一番。百度说：宗谱又称族谱、家谱。以表谱的形式，记载一个家族的世系繁衍及重要人物事件，称得上是中国五千年文明史中具有平民特色的文献。

董事长家乡观念强，为修宗谱、建宗祠、修路、建学校等公益事业捐了几百万元，还供养了几位孤寡老人。

米勒打开宗谱，一眼见到一张树状图案，展示着司马家族祖祖辈辈兴旺发达、繁衍昌盛的格局。

米勒只知道司马家族最有名的是司马迁和司马光，没想到司马家族如此庞大，赫赫有名者比比皆是。翻了几页，一张 A4 纸从宗谱中滑落下去。

米勒从地上捡起来，发觉这张纸上的字样是电脑打印出来的，具体内容是这样表述的：

司马家谱补录第 24 代：司马德儒一妻一子。妻，唐氏，逝于公元 1992年初春。子，司马晓唐。生于公元 1991 年冬。

董事长司马德儒夫人分明姓王，怎么成了唐氏？

米勒到过董事长的家两回，一直没见着他夫人。

李玥跟他说过，董事长夫人姓王，全名叫王韵芳，他俩没有孩子。

米勒将司马氏宗谱放回原处，拨通了李玥电话。

李玥未语先笑，声音春风般和软温润。

"总经理，哦，不不不，应称你董事长。"

李玥温柔地笑着说："还没吃吧？刚好饭点上，我正准备给你打电话呢。"

"是嘛？"

李玥说她就在省第二儿童福利院附近，刚从院里出来。

米勒精神一振："你那边有好消息了？"

"嘻嘻，最少不是坏消息吧。"

"省第二儿童福利院具体位置在哪儿？"

李玥提醒说："河西，我给你找个标志性建筑，这儿不大好找。"

米勒回道："没事，我有车载导航，你在院门口等着就行。"

"那好吧。我先在附近找个吃饭的地方，选定餐馆后给你发微信定位。"

李玥朝四周看了几眼，越过当街马路，朝"江南素食店"走去。

这是一家特色菜馆，店里所有菜肴均为素食。店面不大，生意相当红火，来晚了找不到座位。

运气不错，靠西边角落还有一个空位。

40分钟多一点，米勒开车赶了过来。

李玥一直候在店门口，不待米勒把车泊好，就深情款款地迎了上去。

"挺快的，我刚定好餐馆呢。"

太阳底下，李玥满面泛出红光，流淌妩媚动人的笑意。

米勒解开安全带，带着几分歉意解释有几处堵车。

"请吧，总经理。哦，哦，哦，我老忘神，应该称董事长。"

李玥笑成了一朵花，胸前的那对小白兔受惊似的，跟着笑声一起颤动。

"你还是叫错了，应该称代理董事长。"

米勒的目光从李玥身上挪开，嬉笑着更正道。

李玥右手挡在嘴巴前面，笑不停。

"太拗口了，还是叫总经理习惯。"

三菜一汤，菜肴新鲜爽口，米勒吃了三碗饭，汤碗喝得底朝天。

这顿饭，李玥从头至尾差不多是个观赏者。早饭吃得晚，肚子饱饱的，象征性地挑了点菜陪米勒吃。

米勒埋头苦干，李玥瞧他狼吞虎咽的样子，禁不住想笑。平日一副绅士模样，眼下的吃相，跟几顿没吃没喝的叫花子没什么两样。

米勒吃饱了，放下筷子，端起茶杯，喉咙嗝出几声。

"味道不错，没想到中国素食也挺棒。"

"其实，我的厨艺也不赖，有机会给总经理露一手？"

李玥递给米勒牙签和餐巾纸。

米勒摇手说："不用。"

李玥脸色立马僵住了。

米勒见李玥一副窘态，明白自己的回话有问题，一句话，两个字，容易产生歧义。

"别误会了，我牙好，无需剔牙。至于李经理的厨艺，我兴趣蛮大的，期待哟！"

李玥脸色恢复正常，颇显性感的嘴唇，抿了一下。

她告诉米勒，上午在省第二儿童福利院待了两个多小时，见到了院长。陪她相中了一个女孩子，名字叫琪琪，还有几个月满6岁。小姑娘聪明乖巧，非常漂亮。只是腿上有个小毛病，右脚有点跛。

米勒说这倒不是什么问题，只要没有重大疾病，心智发育正常就行。

有米勒这句话，李玥放心了。她同院长商量了初步意见，约定下午两点再会面，交流具体细节。

米勒看了下手表说："到点了，我们这就过去吗？"

李玥点头。

省第二儿童福利院三栋欧式建筑，看上去很有些年代感。主体建筑后面还有两栋中式楼房，楼房左侧是运动场所，铺了一层绿颜色的塑胶地面。院落干净，布局紧凑，看上去有条有理。

省第二儿童福利院颇有些来头。相传清末，几名英国传教士来到这里，向当地政府申请修建教堂。这在当时还是件新鲜事，地方官员不敢贸然做主，向朝廷请示。

时年，天主教在京城已经盛行，传教士还可以到朝廷做官，向皇上和宫里那些要员传授西方文明。朝廷依例批示同意，言明控制规模。时过境迁，教堂演变为慈善结构，收留被遗弃或无家可归的孩子。后来，划归民政部门管辖，成为儿童福利院。

米勒一眼就喜欢上琪琪。小姑娘眼睛纯净，目光清澈如水。琪琪爱笑，笑起来，脸上现出两个小酒窝。

米勒蹲下身子抱她，琪琪一点都不生分，像见到亲人一样扑入他怀抱，还亲了他一口。

院长和班主任老师，对两位年轻人有种天然的好感，直接进入主题，提出最好能收养琪琪，院里历来主张这样。孩子有个完整的家，她们就放心了。

院长看看米勒，再看看李玥，谨慎地问道："你俩是夫妻？"

李玥脸色唰地红了。米勒解释两人是一个单位的同事。

院长有些失望。

米勒诚恳地告诉院长，他们非常喜欢琪琪，眼下还不具备收养条件，可以先供养。琪琪从小学到大学的所有费用，他们全部包下来都不是问题，包括她右脚的治疗费用。

李玥补充意见，虽然他俩暂时不能担任琪琪的监护人，但可以承担家长的全部责任和义务，这些可以写进协议。

院里从来没有实行过供养制，院长拿不定主意。班主任老师将她请到一边，两人嘀咕了一会儿，双方达成一致：儿童福利院同意米勒和李玥供养琪琪。

签完协议，李玥问院长，周末能不能把琪琪领到家里去。

院长说当然可以，希望他们抽出时间，多陪陪琪琪。

029 心生疑窦

琪琪穿一套红色连衣裙，明媚的阳光，把她白脸蛋映衬得分外漂亮。看着天真烂漫的琪琪，米勒想起了小时候的莎拉，儿时的幸福和快乐弥漫在心头，他凑过去，同李玥耳语几句。李玥眉开眼笑，拉上琪琪就跑。

琪琪像只轻盈飞舞的蝴蝶，清脆的笑声撒满了院落。班主任老师受到感染，激动得眼泪流了出来。这个可怜的娃娃，入院 4 年多，一直形单影只、闷闷不乐。她擦擦眼角，指着欢笑奔跑的三个人让院长看，问他们像不像幸福的一家子。

院长点头，灵机一动，摆出照相的姿势。

"米勒博士，要不要来几张？"

米勒抹了一把额头汗水，高兴地说："当然好啊，麻烦您了！"

咔嚓、咔嚓、咔嚓……

手机上现出一组合影，分别以楼房、雾凇、盆景、运动场所为背景。

米勒意犹未尽，用自己的手机单独给琪琪照了几张。

琪琪站在花坛边，歪着小脑袋，脸蛋像红艳艳的苹果，笑得特别甜。

米勒越看越喜欢，挑选最满意的，设置为手机桌面。

告别的时候到了，琪琪眼泪汪汪地拉着米勒和李玥不肯撒手。

李玥蹲下身子，帮琪琪擦眼泪。

"琪琪不哭，我们会常来看你的。你要乖，听院长和老师的话。"

琪琪一抽一泣地点头。

米勒低着头朝院门外走去，两条腿像灌了铅似的沉重，就在迈出儿童福利院大门那一刻，忍不住回看一眼。琪琪哭得伤心，他的心针扎般疼痛。

李玥一个人跑到院外头，蹲在墙角掩面而泣。

米勒走过去，拉她一把。

"供养琪琪是件高兴的事，我们开心才对。"

李玥拍拍胸口，让情绪平复下来。

"我见不得孩子跟家人分别的场面。知道吗，我小时候……"

李玥说不下去了，呜呜地哭出声来。

米勒何尝不是如此？

寄居他乡 25 年，如同漂浮在茫茫大海的一片碎叶。尽管德国爸爸妈妈视他为己出，给予无私的父爱和母爱。毕竟他的生命来自中国，永远属于凤凰城这片土地。时至今日，亲生父母在哪儿，长什么样，一点都不知道。内心的痛楚和忧伤，旁人没法体会到。

德国妈妈说过，他的生身母亲已经不在人世，他不敢相信这是事实，怀疑这是误传。妈妈一定在某个地方活得好好的，盼望儿子有一天会找回来。他深信，自己一定能够找到亲爱的妈妈。

离开儿童福利院，两人的情绪渐渐平缓下来。路上车流量不大，米勒依然全神贯注驾驶，李玥时不时瞟来一眼，目光柔和而温软，仿佛暖暖的春阳从身上掠过，米勒目不转睛盯着前方。

行驶一程，米勒探询李玥的口气，琪琪怎么称呼他俩合适。

这倒真是个事。往后同琪琪相处，称她姨，还是叫她姐姐？

论年龄，管她叫阿姨并不为过。但这样称呼，好像隔了一层，搞成了两代人，还把自己叫老气了。

李玥沉思片刻说："把琪琪当妹妹吧。姐妹之间亲密无间，你说呢？"

米勒心里早就有了答案，嘿嘿笑了两声。"感觉叫我叔叔挺好。"

"为啥？"

米勒笑而不答

李玥假装生气，细声嘟哝道："谁不知道你肚子里的肠子七弯八拐，存心想占我便宜！"

米勒傻笑道："唷，我还真没这样想过。Sorry How to write（对不起）！"

李玥回以眯眯笑脸："谅你不敢。听我的，给琪琪当哥哥好了。"

米勒敷衍道："嗯，行吧。"

滴滴两声，迎面驰来一辆火红色宝马车。就在两车相汇的一刹那，米勒把车速降了下来。

马莉雅车速不快，妩媚地看了米勒一眼。

忽然，宝马呼哧一声急驰而去，尾气卷起几片落叶。

李玥坐在副驾驶的位置，俨然胜利者的姿态，故意朝米勒眨眼睛。

米勒兜里的手机传出微信铃声，马莉雅发来一张图片：一位长发飘飘的女孩子，孤独地行走在茫茫戈壁沙滩，身边是一匹倒毙的骆驼。

米勒摇头、苦笑。

李玥嘴角抿抿说："总经理，我们承诺供养琪琪，该给她做点什么吧。要不逛逛超市，给她买几套衣服？"

米勒满脑子都是马莉雅发来的那张微信图片，没理会李玥说什么。

李玥的热乎劲头顿然消失，往前方匝道指指。

"你到那边停下来，前面有家大型超市，我自个儿看看去。"

放下李玥，米勒心里堵得慌，找到车位，将车停下来。

城市气浪一浪高过一浪，大海一样喧嚣，米勒脑子有点乱，掏出手机给贾润华发了一条微信，请他喝茶。

20 分钟过去，对方没有响应。

米勒感到百无聊赖，指头在手机屏幕上胡乱地划拉。

"崔茗，有事吗？"

手机传出通话声，米勒一惊，怎么拨了马莉雅电话？

他连忙将手机凑到耳边，顺口问道："在哪儿呀？"

"家呢。"

电话那头语气低沉，话头短。

米勒停顿片刻说："我这就过来。"

这是离市中心不远的中档小区，地理位置不错，马莉雅租住在 10 楼。那次遭受侵扰就搬了家。新家是米勒同她一块从中介找到的。

那是一套两居室，租金不算便宜，每个月 2200 元。物业、水电、网络费用除外。

室内陈设简单，但格调清新温馨，富有浪漫气息，这符合马莉雅单纯、自由、奔放的个性。

房门虚掩着，马莉雅坐在沙发上，两眼盯着墙上电视机，手里捧着爆米花纸桶，嘴里有一搭没一搭地嚼着。

正播放韩剧，音乐低回婉转，画面光线黯淡。女主人公面容姣好，拉住男主人公胳膊，哭得稀里哗啦。

女主人公道白：

"当初，你信誓旦旦，说非我莫娶，却一声不吭跑到了国外。这一去就是 8 年，一点音讯没有。我日思夜盼，一个青春美少女熬成了黄脸婆。总算把你盼了回来，你却领回一个女人。你说，这到底为什么？"

男主人公脑袋耷拉，欲言难辩。"我，我，我，对不起……"

"一声对不起就想交代？你这个狠心的男人，难道良心喂狗了……"

马莉雅从茶几的纸盒里拔出几张面巾纸，一边擦拭、一边抽泣。

米勒愣住了，弄不清马莉雅是让自己气哭的，还是被韩剧悲伤的情节弄成了这个样子。不管他，装糊涂就是。

米勒推开房门，嬉笑道："唷，勇敢坚强的燕子小姐，怎么成了多愁善感的林黛玉？"

马莉雅醒过神，瞧米勒一眼，哒哒哒走进洗手间，一阵水响过后，微笑着走出来。

"贵客驾到，请坐。嘻嘻……"

前后判若两人，跟演戏似的，到底几个意思？

米勒有点蒙。

马莉雅将泡好的茶递给米勒。

"落单了？"

马莉雅目光扑朔迷离，脸上神色爬满了醋意，米勒心里想笑。

"李玥自个儿逛超市，给琪琪买衣服去了。"

马莉雅眼睛夸张地眨眨，眼珠定住了。

"哪个琪琪？"

米勒解释，那是儿童福利院一个小女孩，他和李玥共同供养她。

马莉雅的情绪稳定下来了，细声道："其实，这样的事情，你可以捎上我嘛。"

米勒不想在这个话题上兜圈圈，端起茶杯喝了一口。

"燕子，我想打听一件事。"

马莉雅懒洋洋地回道："问吧。"

米勒有意停顿一会儿，声音低沉道："董事长夫人到底姓王，还是姓什么来着？"

马莉雅没好气回道："上次不是告诉过你吗，记性哪儿去了？本小姐最后重复一次。董事长夫人姓王，三横一竖那个王，名叫王韵芳。"

马莉雅电脑 D 盘存储了公司中层以上管理人员花名册，包括配偶、子女基本情况。董事长的亲属关系和主要社会关系，她记载得清清楚楚。

米勒追问道："你能确认？"

这人到底怎么啦，老纠缠着这事不放，马莉雅感觉挺奇怪的。

"千真万确，我尊敬的托马斯·米勒代理董事长！"

米勒吸了一口气，平静地问马莉雅，见过董事长夫人没有。

马莉雅摇头。

她去过董事长家两回，跟米勒一道去的。倒是听说过王韵芳阿姨一些事情，看米勒对哪方面感兴趣。

米勒站起身，走到窗前，远方的天空雾气蒸腾，模模糊糊看不清楚。他转过身，两眼直视马莉雅。

"董事长有个儿子叫司马晓唐？"

说这话的时候，他喉咙发硬，有种刮擦的疼痛感。

马莉雅皱皱眉头，十分肯定地告诉米勒，没有，绝对没有。

两人一问一答，几个回合过去，米勒心里没底了。

司马家族宗谱完完整整，为什么董事长还要补记那些文字？结发妻子王韵芳，为何冒出了一个"唐氏"和儿子司马晓唐？

米勒问话怪里怪气，句句不离董事长的家事，他肚子里藏了什么玄机？

马莉雅陷入无端的困惑。

嗤嗤几声，室内响起《多瑙河之波》音乐声，米勒掏出手机接听。

贾润华打来电话，称实在对不起，刚从乡下回来。手机放在包里，处于静音模式。刚看到微信，问有何指教。

贾润华炒豆子似的说了一气，不停地道歉。

米勒笑道："嘿嘿，想老哥呗！"

贾润华接话道："那我们找个地方喝一杯嘛。南岳坡那边有家叫云龙府的酒店，环境和菜肴味道都不错。"

这家酒店新开张不久，米勒去过一回，市政府往东走100米左右，拐个弯就到。

他朗声笑道："好嘞，我这就过来。"

时间刚好5点整。米勒看了马莉雅几眼，稍显犹豫地说，"我哥们，晚上一起去聚聚？"

马莉雅见米勒有些勉强，半推半就道："你们兄弟聚会，我去了不方便吧？"

她嘴上这么说，心怦怦跳，担心米勒撇下她，半道叫上李玥。

"省民政厅的贾处长，我们一块见见，说不定你往后还会求他办事呢！"

马莉雅立刻心花怒放。"你等等，我去换套衣服，马上就好。"

马莉雅换上纯白色套裙装，浑身上下洋溢着青春靓丽的气息。

"唔，漂亮，新娘子一样迷人！"

马莉雅就爱听米勒夸她，开心得笑成了一朵花。

030 泪奔的男人

拥抱、握手，松开后不约而同朝对方肩膀轻轻打一拳，相视片刻，嘿嘿地笑。

这个场景，仿佛阔别多年的患难兄弟，好不容易才见上一面。

马莉雅感觉两人在演戏，怎么看都觉得别扭。

贾润华瞟了马莉雅一眼，怪模怪样瞅着米勒。

"兄弟，好眼力呀，哈哈哈……"

一朵红云飘到马莉雅的脸颊，她忙将头扭向一边。

米勒解释这是公司同事，综合部马经理。

贾润华点头，意味深长哦哦哦几声，微笑着向马莉雅伸出手："美女经理你好，幸会啊！"

马莉雅矜持地握了贾润华一下。

贾润华做出一个请的手势，示意二人坐下说话。

"今天先说好，我做东，谁都别争。不然，哥哥跟你们急的！"

米勒愉快地答道："恭敬不如从命，听老兄吩咐就是！"

短短几分钟接触下来，马莉雅感觉贾润华这人不错，快人快语、豪爽实在。这些年，她负责对外接待和协调，各色人样见得多。有的人，故意装模作样、拿腔拿调，把自己端起来。她表面上笑脸相迎，心里特别鄙视。两相比较，对贾润华多了一份好感和敬重。

贾润华平日不沾酒，他说今天高兴，多少喝点。要了几罐啤酒，先给自己满上。

看他倒酒的架势，就知道参加应酬不多。一杯啤酒，让他倒得满世界冒泡，漫出来的液汁，流得到处都是。

"我顶多一杯OK，多一丁点儿就会趴下。能者多劳，余下的，二位包干。如果不够，再加几罐。反正一条原则，喝好不喝倒。"

贾润华举起酒杯，跟米勒和马莉雅碰杯。

酒逢知己饮，开心开怀。三个人边喝边聊，马莉雅感觉舒服惬意，越喝越爽。

老实说，无论白酒红酒洋酒啤酒，她都颇有几分敬畏。跟随董事长出席名目繁多的宴会，拼酒量、搏感情、逢场作戏，喝得头昏脑胀反胃，人家还不罢休，嚷着要跟马大美女干杯。瞅那些东倒西歪、污言秽语、丑态百出的酒鬼，她就恶心死了。

酒杯一端天地宽，贾润华的话头长了。琴棋书画、诗词歌赋、古代名流隐士、当今时政、全球经济一体化、地缘政治等无所不谈。

米勒和马莉雅插不上嘴，任由他一个人侃侃而谈。

贾润华性情耿直，说话直抒胸臆，说他这些年过得不轻松。工作压力大，情感生活一片饥荒，心里憋得慌。

一杯啤酒下去，贾润华面红耳赤，朝服务员喊，每人再来些啤酒。

米勒连忙制止。"哥，你，你，你……"

马莉雅给米勒递眼色，暗示他，这个时候让贾润华敞开肚皮喝。酒精能让人兴奋，把积在肚子里的那些苦水倒出来，这样有益于身心健康。

贾润华已经显出几分醉意。

"兄弟，你知道我今天去了哪儿吗？"

米勒摇头。

贾润华眼睛通红，嘴里嗝出一口酒气，看着马莉雅笑笑。

"小妹，不管你是不是我兄弟的女朋友，反正你俩关系不一般，我今日不把你当外人了。"

马莉雅端起酒杯，满脸笑意地说："贾兄，妹妹敬你一杯！"

她一口气喝了满杯啤酒。

贾润华微微抿了一口，放下了酒杯。"妹，妹妹，好，好，好酒量……"

米勒看出问题了，把贾润华的酒杯换成了茶杯。"哥，你以茶代酒都一样。"

贾润华搂了米勒肩膀一把说："还是弟弟懂哥哥呀！"

他喝了一口茶，拍了下脑袋。

"刚才一打岔，忘词了。我，我，我说哪儿去了？"

马莉雅提示道："您说下午去了什么地方。"

"对，对，对对，对了，你看我这记性！"

贾润华说他去了乡下，看望恩师和师母。告诉米勒和马莉雅，他的恩师姓龚，从事教育工作 40 多年。师母是名校医。他们独生女儿名叫龚楠，他和龚楠从小学中学到大学都是同班同学。

贾润华先前提起过这件事，米勒大体清楚这层关系。

贾润华介绍他同恩师一家人的关系，满怀深情地告诉米勒和马莉雅，龚老师夫妇非常疼爱他，一直把他当儿子看，希望他能娶他们的女儿。

能不能成为龚家女婿是一说，就师生间的真挚感情，贾润华感到身上有一份不可推卸的责任。龚楠出国后，他默默担负起照顾两位老人生活的重担。

龚老师夫妻体弱多病，需要人照料。贾润华在省城上班，往返一次两三个小时不等。他给老人请了保姆，同镇医院协商好了，建了家庭病床，医护人员 24 小时随叫随到。

老师和师母一直挂牵远在天边的女儿，成天念叨不停，时长日久，变得喜怒哀乐无常，一个嚷，还有一个哭，家里乱成了一锅粥。

老两口越老越糊涂，总拿保姆出气，有事没事找碴子。保姆受不了，干不了多久就要走人。

找侍候老人的保姆本来就不容易物色，找个能干的、能受气的保姆更难了。那个节奏是换了找、找了换，反反复复，把贾润华都搞烦了。

老人念叨女儿有腻味的时候，兴趣转移到贾润华身上，没完没了给他打电话，死活要见到。

说来挺怪，只要见到贾润华，老人就不闹腾。他每个周末驱车几百公里来回两头跑，累得像猴子。如此这般，二老倒是安静下来，自己禁不住想哭。

他不知道为何要哭，是祭奠被践踏的爱情、同情龚楠的悲惨遭遇，还是可怜老师和师母晚年凄苦的生活？

贾润华一席话，令米勒唏嘘感叹，马莉雅不忍心往下听，几次差点落泪。此情此景，她明白了一个道理：这人就应好好活着，就怕没事找事，胡乱折腾。还有一条就是懂得知足，不能太贪心。命里有时终归有，命里无时不强求，倒腾过头，就会遭到惩罚。龚楠就是活生生的例证。事业婚姻均告失败，孤身流落他乡，年迈多病的父母顾不上，这人活得太没劲了。

"你们知道吗，龚老师和师母差点把命给弄丢了。"

贾润华调整情绪后，给米勒和马莉雅讲述了一段惊险的故事。

前年隆冬季节，师母几百块钱放哪儿记不起来，硬说保姆偷走了，要死要活跟保姆闹，非要保姆赔她不可。

保姆是个憨厚实在的女人，她是贾润华的远房亲戚，他亲自找来的。谈好了包吃包住，每月给她开 2000 元工资。

保姆丈夫死得早，身边无儿无女，没有什么牵挂，她说不要那么多钱，能管吃喝，有个落脚的地方就成。

保姆蒙冤受屈，赌咒发誓表明清白，两位老人根本不听，要抓她到派出所问清楚。保姆气得跺脚流泪，连工资都没要就走了人。

不知道是激动过度，还是什么缘故，师母当晚发高烧，烧得腿脚抽筋，嘴里胡话连篇，说就要死了，要去找她的爹和娘。

龚老师吓得不知所措，哆哆嗦嗦给镇医院打电话，一遍二遍打过去，都是空号。

老婆子有生命危险，医院非去不可。大雪纷飞、天寒地冻，怎么去呀？

龚老师急中生智，将两条围巾打成死结，一头绑住老伴，一头绑在自己身上，连拖带拽出了门。走半道，一阵狂风迎面吹来，龚老师脚下一滑，两

155

个人滚落到路旁的水沟里。不知道过了多久，二老醒过来了，发现躺在镇医院病床上。

他们被路过的好心人救了，不然会冻死在路上。

贾润华闻讯，风急火急赶过来，医生告诉他，龚老师当时拨错了电话号码。

贾润华想过把二老接到省城来住，这边条件比小镇子要好些，主要方便照顾。老师和师母死活不干，他们要等女儿回家。面对两位时而清醒、时而糊涂的老人，他实在想不出更好的办法。

米勒拍拍他肩膀说："单靠一个人力量肯定不行，你毕竟还有一份工作。依我看，还得让老人的亲生女儿回国。"

贾润华连忙抢过了话头："这正是我想要说的。龚楠是二老的心病，她一日不回来，老师和师母一日没法安身。"

他两眼盯着米勒说："德国远隔重洋，哥哥没有可靠的人脉，只能求你想办法。如果能让龚楠早日解脱，回到亲人身边，那是无量的功德。"

米勒双手盘到胸前，沉吟半晌叹道："德国办离婚案够麻烦的，你得给我时间，容我慢慢想办法。"

贾润华点头道："我知道，我知道的。"

米勒端起酒杯，刚刚贴近嘴唇就放下了。

"我会请最好的律师打赢这场官司，解救龚楠。"

贾润华情绪恢复正常，低头嘀咕道："原本有件紧要事想跟你说的，让老师的家事一搅和，记不起来了。"

米勒不慌不忙地说："别急，你慢慢回忆。"

贾润华支吾了半天，仍没有结果。

米勒提醒他，是不是跟儿童福利院有关？

贾润华一拍大腿，记起米勒托付他的事。告诉米勒，师母年轻那会儿在儿童福利院当过保健医生，负责孩子出入院的身体检查，从她那儿，有可能找到一些有价值的线索。

米勒眼前一亮，拉住了贾润华。"我们这就去师母家？"

贾润华耷拉着脑袋说："我们都喝酒了，再找个时间吧。"

马莉雅两眼疑惑地看着米勒，搞不懂他为何对儿童福利院如此在意，发现他眼神幽幽，仿佛见不到底的深潭。

贾润华已经安排下去，全省所有儿童福利院都已经行动起来，紧锣密鼓的核查 1992 年前后，孤儿入院及外国人收养的情况。请米勒耐心等待，相信不久就会有好消息的。

马莉雅越听越糊涂，想插话问，但见米勒满腹心事，话到嘴边又咽了回去。

031 风中有朵雨做的云

夜晚的街市，承接白昼的喧嚣，车浪和人浪搅在一起，一刻都没有停息下来。各大楼宇，浮动着霓虹灯色彩斑斓的光影，将城市夜晚，装扮得分外妖娆。

在德国，晚上 8 点钟前后，各大城市就会安静下来，公路上少见有车辆，行人少之又少。此时，中国的夜生活才刚刚开始。人们三三两两结伴出行，或聚在酒店推杯换盏，或来到茶肆谈笑风生，还有的走进 KTV 纵情高歌……

生意人像开足马力的机器，似乎不知道什么叫疲劳和困倦。商场、餐饮、超市、夜宵摊点，其他服务类行业，统统如此。

米勒观察、分析这种现象后明白一个道理：巧干、实干、能干、拼命干，就能创造巨额财富。中国只用短短几十年时间，就实现了经济腾飞，一跃为全球第二大经济体，就是这样干出来的。

聊了几个小时，米勒感觉有些困倦，同马莉雅相视一眼，搀着贾润华上了候在酒馆附近的出租车，叮嘱司机，客人不胜酒力，劳驾平安送到家。

司机是个憨厚老实的中年汉子，下车给米勒搭手，将贾润华扶到后排坐好，帮他系好安全带，冲米勒微笑着说："我们是联合出租车集团的，我这车是党员先锋号，您可以拍下车牌号码，跟踪我们的服务质量。"

米勒双手抱拳道："师傅，辛苦你了。"

送走贾润华，米勒忽然感觉眼花头晕，一股胃气朝上冲，抱住路边碗口粗的青皮树，顺着树干往下蹲，想要呕吐，但啥都没吐出来。

马莉雅清楚米勒的酒量，怕是顶不住了，从包里掏出餐巾纸递给他。

不远处有家夜市摊点，马莉雅快步走过去，买来矿泉水让米勒漱口。

米勒拧开瓶盖就喝，凉水下肚，胃里立刻翻江倒海，开始"井喷"了。

马莉雅担心他摔倒，拉住了他的胳膊。

米勒喘了一口气，轻轻挣脱马莉雅。"不碍事的，吐完就舒服了。"

他话音刚落，嚯嚯嚯狂吐起来。

马莉雅看着就心疼，左手托住他的额头，右手替他擦嘴巴。细声埋怨道："你就那么一点儿酒量，下回别再逞能了。"

"我也真是的，情绪一上来就把持不住，抱歉了。"

马莉雅挺喜欢米勒这种状态，这个魅力男越来越迁就自己，几乎依赖般迁就。男人对女人能这样，后面可能会发生有趣的故事，她一直深情地期待着。

眼前的男人是她特别欣赏的那款，阳光、睿智、充满活力，如同晴朗的夜空，一轮明月当空朗照，照亮了她身体的每个角落。此刻，一种热烈的、难以抑制的情意在她周身游动，下意识地靠向米勒，唯愿整个世界就此打住，让她恣意妄为地感受他的呼吸和心跳，嗅他身上的汗味。

米勒目视前方，仿佛一尊雕像。

月亮钻进了云层，天幕的穹顶，有个小亮点闪闪烁烁，好似小孩眨动的眼睛，微弱的光亮，显出几分神秘。

米勒是个谜，像一团雾光罩在马莉雅眼前。马莉雅有一个特别鲜明的感觉，随着时间推移，变得愈加强烈——很急切地想走进米勒的世界、进入他的内心、拥抱他的一切。米勒看似热情随性，却像一枚坚果，被厚厚的外壳包裹着，令她搞不懂。

有一件事，令她特别困惑。一个德籍华裔，同李玥一起供养孤儿，到底是何动机？他的身世，跟儿童福利院有什么瓜葛？难道，他对孤儿有着某种特殊的情结？

酒桌上米勒同贾润华的一番对话，让她心里好像有了答案。透过米勒想见贾润华师母那急切的神情，他同儿童福利院的渊源一定很深，说不定这里面隐藏着惊天的秘密。她曾经拿儿童福利院的事试探过米勒，他非常敏感，脸色很快变得凝重，目光幽深而迷离。

米勒不吐了，马莉雅搀他一把说："走吧，我送你回家。"

"请滴滴司机吧，你今晚没少喝，不能动车的。"

米勒朝酒店门口招招手，一个胸牌显示红色荧光"滴滴代驾"字样的跑步过来。

"新华路，金达阳光小区，麻烦代驾。"

"好嘞。"

司机接过车钥匙，米勒一屁股坐到副驾驶的位置。

一路无话，马莉雅的心像被绳索拴住了，从上至下绷得紧紧的。

车内憋闷，马莉雅打开车窗，一阵凉风吹进来，感觉舒服不少。

"先生，请醒醒。"

司机停住车，摇动正一个劲打呼噜的米勒。

米勒醒了，两眼一片迷蒙。"这是哪儿呀？"

司机礼貌地答道："金达阳光小区。"

"呃呃呃，好的。"

米勒从兜里掏出40元钱递给司机，挥手说拜拜。

马莉雅下车，走到米勒身边，两眼盯住他，心怦怦地跳。他今晚若能留下来，我就……

米勒眼睛看着公路，见到一辆出租车顶灯显示"空车"字样，边招手、边快步走过去。

的士停住了，他弯腰钻进车内，出租车很快汇入车流。

这一刻，马莉雅的心仿佛被抽空了，一阵寒风吹过来，身子抖了几下。

夜深人静，马莉雅洗漱后走进卧室，将身子靠在床头。

她满脑子闹哄哄的，全然没有睡意，拿起一本杂志翻来翻去。

夜色阑珊，远处传来一首经典老歌优美的旋律，云雾一样在夜空中飘荡。

风中有朵雨做的云

一朵雨做的云

云的心里全都是雨

滴滴全都是你

风中有朵雨做的云

一朵雨做的云

云在风里伤透了心

不知又将吹向哪儿去

吹啊吹吹落花满地

找不到一丝丝怜惜

飘啊飘飘过千万里

苦苦守候你的归期

每当天空又下起了雨

风中有朵雨做的云

每当心中又想起了你

风中有朵雨做的云

……

马莉雅跟着音乐的旋律轻轻哼唱，泪水顺着脸颊往下流。

032 左右为难

烦心事一桩接一桩，件件都令米勒头疼死了。

下午 4 点多钟，好不容易拨通董事长电话，汇报公司月度经营效益完成情况，说得正起劲时，一帮人连门都没敲就进来了。

来者是集团 5 位董事，看神色不怎么高兴。米勒匆匆结束电话，站起身，一脸谦卑地打招呼。

"各位前辈，别站着呀，快请坐。"

董事们相视无语，分头找地方坐下来。

米勒发现钱起波没来，悬着的心放下了。

"昨天公司举行老领导门球比赛，原计划前去观摩的，晚上陪各位前辈喝一杯。临出门，市政府金融办公室打来电话，主管副市长召开紧急会议，规范小额贷款公司管理。指定企业主要负责人参加。不好意思，晚辈分身无术，怠慢各位长辈了。"

董事们脸色依然绷着，看样子，都不想第一个发言。

米勒奇怪了，很快明白个中奥秘，心里笑了一下，按下办公桌红色话机免提，再按"3"字键。

"总经理你好，请问有事吗？"

电话那头传出节奏分明、优美动听的女声。

"马经理，公司几位老领导正在我办公室，请马上安排茶水。对了，上个月德国那边不是寄来一些花果茶吗，就它了。"

"好的，总经理。"

没多少工夫，马莉雅端着 5 杯香雾缭绕的花果茶，踏踏踏走进来，笑容灿烂地递给董事们。

米勒脸上一直保持得体的笑意，饶有兴趣地同老头们聊起了花果茶。

"这道茶喝法上有些讲究。先抿一小口，咋咋舌头，然后闭上眼睛，看是不是有股清新的果香味。"

如同幼儿园的娃娃听从老师指挥，董事们照米勒说的咋舌头，参差不齐的声响连成一片。

"德国花果茶，被公认为全球品质最高的茶叶，蛮稀有的。"

米勒耸耸肩膀，脸上显出几分得意的神色。

"这话到底怎么说呢，容我慢慢向各位长辈介绍。"

高品质主要体现在制作工艺上。具体操作方法是先把花果切开，将糖分和微量元素萃取出来烘干，再用特殊喷枪，将萃取物喷回去，保证养分零流失。

米勒很专业地进行介绍，说花果茶富含活性维生素 C，具有清热利湿、祛风活血解毒、行气解郁、活血止痛的功效，适合中老年人饮用。如果各位前辈感觉还行，回头让马经理给每人备一份，算是他这个晚辈表示一点心意。

米勒目光温和地看看董事们，挨着个儿赞赏，声情并茂地道出敬佩之情。称赞各位长辈都是长川投资集团顶天立地的老功臣，几十年披肝沥胆、英勇奋战，换来集团今天的辉煌。还说，董事们的无私付出，董事长都看在眼里、记在心上，一直心存感恩。明明白白告诫他这个总经理，一定要虚心向各位前辈学习。"

米勒的话像花果茶一样味香润喉，董事们的脸色和缓不少。

"董事长交班前反复叮嘱我，一定要把长辈们照顾好，若有差池，唯我是问。"

米勒停顿一会儿说："公司进入新的创业阶段，工作千头万绪，忙得一塌糊涂，我恨不得把自己劈成两半来用。如果礼数方面做得不够到位的，还望老领导们多多谅解。"

米勒双手抱拳向董事们行礼，把话题引向核心内容。

"前一阵，我向董事长汇报，建议改选公司董事会，说一千、道一万，就一句话：为了长川投资集团的长远发展。"

米勒端起茶杯喝了一口，神情严肃说："人无远虑，必有近忧。办企业，不能光顾眼前，要朝远处看。晚辈既然接了这副担子，有责任和义务把公司办出规模、发展得更好。换句话说，就是让在座的前辈们晚年生活有个好着落，各位的子孙和亲戚们都能过上更好的日子。"

董事们脸上渐渐露出笑意。

"改选董事会，这叫请贤。就是请德高望重的老帅们出任集团监事，全程监督董事会的工作，将公司决策和执行情况，置于监事会监督之下。打个比方说，新的董事会成员，就像弯腰曲背的耕牛，各位监事就是手拿鞭子的赶牛人，只要不满意，就可以照牛背上抽几下。"

这话幽默风趣，董事们笑逐颜开，纷纷点头。

"当然，这些只是我个人的初步想法，不代表董事长的意见。能不能这么干，还没有最终定下来。即使要走这步棋，还得征求各位董事的意见。如果大家不举手，就是空口说白话了。"

董事们最关心话语权问题，不但没有削减，而且增加了否决权。按新任代理董事长这个说法，叫作管理权责明晰，优化企业法人治理结构，适应市场竞争需求。

董事们弄不懂那些大道理，有一条是清楚的，米勒并没将他们这些老家伙晾起来，兄弟们在集团的地位没有动摇。代理董事长说吸纳那些品行端正、博学多才、富有创造力的年轻人到董事会，符合自然规律。年轻人年富力强，长江后浪推前浪，长川投资集团的未来，理所当然属于那些优秀的年轻人。

心中的疑团和困惑解开了，老董们笑着同米勒握手道别。

打发走那些董事们，米勒心里并不轻松。这些老头，大都草莽出身，容易冲动，只要有人挑事，他们就不加分辨地闹腾，最让人头疼的就是反复无常。他初步断定，董事们集体上门，受到钱副董事长暗中蛊惑的可能性很大。

想起钱起波，米勒脑袋就大了。这人顶着副董事长头衔，美其名曰长川投资集团"二把手"，实际上没见他干过什么正经事。综合部在办公大楼10楼给老钱安排了一间办公室，一年365天，很难见他开过门。老钱大言不惭地给董事长撂话，说他就是那个点头yes，摇头no的角色，至于具体工作，别指望他干什么。

钱起波业务上懂得不多，搞邪门歪道倒挺在行。司马德儒每每做出决策，小心谨慎得像裹脚女人，挪一步、回头看三步，就是不让老钱钻空子。米勒精心编制的《头脑风暴》，董事长当初是认可的，后来没了下文。说到底，遭到钱起波一帮人强烈反对，司马德儒不得不做出让步。

公司内耗严重，管理层级优化势在必行。董事长以身体健康为由，适时移交权力，这是千载难逢的机会。米勒顺势而为，将公司董事会同总经理班子合并，让那些不干活、光嚷嚷的董事进入监事会。公司业务涉及领域多，管理口子宽，单凭他一双眼睛，哪怕累死都盯不过来。正好发挥这些老头们爱较真的特点，让他们监督总经理班子和各部门工作，此举可谓一举两得。

调整公司高层的事，司马德儒暗示他不能蛮干，操之过急，往往适得其反。可是急与缓的关系如何把握，他真的拿捏不准。

公司的事情够让他够挠头了，又无形之中卷入马莉雅和李玥两人的情感纠结。这两个女孩，一个外向，还有一个偏内向，两人性格差异不小，但都讨他欢心。马莉雅纯情、真实、简单、不做作，清泉般纯洁清冽，身上见不到丝毫纤尘，跟她在一起，轻松自在。李玥脾气温和，两个人命运际遇相近，容易亲近和默契。两个妙龄女郎，或明或暗流露出对他的男女情意。德国那边，还有死缠烂打的莎拉。这些都令他困惑和苦恼。不但如此，寻找身世那件大事，至今一点头绪没有，能不烦吗？

033 "二难"之境

开完早班会，米勒回到办公室，打开电脑，盯住电子报表，分析综合部汇总过来的集团整体运行情况。数据密密麻麻，各类经济指标，制作成态势变化图表。

眼睛看花了，酸胀难受，他干脆闭上眼。

董事长交班后，就成了甩手掌柜，公司的事似乎跟他不再相干了。长川投资集团是全省名号响亮的民营企业，经济规模和影响力，一直是人们关注的热门话题。如此体量的企业，交由他这个20多岁小伙子管理，除开绝对信任，不能不说董事长司马德儒的心眼太宽了。

米勒头脑是清醒的，始终恪守一条原则：多请示，勤汇报，公司大小事务，让董事长心中有数。

司马德儒将班交得完全彻底，米勒不但在经营方面专职专权，连投资、财务核算、公司中层干部任命等重大事务，都由他拍板定案，成了实际意义上的"一手遮天"。

权力太大，未必是好事。经历过一些事情后，米勒对权力的理解比原先深刻得多。水能载舟亦能覆舟，如同针芒在背，米勒时刻都感到难受。

这时，电话响了起来，贾润华打来的，没有客套，张口就说明天周末，他准备去看望老师和师母。

米勒忙抢断贾润华的话，说他想一起过去。

贾润华就是这个意思，趁师母神智还算清醒，看能不能问出一些有价值的线索。他不忘打趣米勒，最好把那个漂亮的女同事带上，所谓男女搭配，干活不累。

贾润华倒不是故意跟米勒耍贫嘴，他有自己的考虑。昨天晚上，老师和师母又给他打电话了，吵吵嚷嚷要见女儿，哭得伤心悲切，劝了一个多小时，手机都快打没电了。两位老人小孩儿似的，想哭就哭、想闹就闹，他已经穷尽了招数。马莉雅长相漂亮、乖巧机灵，让她跟老人聊聊，或许能起到一些作用。

马莉雅老嘀咕邀他周末到郊外游玩，米勒觉得这个机会不错。

"你就不用开车了，明天上午 8 点整，马莉雅驾车，我们过来接你。"

贾润华哈哈满天道："靓女豪车，哥哥跟着沾光啰！"

"你又来了？"

米勒似有不悦，胸口咚咚跳。这个信号告诉他，自己开始喜欢马莉雅了，喜欢的程度，似乎不亚于莎拉。不过，这两种喜欢是不尽相同的。马莉雅那种来自青春美少女的特殊情怀，他乐意享受。或许，这是仁慈的上帝，对他特别眷顾，将一位美丽的天使送到跟前，这个马莉雅，已然成了他的"灵魂伴侣"。

可是在他和马莉雅之间还横着李玥。

他有意无意做过比较，如果走入婚姻，两个女孩子，哪位都合适。舍弃任何一方，都将是他终身的遗憾。

熊掌和鱼不可兼得。如果把这个问题比作一道数学方程式，答案只有一个：无解。

车到山前必有路，走一步看一步吧，不想这件挠头事了。明天下乡，长途跋涉，准备工作得做充分点。米勒电话告诉马莉雅，将车子加满油，叮嘱晚上休息好。

马莉雅一听，高兴得几乎要跳起来。放下电话，几步走到米勒办公室，见他没有走的意思，估计手上事多，叫了两个快餐。然后，给 4S 店打电话，要他们把自己的宝马车开过去做保养。

034 失望之旅

　　天亮不久，米勒就起了床，下楼的时候，院子里晃动晨练的身影。几位穿着宽松的老头老太练习太极拳，随着空灵悠扬的音乐摆弄拳脚，一招一式都挺到位。

　　米勒每天清晨都要打一套德国长拳，德国武术同中国功夫渊源颇深，其基本功来自中国的地躺拳、鹰爪拳、劈挂拳、翻子拳等拳法启示，形成爆发力强、气势凶猛、力道强劲的特点。中华武术对德国功夫影响深远，这是米勒喜欢德国长拳的主要原因所在。

　　一套长拳出手快如闪电，气势如虹，米勒摆出收势，走进浴室，痛快淋漓冲洗一通，浑身舒服得很。

　　几分钟搞定穿戴，再次下楼时，发现马莉雅站在火红色宝马车边，清亮的晨光里，显得优雅而妩媚。

　　好像事先约好似的，两人都穿一身天蓝色便装，彼此相视一笑。

　　"早啊！"

　　米勒迎着脸色绯红的马莉雅说。

　　马莉雅柔声道："上车吧。"

　　米勒拉开车门，坐到副驾驶的位置。

　　他以往坐车，不大喜欢坐前排，总觉得没有安全感。现在反过来了，只要马莉雅开车，他铁定坐到副驾驶的位置。

　　马莉雅照例递来吃的东西。每天变着花样儿，面包、花卷、包子、油

168

条、发糕、饺子、馒头，五花八门。

吃完早点，米勒喝口绿茶，满意地笑笑。"我们去接贾处长吧。"

贾润华老早就候在他家楼下，手里拎着大包小包。马莉雅刚停稳车，他就快步走过来。

米勒打开车窗，歉意道："路上红绿灯多，让老兄久等了。"

"哪里话，让你俩赶了大早，我心里还挺过意不去呢。"

贾润华坐定，见米勒准备往后排坐，摁住他身子，朝他后背拍了拍。

米勒转过身子，嬉笑着朝贾润华肩膀捅了一拳。

两人这番表演，马莉雅在后视镜看得一清二楚，抿住嘴偷笑。

车内暖气充足，两人只聊了一会儿便昏昏欲睡。

马莉雅打开导航，任由他俩梦游。

沿途都在修路，挖土车轰鸣不止，渣土车来回倒腾。

天上飘着细密的雨丝，路面泥泞不堪，道路两旁的车辆，摆成首尾不见的长龙。小车走走停停，蜗牛般朝前爬行。

行驶了一个半小时，前方指示牌提示进入荣湾镇地段。路面宽了，路况不错，马莉雅紧绷的心放松下来。

贾润华醒了，瞄车窗外面的建筑物，提醒马莉雅前方 500 米往右拐，进入青石板路面的街道，目的地就在中国银行营业厅对面。

马莉雅回过头，微微笑道："贾处长，我们总经理睡得正香呢。"

贾润华正要推醒米勒，手机叫了起来。

陌生号码，贾润华毫不犹豫地掐断了。

电话再次响起，他不耐烦地喂了一声。

"你是贾润华吗？"

对方语气硬朗，贾润华愣了一下。

"我们是荣湾镇派出所，请你马上过来，关于你父母的事情。"

贾润华脑袋轰的一声炸响。"马经理，我们去派出所！"

贾润华推了米勒一把："兄弟，快醒醒！"

米勒睁开眼睛，一副睡眼惺忪的样子。"我们到哪儿了？"

马莉雅随口扔出一句话："派出所。"

"干什么？"

米勒立马坐直了腰杆，脸上现出几丝慌乱，惹得马莉雅咯咯笑。

"为人不做亏心事，半夜敲门心不惊。总经理，你怎么了？"

米勒白了马莉雅一眼，伸出一个懒腰。

"哎呀，想打个盹都不让人痛快。"

"我说总经理先生，您这个盹，顶半天工夫呢。"

马莉雅打了一把方向盘，直奔派出所。

一男一女两位警官接待他们，女警官个子高挑，一脸职业式严肃庄重，朝三人看了几眼。

"谁是龚老师的儿子？"

贾润华迟疑片刻道："我，我，我是。"

"两位老人几顿没吃没喝，你这个儿子怎么当的？"

女警察脸色很难看，口气硬邦邦的。

"听说你是国家干部，组织上怎么培养教育你的……"

两位警官不问青红皂白，劈头盖脸一顿训斥。

贾润华想解释什么，被两名警察的气势镇住了，结结巴巴几句，没说明白所以然。

男警察更来气了，搬出相关法律条文教训贾润华，称他这种行为涉嫌违法。如果情节严重，就算犯罪。

马莉雅赶紧解释，贾处长只是龚老师的学生。这些年，一直义务照顾老两口。他平日工作很忙，只有周末才能腾出时间，今天特地从省城赶过来的。

弄清了事情原委，警察忙给贾润华道歉，说他们急蒙了，听信了龚老师夫妻一面之词。想想也是，一个姓龚，一个姓贾，怎么扯上了父子关系呢？

龚老师老两口闹成这样，原因简单，师母就为一杯茶的事同保姆闹翻了。明明刚刚喝过，师母转身硬说保姆不给水喝，想渴死她。怎么解释都不听，重新给她倒也不干。师母经常无缘无故找碴子，保姆受够了，拎上换洗衣服走人。

情形同上回差不多，保姆一走，老俩口傻眼了。肚子饿，拿上碗筷沿街乞讨。不管是不是饭点，总觉得肚子饿得凶，哪家给慢了一点就大吵大闹。街坊邻居奈何不了，向派出所报警。

男警察告诉贾润华，两位老人老年痴呆症已经相当严重，没有专人护理恐怕不行。贾润华低着头，坐在角落一声不吭。

米勒想了想说："我们先见见老人再说吧。"

警察安排二老在镇医院做保守治疗，三个人离开派出所，来到镇医院，医生像见到了救星，将贾润华往病房里拉。

龚老师和师母本来安静地躺在床上，一见贾润华，立刻哇哇大哭，死活要回家。

贾润华忙说要听医生的，打完吊针才能回去。

说来奇怪，贾润华只说几句话，老人就不再闹腾。

医生苦着脸说："我们拿爷爷和奶奶真的没办法，最好接回家静养。"

贾润华不停感谢医生和护士，待点滴打完，他就将老人弄回家。

点滴瓶还有一些药水，只能耐心等候。

贾润华神情沮丧对米勒说："本来想让你们俩一块出来散散心，顺便从师母这儿问些什么，现在这个样子，真的不好意思。"

米勒安慰贾润华说没关系，眼下最要紧的是安置好两位老人。

贾润华一听，默然无语。小半天，提出米勒和马莉雅先回省城，他留下来照顾老师和师母。

马莉雅说这不是长久之计，还得再找保姆。她打开手机，点击58同城网，手指弹钢琴似的发出优价招聘保姆启示。半个小时不到，先后有5个人报名。

马莉雅同应聘者约定，一个小时之后到镇里中国银行对门见面。

先后来了三个人，反复比较后，一个叫惠姐的中年妇女为最佳人选。

贾润华看过惠姐的身份证，定下报酬：包吃包住，每月工资2200元。

惠姐挺能干，不用吩咐捋起袖子麻利地干活，只一刻工夫，就闻到了饭菜的香味。

贾润华坐在一旁，一直闷头抽烟。米勒拍拍他肩膀，将他请到屋外。

"我昨晚同德国那边打过电话，律师正紧锣密鼓跟龚楠丈夫协商，结果可能比预想的要好点。"

贾润华握住米勒的手，脸色略微开朗一些。

惠姐手艺不错，午餐三荤三素一汤，香气扑鼻。

龚老师夫妇像正常人一样吃得很香，马莉雅给两位老人夹菜，要他们多吃点。二位老人很听马莉雅的话，自始至终满脸笑意。

吃完饭，马莉雅给龚老师老两口剪指甲，陪他们聊天。说人家当保姆的挺不容易，主家人要对保姆和和气气，就像对待自己亲人一样。有啥话，要好好说，不能耍性子。二老孩子似的不停点头。

米勒感觉龚老师痴呆症状比老伴轻些，精神状态却不怎么好。断定两位老人病成这个样子，身体毛病只是一个方面，主要思女心切，抑郁成疾。这种病人，很容易产生焦虑，急眼了就狂躁。

贾润华见二老情绪不错，跟老师说明了来意。

龚老师眼睛朝米勒看了看，走到老伴跟前，跟她嘀咕半天。老伴目光迷离地看着丈夫，半天没说一句话。

"唉，老婆子糊涂了，抱歉啊！"

贾润华握住老师的手说："您别急，等师母记忆力恢复了，我们再慢慢跟她聊。"

两位老人安顿好了，贾润华向惠姐交代了护理细节方面的问题，三个人各怀心事离开荣湾镇。

马莉雅终于明白米勒藏匿很深的心思，眼神幽幽地瞟了他一眼。

035 谁解女人心

时序已经进入"大寒"节气，天气预报称，西伯利亚冷空气大举南下，江南一带，将大幅降温。

预报真准，温度下降近20℃。地面结了一层白霜，寒风迎面吹来，刀子刮擦一样疼。

天色刚放亮，李玥就到了集团办公楼，树桩一般立在保安岗亭旁边。

她昨晚调了闹铃时间，提前一个小时起床。洗漱、梳头、装扮，面包在微波炉烤一分半钟即可，边走边咬，偶尔吸一口盒装牛奶。平日坐公交车上下班，这个钟点，公交班次不多。

刚走出租住的屋子几十米，一辆的士车带着雾光和寒气，滴滴叫了两声，她想都没想就招手。

司机是个40岁上下的女人，看上去特别干练。李玥从她那略显沧桑的容颜判断，这个女人应该经历过不少事。天不透亮驾车出来揽活，不能说她胆儿够大，只能表明正面临生活的窘迫和压力。靠车轮子讨生活，本身不是一件容易的事，一个女人家，将生活的希望寄托于车轮就更难了。

难道她家遭遇了什么变故？

也许是个单亲家庭，独自一人带着儿子或者女儿。

李玥脑子开始活跃起来，兴叹眼前这个女人的命运，怜悯之心油然而生。

"美女，您去哪儿？"

"金融街 8 号。"

"上班？"

"嗯。"

"天还早着呢，看把您忙的。"

对方问一句，李玥勉强回一声，挤牙膏似的。

"美女，您到了。"

司机递过来一张笑脸。

"哦。"

李玥好像从梦里醒来，手忙脚乱往包里掏钱。

"25 块 5 毛，收您 25 吧。"

出租车司机哧哧哧打出票单递过来，李玥扔下 50 元就走。

"美女，找您钱呢。"

李玥没听见似的，头也不回地走了。

四周灰蒙蒙的，高大的办公楼像冒着寒气的冰山，看一眼就让人发抖。李玥有些后悔了，这个时候，总经理恐怕还在热被窝里打呼噜呢。她只站一会儿，就感觉浑身冰凉，寒风在骨头缝里穿梭。

时间还早，先到办公室暖和暖和再说吧？

刚迈出步子，耳旁响起一个声音：万一错过了怎么办？米勒太难找了，今天必得等到他。

这段时间，米勒行踪不定。约好了见面，眨眼就不见了。李玥不怪他，集团里里外外靠他操心，成天屁股不落座，能不忙吗？

他身边有个寸步不离的跟屁虫，她几乎没机会接触米勒。见不到米勒，她心里难受，仿佛无数只蚂蚁在胸口啃噬。为此，没少落过泪。

哭泣不顶用，抵御痛苦最好的办法就是喝酒，把自己喝醉。醉了就迷糊，什么都不用想。可是醉酒终归不是办法。女孩子喝酒坏处多多，醉一回，胃部遭一回罪，容颜还会受到伤害。

不行，我得找米勒，直接去他办公室，哪怕待几秒钟、说几句话。

可是马莉雅办公室在米勒前头摆着，要找米勒，得从她门前经过。这个女人，门神一样虎视眈眈，看一眼，她心里就发怵。

那次醉酒之后，马莉雅好像没了原先那股盛气凌人、得理不饶人的气势，但实际上变本加厉了。若有年轻异性接触米勒，她脸色就不好看，似乎米勒只归她一个人所有，别的女人看一眼都不行。李玥看来，马莉雅暗地把她视作眼中钉、肉中刺了。

李玥性格历来柔软，从来没有跟人争强斗狠的习惯，更不说同别人争男人。

她一直以为，男女婚恋是讲究缘分的，无需急眼白脸跟人抢。是你的，注定跑不了；不是你的，就是拉胳膊抱腿都没有用。所谓前世姻缘今生情分，两情相悦，彼此相爱，才能长长久久。

李玥秉承一个原则，不拿热脸贴人家冷屁股。可是当米勒出现后，她那些想法，如同空中飘荡的风筝，一阵疾风吹来，立刻栽了跟头。

她对米勒几乎无任何抵御力可言。无需米勒说什么，只要他一个眼神过来，她便败得一塌糊涂，心甘情愿当他的俘虏。

进入青春期以来，没有哪个男人让她如此心动过，米勒仿佛黑夜里明亮的灯光，照亮了她前面的路，她每一步都走得放心大胆、踏踏实实。

过去那些日子，她不知道自己是怎么活过来的，到底为谁而活。接触到米勒，彼此深交后，她从这个男人身上找到了答案，明白了生活的意义所在。为了这个男人，她可以毫无保留付出一切，包括身体、名誉和金钱。

她傻想过，如果某天，她和米勒两人必得死一个，她一定抢在米勒前头，用她的死，换来他一生的平安和健康。

李玥漂亮、温顺、知性、沉稳、善良，身边不乏追求者，大学同桌就是典型的例证。

同桌长相酷酷的，同韩国影星金秀贤模样儿有几分相像。他是"富二代"，品行和学业都不错，女生心目中的"白马王子"。

大一开始，同桌开始追求她，巧借各种名目给她送花，或者送好吃的，还送过漂亮的裙子。室友们戏谑道：这个超级情痴，给我们美丽的李玥同学送来的鲜花，堆起来怕是能装一卡车。

李玥对同桌没有那种感觉，一次又一次婉言拒绝，可他紧追不放。

毕业季来临，校园恋正上演热闹的剧情。同桌在一帮哥们簇拥下，点燃99根蜡烛，在李玥寝室前空旷的地坪，摆出巨大的"心"字，手捧99朵玫瑰，站在"心"字中央向她求婚。

李玥感动不已，在室友陪伴下，站在"心"字圈外，流泪向同桌鞠躬："抱歉，真心对不起！"

同桌仍不死心，毕业后一直主动联系她，常常发来短信嘘寒问暖。李玥的生日，"七夕节""情人节"，必定有一束精美的鲜花送给她，都由快递代送。两人一南一北，相隔几千里。

"李经理，早啊！"

保安柱子嘴里冒出热气，搓着手从岗亭走出来。

李玥递去微笑。

"等人呐？"

李玥点头。

一个女人一大早等在大楼门口，应该不是小事。柱子朝李玥笑笑，把军大衣领子往上抻抻，缩着头巡逻去了。

陆续有员工走进办公楼，用奇异的目光看李玥。几个老同事关切地问："冻死人呢，快到屋里暖和去！"

一个电话就能搞定的事儿，傻模傻样站在刺骨的寒风中卖冻肉，岂不神经病吗？

面对各样的目光，李玥的情绪有些波动，在肚子里责备自己。

时间已是8点10分，仍不见米勒过来上班，马莉雅那辆火红色宝马车无影无踪。李玥眼前发黑，一个趔趄，差点摔倒在地上。

头疼、发烧，浑身特别难受。李玥垂头丧气走进办公室，木然地坐着，半个小时不到，身子开始发抖，还有反胃的感觉。她跟统计员打了声招呼，打车回到了家里。

吃了几片感冒药，钻进被子里，把脑袋捂得死死的。

"姐姐，你不要我了？大哥哥呢，为什么老见不到他呀？"

"琪琪，你怎么从院里跑出来了？"

一台渣土车呼啸而来，李玥惊叫道："琪琪，危险！"

她一个箭步冲过去，抱住琪琪，顺势滚到路旁。

渣土车卷起冲天扬尘，开足马力疾速而去。

"哎哟！"

李玥感觉脑袋被什么撞了一下，一阵疼痛袭来。

全身高烧滚烫，她挣扎着撑起身子朝窗外看去，天色不知什么时候暗下来了。

李玥昏睡了大半天，做了一个奇怪的梦，这个梦把她吓得不轻。她像母鸡用羽翼护住小鸡那样，将琪琪紧紧搂在怀里。她只有一个想法，哪怕渣土车把自己碾碎，也不让琪琪受到半点伤害。

她忽然觉得自己太傻了，这个做法根本不可取。应该把琪琪推到路边的那个土坡下边，才能保证琪琪安全。倘若渣土车真朝她们冲过来，岂不是同归于尽？

所幸只是一场梦而已，但她心里依然惴惴不安。

人们常说，梦同现实是反的，照这个说法，琪琪不会有啥事的。李玥不停地安慰自己，祈愿琪琪安然无恙。

可是一丝隐忧漫上心头。

最近，琪琪的情绪挺不稳定，很难保证她不会惹出什么事情。班主任老师告诉她，琪琪常常一个人望着窗外发呆，不愿理同学们，满腹心事的样子。

李玥每回看望琪琪，她总说想米勒哥哥。两人分手的时候，琪琪不让她走，拉着她的手哭得特别伤心。

琪琪想家了，她想有个家？

只要触及这个问题，李玥心里就难过。她在孤儿院长大，清楚孤儿心里想什么。老师和院长再好，哪有自己的家好呀？她今天早早出门，冒着严寒站在大楼门口等米勒，有一件很重要的事情要跟米勒商量。

办理完供养琪琪的手续，米勒只去过省第二儿童福利院两次。李玥希望他多陪陪琪琪，最好每个周末去一次。米勒电话里老说他成天有忙不完的事情，节假日都很忙，实在抽不出身。

真有那么忙吗？

李玥感觉在她和米勒之间，马莉雅悄然砌了一堵高墙。

想起马莉雅，李玥头疼不已。不想她了，还是想琪琪吧。这个孩子对米勒有了依赖，见面就跟米勒疯，要他背着跑，瞧他俩乐呵的劲头，李玥心里少不了一些醋意。

琪琪毕竟是个孩子，还不懂人情世故，只要谁跟她疯闹就跟谁亲。

不管跟谁亲，供养了就有责任。何况，琪琪跟自己非常亲近。这个聪明漂亮的小姑娘，已然成为自己生命的一部分。她把琪琪当成了亲人，确切地说，她开始把琪琪当成自己的女儿疼了。

头疼得厉害，嗡嗡地啸叫。喉咙也疼，不停地咳。

李玥清楚，这次恐怕不只感冒那么简单，硬撑肯定不行。她将右手伸出被窝，胡乱摸索小半天，终于摸到手机。

4个未接电话，3个是米勒打来的，李玥心头一喜，哆哆嗦嗦摁回拨键。刚拨完，手上一滑，手机掉到床上。后面发生什么事，她一点都不知道了。

036 意外失踪

李玥醒来的时候四周一片光亮。脑袋昏沉，胃部隐隐作痛。她想吐，可连吐的气力都没有。

难道我要死了？

这个意念一旦产生，恐惧像潮水般奔涌而来，她奋力挣扎了一下。

"哎哟！"

强烈的疼痛感奔袭而来，李玥发现手上挂着输液管。

药架上挂着 3 只药瓶。已经打完的，像破损的葫芦，瘪瘪的凹下去半截。剩下的那瓶，还有大半瓶药水，淡黄颜色液体，一滴接一滴流进她的血管。

鼻孔挂着呼吸器，这个状态似乎提醒她，若不是呼吸器助力，自己可能早就那个了。

人的生命实在太过脆弱，生与死之间，就是一口气的事情。一口上不来，就跟这个世界拜拜了。她依稀记得，自己打车从办公楼回到出租屋，车程不过 20 分钟左右，仿佛经历了一段漫长的岁月。

出租车司机是一位和蔼的大叔，见她病得不轻，要送她去医院。她摇头说只是感冒，吃点药，睡一觉就会没事的。大叔搀扶她进屋，再三叮嘱，有病是不能硬撑的。递给她一张名片，说如果需要帮助，可以给他打电话。她强打精神，微笑着表示谢意。吃过感冒药片，蒙头钻进被窝。

李玥明白自己躺在医院，床边有个熟悉的身影。低着头，身子前倾，眼看就要摔倒，一股神奇的力量将她回拉。如此反复几次，好像一尊不倒翁。

马莉雅？

一阵晕厥袭来，李玥感觉自己又要昏睡过去。

"嗯，嗯，啊啊……"

马莉雅双手握拳，举过头顶，伸出大大的懒腰。她一直守着李玥，在医院守护了一个通晚。

点滴瓶里药水还有不少，马莉雅站起身，想走动一下，腿脚一阵麻胀，连忙用上米勒传授的那套缓解脚麻的按摩法。揉到腿部的时候，朝李玥看了一眼，发现她眼角挂着泪珠。俯下身仔细看，李玥突然睁开双眼，吓得她一哆嗦。

马莉雅拍了拍胸口，惊喜地说："你醒了？"

李玥无力地给出一个笑脸，发现马莉雅眼里闪着泪光。

马莉雅转过身，按响墙上的呼叫开关，护士赶过来，见李玥醒过来了，脸上露出欣喜的笑意。

监视仪显示一组数据，血压，心跳都正常。护士给李玥量完体温，面向马莉雅说："病人还有点发烧。"

李玥喉咙嗝出一声，咳嗽的声音破碎而沙哑。

马莉雅给她倒了半杯开水，往里兑了点凉白开，滴几滴在手背上。水温适中，将吸管插入杯中，凑到李玥嘴边。

"喝点吧，嘴唇都快干裂了。"

李玥感激地点头。

李玥喝过水，脸上气色好看不少，抬起右手，示意马莉雅坐过来，她有话要说。

马莉雅朝李玥笑笑，打来一盆热水，给她擦脸、擦脖子、擦手，忙完这些坐到病床边。

"天很快就亮了，想吃点什么，我去给你买去。"

李玥轻轻摇头。

就在这个时候，马莉雅手机响了，米勒平静地在电话里说，琪琪已经找到。

马莉雅开心地叫了起来："太好了！"

"李玥怎么样？"

马莉雅瞄了李玥一眼，回话说昏睡了一整晚，刚醒过来。护士量过体温，还有点发烧，应该没什么大问题。

米勒说他一会儿就过来。

8点半左右，米勒走进病房，身后跟着一帮穿白大褂的。

主治医师摸摸李玥额头，问她头还疼不。

李玥声音微弱地说有点。

主治医师问是不是咳嗽。话音刚落，李玥一阵狂咳，咳得脸色都变了。

李玥感冒发烧引起肺部感染，主治医师吩咐跟在身边的医生，往点滴瓶里加些孢曲松钠和左氧氟沙星剂量。上午安排血常规和胸大片检查。结果出来后，再确定下一步治疗方案。

主治医师叮嘱马莉雅，多给病人喝些白开水。

大夫们查完病房，逶迤而去，米勒叮嘱李玥好好休养，抬腿就走。

"总经理，你，你……"

李玥话没说完咳了起来。

米勒连忙停下脚步。

李玥喉咙咳出几声，喘着粗气问："琪琪咋回事呀？"

米勒没有回复李玥。

"说呀，琪琪到底怎么啦？"

李玥带着哭腔追问。

马莉雅给米勒使出一个眼色，悄悄退到阳台。

李玥眼泪汪汪看着米勒，鼻子抽动几下。"琪琪没出什么事吧？"

米勒两眼木木的，半天没吭声。

"说呀，快把人急死了！"

李玥一阵猛咳，脸色涨得通红，泪水滚滚而下。

米勒不愿触及这个话题，可李玥这儿绕不过，停顿半天，长长地叹了一口气。

"或许，我们供养琪琪那件事，当初考虑得不大周全……"

李玥不知道哪来的气力，抢过话头吼道："你什么意思，后悔了？"

米勒摇头说："你是知道的，我特别喜欢琪琪，可是，可是……"

李玥满脸凄苦，抽泣着说："我知道你心不在焉，不过图一时新鲜而已！"

这算啥话，不是侮辱人吗？

李玥话冲，要照往日，米勒必定吹胡子、瞪眼睛教训她一通。他喉结滚动几下，细声道："昨天下午，琪琪他们班上体育课，她趁人不注意，独自跑出幼儿园。"

李玥睁大眼睛，惊恐地嚷道："天啦，她想干什么呀？"

"琪琪走丢了。"

米勒眼睛看着窗外，脸色凝重说。

李玥两眼发直，扎着针头的手紧紧抓住被褥。

"老天爷，她跑哪儿去了？"

班主任老师发现琪琪不见了，风急火急到处寻找，找遍了院里每个角落和附近门店，也没见到她的人影，慌忙向院长报告。

院长赶紧给李玥打电话，怎么都打不通，最后打到米勒那儿。

米勒正在市里出席民营企业家座谈会，接到电话当即拨打李玥手机，接连打了几次，都无人接听。将电话打到公司人力资源部，方知李玥病了。

米勒立刻拨打马莉雅的电话，要她火速赶到李玥住处看看，自己驱车直奔省第二儿童福利院。

时间已是下午5点半，琪琪失踪已快3个小时。院长告诉米勒，院里已向派出所报案。米勒调转车头直奔派出所，得知所里只安排一个警察和一个辅警寻找，火气一下子上来了，一拳砸在所长办公桌上。

"你们是干什么吃的？人命关天，就派两人敷衍，还算不算人民警察？"

小伙子看上去斯斯文文，发起飙来像街头的混混，所长两眼一瞪，从腰间拔出手铐拍在桌上。

"你知道这是哪儿吗？再横，我就拘你！"

米勒双手握拳，指头关节捏得咯咯响。

所长弄清米勒身份，态度大变，解释最近所辖片区发生了几宗比较大的案子，大伙精力都牵扯进去了，请他理解。

所长问清琪琪衣着和体貌特征，拿起桌上电话，向110请求支援。

所长打完电话，目光温和地看着米勒，说110已经受理，市局领导恰巧在指挥中心，向全市各分局及派出所发布命令，紧急寻找琪琪。蓝天救援队出动了几十名队员，开展全城大搜索。

离开派出所，米勒依然焦躁不安，担心琪琪出什么意外。车祸、被拐、迷路，这些都有可能。他从路边书店买了一张全市地图，开始地毯式搜索。找了几个小时，仍不见琪琪踪影。

商场、酒店、小饭馆陆续关门打烊，米勒看了下手表，很快就要到22点了。

"小家伙腿脚不大灵便，能跑哪儿去呢？"

米勒闷头想了半天，猛然记起了一件事情。

那天同琪琪见面，小家伙扑闪着眼睛问李玥姐姐和米勒哥哥是干啥的，在哪儿上班，他想都没想，就说他们上班的地方在金融街8号。

不可能吧？

当时随口一说，她那么小，还不识路，未必往心里记牢了。

米勒当即否定自己想法。转而想来，反正是找，不如去碰碰运气。他刚启动车子，有人打他手机。

听声音，打电话的人很小心。"请问，您是总经理吗？"

"你谁呀？"

米勒没好气地回过去。

"我是公司保安柱子，好不容易找到您的联系方式，打搅您了。"

"有事吗？"

"我这里有个叫琪琪的小女孩，巡逻时发现的，她在楼道口睡着了。"

"6岁左右，右脚有点不大灵便。"

米勒赶紧拿琪琪的体貌特征确认。

"对，对对，没错！"

"我正在满世界找她呢。小伙子看住她，我马上就到！"

米勒加大油门，朝长川投资集团办公楼飞奔而去。借着灯光，老远看见柱子正在给琪琪喂吃的东西。

"琪琪！"

琪琪发现了米勒，扔下手里吃的东西，哭着扑了过来。

"爸爸，爸爸……"

米勒说完这些，朝阳台方向看了看。

"马莉雅，进屋吧，外头好冷的。"

马莉雅迟疑一下，返身进屋。米勒见她情绪低落，想好的话，一下子不知道怎么说。

李玥目光柔柔地看着马莉雅，她明白了，当时自己处于昏迷状态，是马莉雅把她送进医院的。

"马经理，谢谢你！"

马莉雅微笑着点了下头。

李玥平静地说："马经理，琪琪是我同总经理共同供养的那个小女孩。"

马莉雅将脸转向一旁，小半天"哦"了一声。

米勒语气缓慢地说："李玥，我昨晚想了许久，有些话想跟你说明白。"

李玥心里颤了一下，故作镇静道："说吧，我听着呢。"

"我们都是从孤儿院走出来的孩子，最清楚家的概念意味什么。孩子小时候要妈，长大了要家。昨天晚上，琪琪见到我，情不自禁叫爸爸。可是……"

"没有可是，我一定给她一个家！"

李玥声音微弱，斩钉截铁地打断米勒的话。

"就是再难，我都会照顾好琪琪的。你怕受拖累，可以选择退出。"

李玥相当激动。米勒清楚，一时半会儿很难说服她，神情忧郁地说："瞧琪琪眼下的情形，难保她以后不会出走。"

李玥调整了一下情绪，语气平缓地说："我这段时间太忙了，没按时去福利院看她，这是小家伙离院出走的主要原因。放心吧，我能说服琪琪的。"

李玥咳了几声说："琪琪下半年上小学一年级。学校我谈妥了，离公司不远，接送起来挺方便。"

看来李玥已经吃下定心丸，米勒选择沉默。

马莉雅插话说："李玥考虑蛮周全的，琪琪的安置问题，暂时只能是这个样子。依我看，当务之急应帮琪琪治疗右腿。孩子年幼，骨骼可塑性强，手术越早越好。"

米勒和李玥都吃惊不小，琪琪右腿上的毛病，马莉雅是怎么知道的？

037 艰难的抉择

李玥只在医院住了三天，非出院不可。煞有介事说自己有恐白大褂症，看见医生护士晃来晃去，就要发疯。主治医师警告她，眼下只是暂时脱离了危险，难保病情不会出现反复。

肺部感染绝对不能大意，米勒用命令的口气要她配合医生治疗。

李玥垂下眼帘，喃喃自语道："无非就是死呗，有什么了不起的。"

她的声音不大，米勒和马莉雅都听得清楚。

米勒知道李玥心里有怨气，这是气话，不用当真听。倒是琪琪不言不语离开福利院，这件事非同小可。这个信号已经非常明确，这个孩子很想有个家，在她的心里，已然勾勒出了父母亲的形象。

供养琪琪和家的概念，完全属于两码事。从物质角度说，抚养琪琪一辈子，他决无二话。

李玥提出独自抚养琪琪，作为过渡方式，未尝不可，但不是最佳方案。李玥正值豆蔻年华，有权利追求属于自己的幸福，总不能带着一个小女孩同人家谈恋爱吧？即便对方勉强能接受，一个从未当过妈妈的女人，能不能教育好孩子，使之健康快乐成长，这就难说了。教育管理琪琪，是一项长期而复杂的工作，会面临许许多多的困难，承受来自各方面的压力，不可预见的情况会很多。他不怀疑李玥的热情和毅力，但很难想象最终是什么样的结果。

米勒感到左右为难，想不出更好的办法处理这件事。不管怎么说，既然

186

承诺供养琪琪，就得用心去管，把责任扛起来。他顺着马莉雅的话头，提出琪琪右脚手术问题得抓紧，孩子越大，术后恢复越麻烦，不如趁早做了。

李玥抬起眼，眼神忧郁地点头。

离琪琪上小学还有几个月时间，如若尽早手术，不会耽搁后面的学业。米勒当机立断，建议选择德国柏林夏洛特医院，那儿是全球顶尖骨科医院。

李玥眼前一亮，随之黯淡下去。

米勒明白李玥的心思，她在为手术费用的事犯难。像琪琪这样的手术，需要多少费用，他心里有数。他在德国邻居家有个孩子，做过类似的手术，费用不会低于 20 万元人民币。琪琪远赴德国做手术，加上差旅等费用，数额应在 50 万左右。

李玥沉思片刻，语气坚定说："不管费用有多高，手术照做不误。"

她存了七八万块钱，不够部分先借，以后慢慢还。能治好琪琪，比什么都强。可是琪琪赴德国手术，陪伴和照料都是问题，这些她就无能为力了。

米勒态度很明朗，琪琪手术费用，由他全额承担。眼睛看着李玥说："你现在的任务就是积极配合医生，赶紧把病治好。琪琪去德国治疗，由你全程陪同。"

米勒以代理董事长身份向李玥布置任务：公司在德国有一项重要事务需要处理，李玥为最佳人选，她有足够的时间照顾琪琪。

李玥脸上露出笑意，但很快沉下来。到底是什么公干，她不明就里。

米勒顿了顿，严肃地告诉李玥，请她去德国协助办理一桩离婚案。

李玥从大学到研究生，学的经济管理，法律知识与实务知之甚少。况且这是一桩涉外离婚案，自己既不懂德语，更不懂德国相关法律规定，她什么都做不了。

米勒解释说，这件事关系到一位德高望重的老教师家庭幸福问题，公司拟作慈善项目施以援手，由李玥担任项目牵头人和执行人。

长川投资集团公司，历来注重社会责任担当，做了不少公益。比如，向地震和洪涝灾区捐款捐物；金秋寒门学子助学；救助孤寡老人；组织年轻员工义务献血等。

米勒告诉李玥，案子当事人是一位女画家，名叫龚楠。去德国几年，婚姻很不幸。龚楠没有固定的生活来源，处境十分艰难。她父母亲都快 80 岁了，双双患有老年痴呆症，天天盼望独生女儿回到他们身边。母亲疯疯癫癫，成天哭着闹着要见到女儿，自残过几回。

米勒通过朋友和莎拉，在当地聘请了律师，依照法律程序，已经起诉男方。那男人原先相当强硬，死活不愿离婚。迫于种种压力，态度有些变化。如果龚楠放弃财产权，男方可能会改变初衷。

李玥仍然感到惶惑，面对这桩离婚案，她只能"干瞪眼"。

其实，李玥的任务很简单，就是想方设法劝龚楠赶紧回国。

米勒他家在柏林有套住房，李玥和琪琪住那儿挺方便。具体事项，他让妹妹莎拉安排和协调。

事不宜迟，米勒抓紧同儿童福利院协调，马莉雅负责办理李玥和琪琪的出国护照。

莎拉电话告诉米勒，她同夏洛特医院联系已经协商到位，谈妥了具体细节。病人一到，做完系列检查，就可以进行右脚矫正手术。

出发时间到了，米勒同马莉雅一起送李玥和琪琪去机场。

马莉雅驾车，几段路面铺设了减速带，宝马车蹦蹦跳跳，李玥的心跟着跳动。车轮飞速前行，仿佛从她胸口碾压过去。

对马莉雅这个人，李玥一直持否定看法，还抱有一些成见，潜意识把她当作情敌。感情纠葛如同战场，两个女人明争暗斗，李玥渐渐落于下风，焦躁、愤怒、忧伤，复杂的情绪缠绕心头。她不想输给马莉雅，对马莉雅暗生不少恨意。

一天，她找马莉雅核实综合部月度绩效，马莉雅不在办公室，办公桌上有张打印纸，上书总经理饮食习惯。她看了几眼，记住了全部内容。那天晚上，她约请米勒总经理吃饭，没料到马莉雅跟了过来，她脸上笑眯眯的，肚子里一团火在蹿，眉头一皱，照着马莉雅的菜谱点菜。

她摆出这一道，意在激怒马莉雅，让她在总经理跟前丢人现眼。目的达到了，她后悔得要死，怨自己一时情绪化，手段有些阴暗，让光明磊落的品行蒙上了污点。

这次感冒引发并发症，病情危急，若不是马莉雅及时赶到她的出租屋，送往医院紧急抢救，后面的事还真不好说。一夜之间，马莉雅成了救命恩人，她阴差阳错欠下了马莉雅一笔人情债。欠债偿还，天经地义，难道要将心爱的男人以拱手相让的方式予以偿还吗？

机场到了，米勒从车子后备厢取出行李，将李玥和琪琪送到安检口。

琪琪拉着米勒不放，马莉雅站在行李托运处，远远地看着他们。

米勒蹲下身子，亲了亲琪琪的小脸蛋。

"到了德国，你要听李玥姐姐的话，配合医生治疗。米勒哥哥盼望你早日康复，平安归来。"

琪琪流泪点头，李玥眼角有些湿润。

米勒叮嘱李玥，这一路肯定挺辛苦，一定注意安全。到了法兰克福机场，莎拉开车过来接站。余下的事情，听莎拉的就行。

李玥和琪琪过了安检，米勒将拇指和小指岔开，贴到耳朵旁边，做出打电话的模样。

李玥鼻子酸酸的，拉着琪琪朝候机大厅走去。

038 飞赴德意志

飞机呼啸着冲向蓝天，李玥胸口发闷，闭上眼睛，让呼吸平缓下来。

琪琪第一次坐飞机，特别的好奇。双脚提起来，放下去，反复几次，格格地笑。

"姐姐，我们这是飞到外国去吧？"

李玥睁开眼睛，抚摸她红扑扑的脸蛋。

"琪琪那么聪明，猜猜看。"

琪琪歪着头，想了想说："我看是这样的。"

瞧琪琪天真无邪、无忧无虑的样子，李玥的心情变得愉悦起来。

这段旅程属于连轴转，从凤凰城搭乘国内航班飞往北京，再转乘国际航班，落地为德国法兰克福国际机场，算上途中和候机的时间，全程耗时超过12个小时。

中国同德国时差大概六七个小时，身边带着一个行动不太方便的小姑娘，此行不是一般的辛苦。出发前，米勒和马莉雅忙前忙后，帮她俩打点行李。米勒买了3个包：一个拉杆箱包，一只手包，给琪琪买了一个粉红色小背包。

柏林同国内这边气候特点相差不是太大，马上进入夏季了，路上带件毛衣足够，主要备齐夏装。柏林雨季长，多带几件能应急，拉杆箱包被马莉雅塞得满满当当。

手包是深红色的，镶着金边，看上去典雅精致，跟李玥的气质特别搭。

米勒找了几家皮具专卖店，拿不定主意，最后是马莉雅挑选的。小包功能多，开口处装有密码锁。能拎、能背，用起来方便。

米勒嘱咐李玥，现金同护照、机票最好分开放。手包里边有几个隔层，每一层都有拉链。

机场告别时，米勒细声地提醒李玥，晚上没有特别紧要事，最好别单独出门。近期德国境内涌入不少难民，混进来不法之徒，专门针对女性下手。他给李玥手机办了国际漫游，费用足够。身在异域他乡，要她别省那点小钱，有事多联系。

这男人心思比女人还要细腻，点点滴滴考虑得细致周全，李玥感动得快要流泪了。

天气闷热，感觉脖子被掐住似的喘不过气来，一场急雨不期而至，伴随着电闪雷鸣。李玥握着琪琪的手，安静地坐在北京机场第三航站楼候机厅。候机旅客不少，但大厅特别清静，很少有人走动。

依照经验，这种天气状况，起飞时间延后概率大，最糟糕的是取消航班。她拿起电话，想告诉米勒这边的情况，一看时间马上就到零点，便打消了念头。

一路颠簸，琪琪早已疲惫不堪，躺在李玥怀里睡得正香。李玥看着熟睡的小丫头，仿佛抱着自己的亲生女儿。

10分钟过去，雷电消失，雨很快停住了，电子屏幕显示：赴法兰克福航班正点起飞。

李玥叫醒琪琪，拽住她的小手，走向登机口。

机舱里面有点儿凉意，李玥找空姐要了一条毛毯，将琪琪裹起来。

这是中国国航航班，机舱坐得满满当当。出国的人如此之多，李玥没有想到。

这些年，中国经济发展迅猛，老百姓口袋鼓起来了，出国成了家常便饭。商贸的、旅游的、留学的、探亲的都有。李玥心里怦然一动，涌出强烈的自豪感。

琪琪呼呼大睡，小脑袋歪在李玥的腿上。

她不敢睡，一只手握住琪琪不放，两眼盯着电视屏幕，跟踪飞行航向。她不是好奇，纯属消磨时光。

飞机飞越蒙古乌兰巴托，一路向西，飞经哈萨克斯坦、乌克兰、匈牙利等国。时间犹如性格温和的老头，不慌不忙地吸食一杆烟枪，慢腾腾地吐出烟雾。

李玥目光跟着屏幕上的箭头，一路漫不经心数过去。困了，眼睛眨一下立马张开。如此反反复复，当地时间凌晨4点多钟，飞机顺利着陆。

李玥取过行李，办理完入境手续，看见了一位金发碧眼的姑娘，等候在航站楼出口处。她身边站着一位皮肤白皙、身材高大的小伙子。

"李玥，你好，欢迎来到德国。"

莎拉快步走过来，用中文热情洋溢地打招呼。

李玥一怔，立刻明白过来，前来接站的就是米勒的妹妹莎拉。

"这就是传说中的琪琪吧？可爱的宝贝，终于见到你了，姐姐太开心啦！"

莎拉弯下腰，往琪琪小脸蛋亲了一下。

可能太过疲惫的缘故，李玥还有点蒙。片刻，朝莎拉伸出的右手握了一下。

"莎拉，辛苦你们了。"

莎拉握了李玥一下，微笑着介绍身边的小伙子。"马克，这是我同学。"

马克的脸颊和下巴围了一圈棕色胡子，脸上现出淡淡的笑意，他肩膀耸耸，用半生不熟的汉语问候道："你好！"

李玥腼腆地回应："你好！"

琪琪用手背搓眼睛，胆怯地看着眼前的陌生人。

李玥轻抚她的小脸蛋，笑着说："琪琪，叫姐姐、哥哥。"

姐姐？

哥哥？

显然，琪琪心里的那个概念，跟眼前两个人联系不起来，茫然地摇头。

李玥有些尴尬，蹲下身子，指着莎拉说："这位就是托马斯·米勒哥哥的妹妹。"

说到米勒，琪琪眼睛立刻亮起来，看看莎拉，似乎感觉不大对劲，迟疑了一下，小声道："莎拉姐姐好。"

莎拉高兴坏了，一把将琪琪搂进怀里。

"长得像天使一样迷人，我太喜欢了。"

琪琪任由莎拉摆弄，一句话不说。

李玥替琪琪解围，说她胆儿小，刚开始会有点儿认生，熟悉了就好了。

莎拉一点都不介意，她就喜欢琪琪这个萌萌的样子。

走出航站楼，李玥见到接她们的车子停靠在公路旁一个岔道口。德国公路不像国内那么宽，路上车少，几乎见不到行人。

莎拉坐到副驾驶的位置，回过头跟李玥聊。安排李玥和琪琪上午先休息，倒倒时差。下午领她们熟悉周边环境。明天去医院给琪琪检查身体。如果没什么问题，后天就可以进行手术。

莎拉普通话流利，安排事务严谨细致，那个架势，一点都不输米勒。

来德国前，米勒说过，莎拉正在攻读博士学位。一番交谈，李玥对莎拉由衷的佩服和喜欢。忙说："我们全听莎拉妹妹安排。"

"手术的事请放心，主治医师是全球顶级专家。"

莎拉指指马克说："他父亲博克教授，亲自主刀。"

米勒和莎拉考虑得如此周到，李玥很感动，情不自禁地说："谢谢，太麻烦你们了。"

小车奔跑两小时多一点，莎拉在柏林的家快到了。李玥一再表示，给莎拉和马克添麻烦了。

莎拉假装生气，以后不许她这样说，刻意客套就见外了。李玥松了一口气，开心地笑了笑。

天色已经大亮，到处都是葱绿苍翠的树木。车窗开了一线，清新爽朗的空气扑进车内，李玥吸了一口，感觉五脏六腑像被清洗过似的舒适。

目的地到了，马克停住车，卸下行李匆匆离去。

莎拉的家是一栋大别墅，加上院子，占地面积相当于中国 1300 多平方米的样子。别墅外墙由灰色大理石装修而成，呈现18世纪的建筑风格，看似古老笨拙，却显沉雄典雅。

莎拉将李玥她俩领进二楼靠东的套房。里间宽大，外面的稍小一点。

室内干净整洁，一大一小两张床。被面雪白，床头柜摆放一盆修葺精致的绿色植物，模样有点像绿萝。

保姆做好了早点，毕恭毕敬地请莎拉和客人用餐。这位利比亚女人40多岁，皮肤稍黑，模样儿挺耐看。

早点品种多，有面包、烤肉、烤肠、炒蛋、果蔬、牛奶。

莎拉坐到琪琪旁边，教她用刀叉。琪琪手脚笨拙，但耐心细致。就这点，莎拉特别欣赏，竖大拇指说："琪琪，真棒！"

琪琪受到鼓励，很快就摆弄自如。莎拉告诉琪琪，能吃多少取多少，不够了再加。

琪琪点头。

用完早餐，余下的事情就是睡觉，尽快把时差倒过来。李玥在床上躺了一会儿，忽然记起一件事，给米勒发去短信："安全抵达，勿念！"

米勒秒回："莎拉已电告。"

可能累过了头，一时半刻没有睡意。李玥闭上眼睛，脑子里不停地旋转，感觉自己还在飞机上，耳朵嗡嗡作响，干脆睁开眼睛。

阳光透过窗帘的缝隙照进来，室内亮爽爽的，正墙面悬挂着蒙娜丽莎的画像。

刚进门时，莎拉介绍说，哥哥酷爱达·芬奇的画作，这是一幅临摹作品，从拍卖会上拍到的。

李玥多少懂一些达·芬奇画作方面的知识，《蒙娜丽莎》原作价值连城，一般不会拿出来拍卖。临摹品数量也有限，价值自然不菲，竞拍到手，必定花费不少。

来之不易的艺术品，挂在墙上当饰品，李玥不大理解。只有一种解释，米勒他们家就是钱庄。当然，这些跟她没有啥关系，她一点都不在意，只关心艳丽迷人的莎拉姑娘。

从米勒那儿听说过这位热情似火的妹妹，李玥透过莎拉飞扬的眼神，窥探出这位成熟女性内心世界的些许秘密。提到米勒的时候，莎拉眼里光芒四射，看得出，她对米勒的情感，远不是妹妹对哥哥那种。

李玥感觉自己像被人逼到擂台角落的拳击手，心底冒出严重的挫败感。一个马莉雅已经让她头疼得要命，眼前这个莎拉令她彻底无语了。

李玥不想往下想了，翻过身趴到床上，拉过枕头，压到脑袋上。

039 德国人的效率

李玥醒来的时候已是午餐时分。这一觉睡得扎实，体力完全恢复。

琪琪醒得早，独自坐在靠窗台的椅子上玩耍，怀里抱着一只棕色小浣熊。

琪琪将小浣熊举过头顶，小步跑过来。

"姐姐，小浣熊，莎拉姐姐买的，你看漂亮吗？"

李玥扶住琪琪，撩了一下飘在她额前的发丝，笑眯眯地说："当然漂亮啰！"

"莎拉姐姐说了，还会给我买好多好多玩具。"

琪琪脸上笑出了一朵花，歪着头说："莎拉姐姐真好，像托马斯·米勒哥哥一样好。"

李玥脸上的笑意僵住了。琪琪一愣，拉住李玥说："姐姐，你好像不开心呀？"

李玥手往琪琪小脸蛋轻轻掐了一下："精灵古怪的，就你聪明。"

午饭安排吃中餐。那些香气扑鼻的菜肴，是保姆照网上介绍做的：宫保鸡丁、辣椒炒肉、红烧鱼、西红柿蛋汤。

保姆手艺不怎么地道，但是能在异国他乡吃上这些，已经相当不错了，李玥竖起大拇指夸她。

保姆特别高兴，一个劲说："Thanks, thank you！"

这个李玥能听懂，英语"谢谢你"的意思。

莎拉去了医院，就三个人吃饭，李玥和保姆用英语交流，有说有笑。

两人英语水平都属半生不熟的那种，只能选择同吃相关的最简单的词汇，碰上难以表达清楚的，辅以手势比划，这顿饭吃得有些费劲，却挺逗。

琪琪很快适应这场类似竞猜的肢体语言游戏，往往李玥和保姆两人还在"捉迷藏"，她已经明白她们打出手势的含义。

保姆挺乐意用打手势这种表达，眉目含笑朝琪琪点头，这个小翻译帮了她不少忙。

吃过午饭，保姆收拾完餐桌和厨房，领着李玥和琪琪到外头溜达。莎拉本来计划带李玥和琪琪到外头走走，临时有急事，出门前交代保姆，抽空领两个远道而来的客人到附近兜一圈。

早上来的时候迷迷糊糊，没怎么看明白，现在一目了然。李玥被四周的景色迷住了。

柏林以风景优美驰名，与其说这儿是现代化的大都市，不如说是充满浪漫情调的绿色海洋更贴切些。放眼看去，一排排挺立的栗树和婀娜多姿的菩提树迎风而舞。

米勒说过，菩提树是椴树的别称，被日耳曼人尊奉为爱情树。看着眼前枝繁叶茂的椴树，李玥心里猛然涌出莫名的烦躁，拉起琪琪说："走累了，我们回家吧。"

正遇上莎拉回来。莎拉给琪琪买了一堆玩具，还买了几套衣服。琪琪踮起脚，开心地亲了莎拉凑过来的脸，莎拉笑得花枝乱颤，丰腴的胸脯不停地抖动。

莎拉同琪琪玩了一阵，将李玥请到小客厅，聊琪琪的手术问题。

莎拉说了一个情况，依照医院规定，琪琪需接受全面检查，能否手术，检查后再做结论。

李玥心里有些发怵。德国人的严谨她素有耳闻，医院对病体管理特别严格，检查环节不达标就不能手术。如果是那样，意味着她们这趟白跑了。

莎拉看出李玥的心思，劝她不必紧张，医院不会刻意刁难病人，只要琪琪心脏、血压等关键指标符合手术标准，就没什么问题。即使有些小问题，可以在特护条件下进行手术。一句话，对病人负责，这是医院职责所在。

莎拉语气平缓，眼睛忽闪忽闪，看得出她也有些紧张。

李玥心里打鼓，默默念叨："但愿不会出现意外。"

第二天清晨，刚用完早餐，马克就开车过来，淡淡的笑意仿佛从他灰色眼睛里散发出来。

李玥发觉马克的笑容挺不一般，看莎拉的眼神有些异样，灰色眼睛像两个魔幻球。

李玥想起了英国作家 J. K. 罗琳创作的《哈利·波特》（*Harry Potter*），年轻的巫师学生哈利·波特征服了伏地魔。

难道马克想征服莎拉？

凭女人的直觉，李玥察觉马克正在狂热地追求莎拉。

莎拉似乎不在状态，马克幽深的目光直射过来的时候，她的脸就会偏向一旁。

李玥觉得马克挺可怜的，自己也是可怜虫。大学那位同桌，同样如此。

马克驾车，莎拉照例坐到副驾驶的位置，李玥坐在后排，琪琪依偎在她怀里，俨然亲亲热热母女俩。

半个小时多一点，夏洛特医院骨科中心就到了。博克教授是个高个子的中年人，看相貌，马克的小胡子传承了父亲的基因。教授面容严肃，不见一丝笑意，跟莎拉咕噜了半天。

莎拉不停点头，马克不停耸肩摊手，满脸不开心的样子。

李玥判断，教授很难通融，儿子出面都不行。这样也好，可以对琪琪的身体进行一次全面检查。

楼上转楼下，再转过相连的另一座高楼，身高、体重、视力、眼、鼻、喉、肝、胆、肾、心脏、血压、血样、尿样，将近 20 个科目，整整一个上午跑上跑下，李玥两条腿几乎跑断了。

琪琪跟医生配合默契，检查过程还算顺利。

博克教授告诉她们，最快一个星期出结果，让她们在家里等消息。

李玥累趴了，回到家包一扔，躺下来就不想动。没想到自己体能如此之差，应该不是身体疲乏，而是心累。

医院的繁文缛节令她心生烦躁。过去听人说德国人办事死板，效率低，她似乎不大认同。身边的米勒就是有力的例证。干什么都雷厉风行，讲究高效。可米勒一旦认真起来，那个死板劲头，丝毫没有变通的余地。李玥进医院时是有心理准备的，现场体验下来，总算领教什么是正宗的德国人，什么才叫德国效率。

想起来后怕，早知道这样受罪，还不如到国内找一家医疗技术力量雄厚的骨科医院。北京、上海、广州等地的骨专科国内外都挺有名气。

后面的事究竟如何还说不准，后悔药德国这儿根本买不到，只能耐心等待结果。掐着指头数到第3天，李玥等不下去了。

一连几天，没见莎拉照面，李玥失去了主心骨。人生地不熟，语言不通，她和琪琪只能在别墅傻傻地待着。吃了睡、醒了吃，一天到晚百无聊赖。

打开电视，只有中国中央四台能看懂，大部分时间播新闻。琪琪要看动画片，只能依着孩子。一百多个频道，翻过去、倒过来，耐着性子帮她找，终于找到德语版动画片。尽管听不懂说什么，琪琪依然喜笑颜开，看得津津有味，抱着小浣熊坐在椅子上，两只眼睛不再挪开电视屏幕。

胸口像压着沉重的石头，李玥感到呼吸吃力，决定到楼下透透气。

刚下楼没走几步，那辆熟悉的浅灰色奔驰开了过来，马克和莎拉双双从车里走出来，走到李玥跟前。

莎拉说龚楠的离婚案由马克代理，他是律师。龚楠丈夫反复无常，马克做了不少工作，效果不大明显。

李玥急切地问，她能否见见那位教授。

马克昨天见了他，劝他放过龚楠。那人一听暴跳如雷，拿刀架在自己脖子上。

马克吓得赶紧报警，警察将教授送到精神病医院鉴定。结果表明，此人患有轻度精神分裂症。

李玥傻眼了，龚老师二老望眼欲穿，且身体特别不好，留给龚楠的时间不多了。不行，得另外想办法。她拿起手机，就要打电话。

莎拉制止她说："李玥，你先冷静。这些情况，我已经告诉哥哥了。我们商量过，先同法院沟通，再考虑后面的对策。"

德国人的效率让李玥感到害怕，甚至恐惧。这个案子恐怕十年八年都判不下来。等到了那个时候，恐怕龚老师夫妻早就进了天堂。

李玥不想听莎拉说什么了，她要见龚楠，说服龚楠马上回国。

莎拉面露难色，说不是不帮忙，关键是龚楠现在不愿见任何人，尤其中国人。

"你什么意思？"

李玥满脸怒气地嚷开了。

莎拉吓了一跳，惶惑地说："李玥，请你控制情绪。"

李玥一愣，马上明白自己一时性急，有些失态了。

"对不起，我平日不是这样的。莎拉，你要想办法，无论如何，我得见到龚楠。"

莎拉同马克咕噜几句，握住李玥的手说："你是个善良的姑娘，我们会帮到你的。"

莎拉告诉李玥，直接找龚楠，很可能被拒绝。可以让马克陪她一块过去，以核实案情为由约龚楠，找机会见上一面。

李玥满意地笑了。

040 寻找龚楠

龚楠居住在德国东南部的纽伦堡，这儿是中世纪多位德意志皇帝诞生和居住之地，具有浓厚的历史色彩。在那段不同寻常的岁月，纳粹党企图借助纽伦堡历史传统，为其抹上一层虚伪的金色，纽伦堡一度风光无限。第二次世界大战结束，在这儿清算、审判了纳粹战犯的罪行。

纽伦堡还是座有名的旅游城市，景点有恺撒堡、圣母教堂、罗伦斯教堂、二战博物馆等。中古时期以来，一直为中欧工业重镇，以高精密电子、机械与光学产品产业著称，还被誉为世界玩具之都。

柏林到纽伦堡相距 440 公里，开车过去将近 5 个小时。基于安全考虑，莎拉提议坐高速火车。

德国常年多雾，正值春夏之交，雨量充沛，到处雾气蒙蒙。前几天，报纸刊登一则消息，这条线路，发生一起重大交通事故。几辆车连环相撞，死 2 人，伤 6 人。起初以为发生了恐怖袭击，警方如临大敌，调集大批警力封锁现场。

事实证明，莎拉的主意完全正确。相邻几条道路，实行交通管制，不少人弃小车，改乘火车。

德国高速火车虽不如国内高铁快捷，但感觉蛮舒适的。车厢空旷，入座率不到 60%。中国人口基数大，流动性强，虽然高铁东西南北交织，依旧十分繁忙，车厢坐得满满的。

乘客们非常安静，或埋头看书、阅读电子文件；或两眼朝向窗外，欣赏沿途美丽的风光。

很少有人说话，上车下车，听不到喧哗声。来德国几天，李玥有个深刻的印象：德国人相当礼貌，待人温和。在楼道或电梯相互见面，不管陌生的，还是熟悉的，年轻人礼让长者，男士礼让女士。打招呼的语气和蔼而亲切，声音都不大。

火车大约运行了4个小时，李玥一行人顺利抵达纽伦堡。

前来接站的小伙子个儿高挑、热情洋溢，性格同马克形成鲜明的对照。他开着一辆大卧车，坐上去宽敞舒适。

这是马克的老同学，协助马克办理龚楠的离婚案。大卧车在一个小镇停下，马克指着前面咖啡色阁楼告诉莎拉，龚楠住在那儿。

马克搔头、耸肩，神情怪模怪样。李玥感觉这人挺有意思，喜欢摆弄这两个动作。

莎拉告诉李玥，马克的意思说，见龚楠不必去太多人。龚楠情绪不大稳定，担心她因此产生恐慌而抵触。最后商定，马克的同学开车，马克和李玥一起过去。找到龚楠后，由李玥跟她面对面沟通交流。

这个想法正合莎拉的心意，她想领着琪琪到镇上兜风去。

仿佛来到梦幻般的童话世界，这儿的风景早已令琪琪着迷，她急不可耐地拉住莎拉说："莎拉姐姐，我们快走呀！"

李玥叫住琪琪，要她跟紧莎拉姐姐，一步都不能离开。

莎拉回以微笑，让李玥放心，这个镇子方圆就几里地，丢不了的。

他们约定，一个小时后，到镇东头那家百货商场前面的小公园会面。

李玥他们来到咖啡色阁楼，往房门上敲了半天，也不见龚楠出来。

一位白发苍苍的老妇人走过来告诉马克，她是这儿的房东，称龚楠上午出去了。马克问龚楠什么时候会回来，她一个劲摇头。

李玥有些失望，刚要离开，房东补充道："你们可以到镇东那家百货商场前面的小公园碰碰运气，她常在那儿卖画。"

李玥和马克赶紧上车，大约行进半里路的样子，李玥发现了一个情况：百货商场靠西边的花坛旁站着一个人，虽然不敢肯定那人就是龚楠，但还是抑制不住心跳，迫不及待要下车，被马克制止住了。

来的时候他们商量过，马克以核实离婚案情况为由，先接近龚楠。如果李玥贸然过去，很难保证龚楠不会反感。

马克走过去跟那个人交谈起来，他打开随身的文件包，取出笔记本做记录。

两人很快谈完，马克合上记录本，朝李玥招手。

李玥疾步走过去，那人收起画摊就要走人。李玥加快脚步追上去，四目相对，李玥惊呆了。眼前这个人，光头，一张窄脸，脸上颧骨高耸，脸色一片灰暗，胸脯扁扁的，一眼看不出多少女人的体貌特征。

来德国前，米勒给过李玥一张照片，指着照片上那位漂亮迷人的姑娘说："这就是龚楠，千万别认错人。"

眼前女人40多岁的样子，怎么看都是一位生活潦倒的卖画人，跟美女画家龚楠的形象天壤之别。

李玥迅速在脑子里搜寻、比对，两人的形象开始重叠起来。

"龚楠你好，我是李玥。"

李玥向龚楠伸出手，想握住她。

龚楠瞟她一眼，转过身子，收拾靠在花坛边上的画作。

这是一组山水画，春阳煦暖，莺飞草长，杨柳依依，画面浮动中国江南水乡春光明媚的气韵。

李玥走过去，想帮她。

"别动！"

龚楠目光冷冰冰的，声音粗哑、刺耳。

马克耸耸肩，知趣地撤离到一旁。

"龚楠，我是贾润华的朋友，想同你说几句话。"

龚楠身子猛然一抖，抬起眼皮，不友好地盯李玥一眼。

"我不认识什么贾润华，你走吧。"

李玥一怔，语气柔和地说："龚楠，我受你父母委托，专程从国内赶过来的，两位老人眼巴巴地等着你回去。"

龚楠目光惊异地直视李玥，将她浑身上下打量了几遍，突然吼道："滚开！"

莎拉和琪琪手拉手走向会面地点，龚楠突如其来的叫喊，把她们吓了一跳。

莎拉弯下腰，同琪琪耳语几句，琪琪慢慢靠近龚楠，轻轻触碰她的手。

"龚楠姐姐，你好，我是琪琪。"

从哪儿冒出的中国小女孩儿，走路一扭一颠？

龚楠愣了一下，目光变得柔和。

琪琪抓住龚楠的手，摇着说："姐姐，你怎么一个人呀？你的哥哥姐姐，还有爸爸和妈妈呢？"

龚楠脸色大变，扔下画作，双手掩面而逃。眨眼工夫，越过高速火车轨道。

李玥赶紧追，一列高速火车疾驰而来，她急忙站住身子。等到火车开过去，龚楠已经不知去向。

琪琪以为自己说错话，气跑了龚楠姐姐，吓得站在原地一动不动，眼泪哗哗地流，小浣熊跌落到脚下。

李玥捡起小浣熊，揩拭琪琪脸上的泪水，琪琪一头扎进李玥怀里哇哇大哭。

李玥哄道："琪琪，没事的，呵呵，没事的……"

琪琪抽泣着说："龚楠姐姐好可怜，她是一个没有爸爸妈妈的孩子……"

仿佛被利器刺中了，李玥胸口一阵剧痛，眼里涩涩的。

龚楠一时半刻恐难找到，几个人商量，决定在小镇找家旅馆住下来，再慢慢想办法。

他们找到一家小旅馆，离龚楠租住的地方不远。这座建筑物很有年代感，房间干净整洁，自来水可以直接饮用。

夜幕降临，小镇静悄悄的。用过晚餐，李玥来到莎拉入住的房间。

莎拉正在逗琪琪玩，两人嘻嘻哈哈，开心得不得了。

这些天，莎拉同琪琪形影不离。晚饭时分，琪琪跟李玥咬耳朵，她今晚要跟莎拉姐姐睡。吃完饭，便随莎拉进了房间。

莎拉看出李玥找她有话要说，便打开电视，找到动画片频道，琪琪的目光，一下子被吸引过去。

李玥走过去，摸摸琪琪的头说："我和莎拉姐姐到下面院子走走，你一个人看电视，千万别乱跑。"

琪琪眼睛一直盯着电视屏幕，嘴里嗯了几声。

反正就一条通道，不是上，就是下，跑不到哪儿去的。两人站在一楼院子里，抬眼就能看见二楼房间的琪琪。

两人走到楼下，面对面站立，谁都不想说话。

过了几分钟，莎拉幽幽一笑，脸上的表情有些古怪。

"李玥，我知道你喜欢我哥。"

李玥心里咚的一下，后背冒出一股凉意，拉了拉衣服，两只手抱到胸前。

这些隐秘的事情，连莎拉都知道了，难道米勒跟她说了什么？

不可能，绝对不可能。

凭自己对米勒的了解，他不是那种随意吐露心机的人。况且他们之间还没有真正确立恋爱关系。

莎拉将头摆了摆，蓬松的发丝掀起一层金黄色的波浪。

"你是个优秀的女孩，哥哥若能娶你为妻，他这辈子肯定会幸福的。"

李玥呆呆地看着莎拉，不知道如何回话。

莎拉嘴角抿抿，脸上露出无奈的神色。

"你应该能够看出来，马克一直追求我，十分狂热的那种。可是我心里只有托马斯·米勒。"

李玥身子抖了一下，赶紧吸口气，稳住自己的情绪。

这些天相处下来，李玥对莎拉有所了解。这个姑娘乐观、开朗、善良、真诚，如果抛开个人情感因素，她们一定能成为非常要好的朋友。可是，可是……

没有"如果"，没有"可是"，事实明明白白摆在眼前，她、莎拉、马莉雅，三个女孩错乱地纠缠一起。这是一场战争，看不见刀光剑影，却比硝烟弥漫的战场还要惊心动魄。

李玥恍然有种眩晕的感觉，胸口一阵闷胀，呼吸变得沉重。抬起头，朝远处看去，暮色渐浓，灯火阑珊，小镇的夜景十分迷人。

莎拉看出李玥交谈意愿寡淡，两眼眨巴几下，给自己找了台阶。

"琪琪一个人在房里，我们回吧。"

李玥点点头说："琪琪交给你了。她晚上喜欢踢被子，你得警醒点。"

莎拉呵呵笑道："没问题的。"

莎拉正准备离开，李玥叫住她，让她给马克说说，陪自己到龚楠住的地方看看，说不定龚楠就在家里。

莎拉说好。

马克很快同李玥汇合，两人语言不通，一路无话。步行10分钟左右，龚楠租住的屋子就在眼前。李玥在房门敲了半天，无人应声，失望地回到小旅馆。

次日天亮不久，李玥一个人过来。敲门，等待；再敲，再等，依然无人应声。

莎拉是个大忙人，不能在这儿逗留太久，学校那边打电话过来，有个重要的学术活动由她主持，必须马上赶回去。

李玥仍不死心，说服莎拉再等半天，她一定能够找到龚楠。两人领着琪琪，再次来到龚楠住的地方，房门一直紧紧地闭着。

已经尽力了，李玥估计此行不会有什么结果，将一封书信交给房东老太，让莎拉当翻译，委托她一定将信件转交给龚楠，她爸爸妈妈病情非常严重，两位老人唯一的愿望，就是想见女儿最后一面。

房东老太眼神复杂看了她们几眼，表情不自然地点头。

莎拉学校电话催得很急，寻找龚楠毫无进展，不能无端地耗下去，大家决定先回柏林。

马克向他那位同学交代，留意龚楠的行踪，注意保护好她。这个女人已经很可怜了，不能再让她受到任何伤害。

办理完退房手续，大伙准备去火车站，一个高挑瘦削的身影出现在众人面前。

"李玥，请等等！"

红色的长裙衬着匀称的身段，双目炯炯有神，头上黑发飘飘，十足年轻貌美的东方女郎。

"你是？"

李玥一时没有反应过来，疑惑地问道。

来人往头上摸了一把，摘下了假发。

"龚楠！"

大伙惊得目瞪口呆，都有穿越的感觉。

这两天，龚楠一直待在租住的房间，把房门关得死死的。她内心极其痛苦，沦落到如此境地，真心无颜面对来自祖国的亲人。李玥写的那封长信，她一字一句读，边读边哭。这些年，仿佛做了一场噩梦，事业、名誉、家庭统统化为泡影。经过一番痛苦挣扎，她心里豁然开朗，决定即刻启程，回到父母身边。

李玥冲上前抱住龚楠，两个女人相拥而泣。

041 永远的告别

　　龚楠已经从网上预订飞往北京的机票，如果顺利，明天晚上就能到家。她的精神状态，跟昨天迥然不同，一身打扮，时尚新潮，浑身上下洋溢着艺术家灵动飘逸的气韵。

　　莎拉握住龚楠，案子的事请她放心，一定会有办法的，路上多加保重。

　　龚楠眼里闪着泪光，同莎拉深情相拥。

　　龚楠同大伙一一握别，还亲了琪琪红艳艳的脸蛋儿。

　　惊喜来得太突然了，李玥悄悄给米勒发去报喜的短信。

　　米勒正在办公室忙得不亦乐乎。

　　这些日子，他夜以继日，修改、完善长川投资集团股权结构改造及董事会改组草案。

　　这些问题复杂而敏感，出不得半点差错。

　　公司现行股权结构弊端太多了，严重制约着企业经营和发展。前一阵子，他同省光大银行那位副行长打了一通电话，副行长探听过总部有关部门领导的口风，类似长川投资集团产业结构落后、股权结构严重不合理的民营企业，想介入光大银行，几乎没有可能性。

　　门被堵死了，不能怪人家无情，只怨自家毛病多多。

　　向公司股权结构和董事会动刀子，直接或间接涉及太多人的利益，必定会伤筋动骨。他粗略做过风险评估，倘若方案存在缺失，或者操作不当，极可能引发"蝴蝶效应"，后果难以想象。最惨的结果是长川投资集团这座大厦轰然坍塌，董事长司马德儒黯然下台，他这个总经理，能滚多远，就滚多远。

手机信息铃音将米勒思绪拉了回来，他只瞄了一眼，心里立刻乐开了花，当即给贾润华打电话。

贾润华一听就蒙了，只听电话不出声，米勒喂了半天，他才回过神。

"兄弟，好，好好的，我马上去北京，到那儿迎接龚楠。"

贾润华重复着说："你听清楚没，我必须去北京……"

米勒打断贾润华，要他先冷静下来。当务之急是赶到荣湾镇，在那儿等龚楠最合适。

"对，对对，还是兄弟考虑周全，我听你的。"

贾润华啰唆了半天，米勒刚挂断他的电话，手机又叫了起来。

"兄弟，你陪我去荣湾镇吧。哥知道你忙，这次情况太特殊了，麻烦你一定抽出时间。"

贾润华说他脑子乱糟糟的，什么主意都没有，这个时候全靠米勒帮他。米勒想了下，答应了贾润华的请求。

一晃6年过去，龚楠重新回到这片土地，心情像奔腾的江河一样动荡不定。

路面平展而开阔，两旁的树木郁郁葱葱，高架桥从头顶穿过，目之所及，到处都是造型各异的高楼。龚楠有点眼晕，国内翻天覆地的变化令她感到震撼，如果不是路牌指引，她根本找不到回家的路。

出租车司机告诉龚楠，政府在通往荣湾镇道路升级改造上投入相当大，一个月前，竣工通车了，从省城开车到镇上，一个小时不到。

小车进入荣湾镇地段，龚楠忽然紧张不安起来。离家的路越近，她的心绷得越紧，被钳子咬住似的疼，禁不住流下热泪。

出租车司机瞅她一眼，细声地问："请问美女，您家具体位置在哪儿？"

龚楠含泪道："镇东头，荣湾学校旁边。"

她擦干眼泪，将头抬起来，看见了自家门前那棵香樟树。

当年离开家乡，树干只有茶杯那么大，现在已是躯干粗壮，枝叶繁茂。

树下摆着一把弯弓型大椅子，好像躺着一个人。出租车刚停住，龚楠就发疯似的冲过去。

"楠楠，回来了？"

母亲哭着说："他爹呀，女儿回来了。老头子，我们的女儿回家了！"

父亲安静地躺着，躯体木头一般僵硬。

"爸——！"

龚楠两眼一黑，晕倒在地上。

她醒来的时候已是夜半时分，发现自己躺在镇医院的病床上。

贾润华趴在床头睡着了，龚楠挣扎着爬起来，把他惊醒了，连忙喊医生。

值班医生就在隔壁，同护士应声赶到。

病人已经脱离危险，他们松了一口气。龚楠患有低血糖，身体非常虚弱，加上旅途劳顿和悲伤过度，引起晕厥。

点滴不紧不慢，龚楠很不耐烦，对着护士嚷："请你拔了！"

护士解释这瓶氨基酸只打了一半，她体质虚弱，必须补充营养。

龚楠自己动手拔针头，吓得护士抓住她的手。

贾润华清楚龚楠的脾气，恳求护士按病人说的做。

小车停在外头，贾润华将龚楠扶进车内。

"我们回家，还是去殡仪馆？"

龚楠两眼呆呆地看着前方，泪水滚滚而下。

贾润华帮她绑好安全带，发动车朝殡仪馆方向奔去。路上，贾润华几次张嘴想说些什么，见龚楠伤心欲绝，把话咽了回去。

恩师离世，贾润华特别伤心难过，没想到，老人走得这么快。

上个周末，他召集一帮同学帮老师过 78 岁生日。龚老师爬满褶皱的脸上现出红晕，说还想多活几年，等女儿回来，抱上孙子。

龚老师拉住他的手不停地流泪，说他们老龚家对不住他。老师说累了，闭上眼睛睡了过去。

贾润华接到米勒的报喜电话，同米勒商量赶赴荣湾镇事宜，保姆打来了电话，慌慌张张地说爷爷快不行了。

龚老师属于咽喉癌晚期，3年前，省医院做出诊断结论，老人家能挺到现在算是奇迹。贾润华和米勒赶到的时候，龚老师刚从昏迷中醒来。

贾润华坐到老师床头，握住了他的手说龚楠马上回国，小楠楠正往家里赶。

龚老师艰难地摇头，嘴角抽了几下昏睡过去。

太阳快下山的时候，龚老师呼吸变得沉重，嘴里含糊不清地嚷，一双手在空中抓来抓去。贾润华握住老师，问他想干啥。

龚老师不停地挣扎，脸色红得发紫。

米勒忙说："老先生，您有话就说吧。"

龚老师抬起青筋凸出的手，指向屋外那棵香樟树。

龚楠出国那天，龚老师站在树下送她，他要在那儿迎接女儿回家。

惠姐清楚老爷子这个状况是回光返照，打来一盆热水，试试水温合适，从上至下替他洗脸、擦身子、洗手洗脚，换上寿衣寿鞋，抬起泪眼说："这是爷爷最后的心望，送他到香樟树那儿去吧。"

告别仪式来了不少人，大多是龚老师的学生和生前的老同事，还有一些亲戚。龚楠一身黑纱，胸前佩戴白花，脸上毫无血色。马莉雅神情肃穆地跟在她身边。

朱大伟急匆匆赶来，贾润华上前打招呼，朱大伟摇手示意不必声张。他今天的身份不是省政府办公厅副主任，而是龚老师的学生。

贾润华主持告别仪式，朱大伟声情并茂地宣读告别辞，缅怀老师兢兢业业、无私奉献的光辉人生，念到动情处泣不成声，引起现场一片哭声。

龚楠目光呆滞，仿佛瑟瑟寒风中一株抖动的小草。

轮到亲属致辞，她拖着沉重的步子，一颤一抖走到父亲水晶棺前跪下，摘下头上的假发，给安详沉睡的老父亲磕了三个头。

大伙惊呆了，一个漂亮女人，怎么成了秃子？

龚楠艰难地从地上爬起来，抱住神神道道的母亲，撕心裂肺地痛哭。

042 抢救师母

料理完龚老师的后事，师母的治疗问题摆上了议事日程。

龚楠依然沉浸在丧父的悲伤和痛苦之中，自始至终痴痴呆呆，旁人说什么，她就听什么。到底说了什么，一点都没往脑子里去。没人说了，埋下头，独自流泪。

朱大伟走到龚楠身边，神情严肃说："学姐，这个时候，你要振作起来。"

龚楠茫然地看着朱大伟。

师母的病情，贾润华心里有数。前年，他送老师和师母到县医院做过全面检查。结果出来后，耐心细致同师母谈，说这病不能往下拖，得抓紧治疗。

老人皱眉头、晃脑袋，闷声闷气地说："我都活到一百多岁了，还治个屁？"

师母火气非常大，说话不着边际，贾润华感到吃惊，拉着她的手说："再不治就危险了，您听明白没？"

师母用力甩开贾润华，大声吼道："无非就是死嘛，死了就不用惦记谁了！"

贾润华好说歹说，师母根本不为所动，他只能请求老师，希望两位老人一道去医院接受治疗。

老师木然地看着学生，半天不说话。

师母是龚楠唯一的精神寄托了，如果师母出了意外，龚楠整个人都会垮掉。

朱大伟掏出手机，拨通了省人民医院院长的电话，简单介绍了师母的症状，院长建议马上将老人送过来。

朱大伟问龚楠这样安排行不行，龚楠迷迷瞪瞪，一言不发。

马莉雅轻轻推她胳膊，细声道："龚楠姐，朱主任正等你回话呢。"

龚楠惊慌失措地说："噢，噢噢……你们说什么来着？"

贾润华握住龚楠，语气柔和地说："省人民医院院长在电话里说了，建议马上送师母过去检查，这件事，你得拿主意。"

龚楠鸡啄米似的点头。"行，行行，麻烦你拿主意。只要能治好我妈，怎么都成。"

几辆小车呼啸着直奔省人民医院，经过一系列检查，老人患有高血压、冠心病、糖尿病。相比之下，老年痴呆就不算什么了。

龚楠出国的时候，母亲身体棒棒的，几年过去，病成了这个样子，她压根儿不敢相信这个事实，嘤嘤地哭泣。

"上帝，我仁慈的主啊，龚楠罪孽深重，请惩罚我这颗自私的心吧，包括我丑陋的灵魂。"

龚楠坐在医院大厅天蓝色圆椅上，双手掩面，悔恨的泪水从指缝间流出来。

贾润华坐到龚楠身边，一只手搭住她肩膀，她头一歪，扎进贾润华胸口，伤心地恸哭，引起往来的人驻足观望。

米勒友善地朝那些人晃晃脑袋，大伙知趣地离去。

贾润华拍着龚楠后背说："楠楠，无论出现什么情况，我都会同你一起面对的。相信我，师母一定能挺过这一关。"

龚楠坐直身子，泪眼婆娑看着贾润华。这个时候，贾润华就是她的靠山。

贾润华扶住龚楠，告诉她，师母的病属于慢性病，短期之内无性命之忧，但绝对不能拖延治疗。他觉得应先同院方沟通一下，建议制定一个综合性治疗方案。

龚楠怔怔地看着贾润华，含泪点头。

贾润华要龚楠马上回到师母身边去，控制好情绪，她的情绪变化，会直接影响到师母。如果师母询问病情，没必要直接告诉检查结果，以免增加老人的心理负担。

贾润华已经办理好住院手续，龚楠连连点头，起身就走，刚走出几步转身返回，打开随身手包，掏出了一沓钱。

"这是 2 万元现金，你看够不够。如果不够，我马上办理转账手续。"

贾润华用手挡住龚楠，说师母享有医疗保险，能报销一部分费用。不足部分，米勒总经理反复交代过，由他本人负担。

龚楠一脸惶惑地看着贾润华，还想说什么，贾润华转身离去。

贾润华给老人定的单间房，加了一张陪护床位。一切安排停当，太阳快下山了。

贾润华发间略显花白，龚楠看着他忙碌的身影，心里充满了感激，哽咽地说："这些年，爸爸妈妈都是你在照顾，谢谢你。"

贾润华胸口一热，眼前有些模糊。轻声道："你跟我客气干嘛？"

两个人正说着的时候，省民政厅办公室打来电话，通知贾润华，晚上厅里有重要活动，主管副厅长指定他务必参加。

贾润华向师母告辞，握着她的手说没啥病，不过有点感冒发烧，在医院住几天，病就会好，要她听医生的话。师母点头，苍白的脸上露出了笑意。

龚楠起身送贾润华，送到病房门外还要送。贾润华发现龚楠目光明亮润泽，依然还那么好看。

电梯门开了，贾润华扬扬手说："别送了，回病房吧。"

龚楠坚持送他到楼下，贾润华微笑着依她。

车子停在附近，他掐掐车钥匙，啾啾两声，小车尾灯闪了闪，他快步走过去，准备开车门。

"华哥，还好吧？"

涩涩的声音游丝一般飘过来，却像闷雷在贾润华耳畔炸响，他咬咬嘴唇，将脸扭向一边，自言自语道："好，好，好……"

贾润华发动小车疾驰而去，很快消失在傍晚的雾霭中。龚楠一屁股坐在台阶上，只想大哭一场。

龚楠刚回到病房，主治医师尾随而来，将她请到办公室，直截了当地说出他们的顾虑：老人病情复杂，可能是一场持久战，家属要有思想准备。

龚楠表态，一切听医院安排，愿意积极配合。

亲属能有这个态度，院方就放心了。医院挺不容易，让医闹搞得提心吊胆。老人病情复杂多变，他们得提前给亲属打预防针。

医院制定了详细具体的治疗方案，逐条念给龚楠听，尚存疑虑的地方逐一解释清楚，双方达成一致，让龚楠签字认可。

龚楠再三表示，母亲病成这个样子，能治疗到啥样就啥样，相信医院会尽心尽力。即便出现意外，她也绝不会怪罪院方。

医院组织专家团队会诊，神经外科及心脑专科专家，持续跟踪老人的病情。

一个星期过去，老人身体状况有所改善，不怎么说胡话了，记忆力有所恢复。

这些年亏欠母亲太多，龚楠只想补偿，白天黑夜陪在妈妈身边，喂饭喂水、擦洗身子、按摩、侍候大小便，惠姐一下子闲得没啥事干了。

龚楠护理了两天，累得腰都直不起来了。这样下去，肯定会累倒。龚楠同惠姐商量，白天护理事务多，由她负责。惠姐年纪大些，瞌睡少，值晚班为主，两个人相互调剂。

米勒同马莉雅到医院探望过几回，老人的情况一天比一天好，心里别提多高兴了。

老人能尽快好起来是米勒最大的心愿，他成天紧张兮兮，烦躁不安，吃不好、睡不踏实，头疼难忍，感觉自己好像病了。

等待的每一秒钟都是漫长的，米勒有种煎熬的感觉，嘴角长出了泡泡，喉咙红肿，咽口水都特别难受。马莉雅连拉带拽将他弄进诊所，吊了几瓶点滴，身体才恢复正常。

老人病情时好时坏，出现过短暂晕厥，吓得龚楠哭着喊着叫妈妈。医院采取果断措施，安排老人进 ICU，实行重症监护。

龚楠拿不定主意，担心妈妈进了 ICU，没法活着出来。爸爸走了，她不能再失去妈妈。

贾润华反复做工作，要她相信医院。重症监护病房条件优于普通病室，医护力量要强不少。

龚楠双手抓住贾润华的胳膊，惶恐不安地说："华哥，你，你，你没骗我吧？"

贾润华哎哟一声，龚楠赶紧松开手，好像做错事的孩子似的惊恐。

专家团队决定，晚上10点钟老人进ICU。龚楠紧张得嘴唇发黑，身子发颤。贾润华搂住她说："没事的，放松点。"

护士推着老人进电梯，贾润华、龚楠、惠姐三个人跟了进去。

叮咚一声，16楼到了。

这儿是个大通间，靠墙位置一溜天蓝色椅子，供那些陪伴或探视病号的亲友落座休息。

重症监护室就在眼前，护士戴着口罩，两只眼睛露在外面，摇手示意病人家属和亲友留步。

ICU大门徐徐闭上，龚楠两腿一软，栽倒在贾润华的怀里。

043 董事长身患绝症

闹铃提醒米勒，下午上班时间已到。他掀开被子，从沙发坐起来，接连打了几个哈欠。

他来到中国，不知不觉养成一个习惯：中午非睡一会儿不可。哪怕睡10来分钟，只要能睡踏实，下午就会精神抖擞。

今天中午没睡着，躺在沙发上，脑子一刻都没有静下来。公司股权结构改造及董事会成员改选方案，尚在完善之中，他通过一些渠道对外放风，让集团新老员工，尤其那些老股东有个心理准备。至于具体细节，一直对外保密。他不想过早地曝光，有些情况，他还吃不准。

他几番向董事长打电话，汇报方案具体内容，司马德儒依然故我，局外人一样不置可否。

董事长葫芦到底卖的什么药呀？

米勒将各种可能性，过筛子一样在脑子里筛了几遍，判断董事长信任或者支持的成分占到九成以上。默认他的所作所为，让他放开手脚大胆干。

上午，米勒查阅了集团持股变化情况的原始资料，梳理历史上股权结构变化时间节点发生的重大事件，不查不知道，一查吓一跳，脑袋像发酵的面团，立刻大了几倍。

长川投资集团股权结构，就像先天发育不良的畸形儿，原始出资人股份比例存在重大缺陷。具体特点是：头大、腰粗、腿细。如果腰腿相济，就能抗衡和制约脑袋。

集团前身为长川商贸公司，以贸易为主，几个意气相投的朋友合伙创办。从收购乡供销合作社商场起家，原始资产为20世纪70年代末期建成的两栋小楼。

几年后，司马德儒和钱起波等人合伙收购几家采石场，企业实力壮大，将公司几十万资产分为7份。司马德儒出资最多，占股50%；钱起波占股35%。另有5人，在企业初创时出过不少力，分摊余下15%股份。5个小股东，有3人是钱起波的亲弟弟，还有2位，一个是他的妹夫司马广京，一个是他的表弟。如果把这些裙带关系所持股份加起来，刚好同司马德儒所占股份等量。后来，有几个股东进进出出。司马德儒依然为最大股东，所占股份额度没有变化。钱起波持股比例略有变动，他出售了5%的股份。

特殊的股权结构，实际上就是特殊的人际关系构架。司马德儒想干什么，得看钱起波的脸色。只要钱起波有意抬杠、搅局，或者捣鼓点什么，司马德儒就是能耐再大，也得小心应对才是。

钱起波那帮兄弟，向来对他唯命是从，一声令下，毫不犹豫站到他那边。这就是令司马德儒一直头疼要命的事。

这个发现，令米勒压力陡增，自己原先那套改革集团股权结构的草案，在如此稀奇古怪的股权结构面前，无异于银样镴枪头。米勒叹息一声，整理好被子，准备找财务部经理谈谈。

他安排财务部制定集团资本运营提质方案，对金矿、楼盘、化工厂、酒店每个子项运营策略进行优化，设置持续改进指标，推进增值营销。

那天到长川投资集团应聘，他入住梦华天酒店，眼前的高楼大厦，并没让他感到多少新奇。酒店建成快10年，入住率、餐饮及娱乐收入都不太理想。米勒查阅了酒店近3年经营效益报表，盈少亏多，且亏额逐年增加。他向中介咨询过，评估梦华天酒店价值为10.6亿元，考虑将酒店变卖，盘活现金，注入其他优质项目。或者引入投资者合作经营，把股份控制在三成左右。

他向董事长汇报这个想法，司马德儒没有明确提出反对意见。他让财务部编制对外出售和招商意见书，准备召开总经理办公会研究，集体决策定案。

屋外传来哒哒哒的脚步声，米勒知道马莉雅过来了，看来有急事。

"总经理，董事长住院了！"

马莉雅满脸惊慌地说："杏子阿姨刚打来电话，说董事长吃午饭时腹部突然剧烈疼痛，不停地呕吐。"

米勒一惊，要马莉雅赶快备车。

两人风风火火下楼，马莉雅把车子开得飞快，一会儿就到了市第一人民医院门口。

杏子心急火燎地等在住院部楼下，见到米勒和马莉雅，快步迎上去，神情紧张地说："总经理，先生这回病得可不轻啊！"

"董事长什么病呀？"

米勒和马莉雅不约而同地问。

"B超、CT、核磁共振都做了，情况不是很好。医师的意思，具体病情要同病人家属细谈。"

杏子看看他俩，声音低沉地说。

马莉雅冲口而出道："赶紧给王韵芳阿姨打电话呀！"

杏子沉下脸摇头。

米勒稍微犹豫一下说："我去看看，你们到病房等着就行。"

米勒去了医师办公室，一位头发谢顶的长者身穿白大褂，正在全神贯注写病历，米勒往门上轻轻敲了两下。

医师抬起头，目光透过老花镜片朝向米勒。

"请问找哪位？"

"您好，我是来请教病情的，内20床，司马德儒董事长。"

医师和气地问道："小伙子，你是司马董事长什么人？"

米勒被问住了。少顷，语气温和地回道："我是长川投资集团代理董事长兼总经理。司马董事长所有事情，您都可以跟我说。"

医师面有难色道："家属怎么没有过来？"

董事长同夫人的关系，米勒一直存疑，王韵芳阿姨肯定不大容易请动，沮丧地摇头。

医师稍稍迟疑，神情严肃地说："我俩今天谈话内容，你要对病人保密。"

米勒身子颤了一下，忙说："请您放心，我知道该怎么做。"

医师摘下老花镜，语气缓慢地说："初步诊断，司马德儒董事长肝癌晚期。"

米勒脑袋嗡的一声，半天没有回过神。

"您能确诊？"

医师说："只等甲胎蛋白一个指标了。目前诊断结果，准确率超过九成。"

米勒鼻子一阵酸涩，将头扭向一旁。

"恳请医院，不惜一切代价抢救董事长。"

"米勒总经理，我们当医生的，跟你们家属和亲友心情是一样的。可为时已晚，回天无力啊！"

"不是说癌症可以手术，还可以化疗吗？"

米勒站起身，情绪有些激动。

医师叹道："早期肝癌可以这样做。司马董事长顶多半年的存活期，做手术，无非给病人增加痛苦。"

米勒不再说什么，转身离开医师办公室。他没去病房，自己这个精神状态，不敢过去。

米勒离开住院部，漫无目的地走了一程。前面一条水泥小道，尽头是一道山坡。顺着山路往上爬，眼前一片茂密的松林，地面松软而潮润。冬日的阳光无精打采，败落的松针散落一地。

他脚下一滑，一个趔趄，身子失了势，眼看就要跌倒，顺手抱住一棵松树。

手机不识时务地叫了起来，《多瑙河之波》的音乐有些刺耳。李玥开心地告诉他，琪琪手术恢复很好，一个月后就可以回国。

米勒声音低沉说："李玥，辛苦了。"

李玥在那边呵呵笑，想跟米勒多聊几句，他挂了电话。走进病房，见董事长靠床而坐，脸上气色不错。

马莉雅给董事长削苹果，一长串果皮垂吊着，就是不折断。这号功夫，不知练了多长时间才练出来。

司马德儒一见米勒，笑容立刻爬满脸颊，指着床边的凳子说："你坐到我这边来。"

米勒将凳子往董事长床边挪了挪。董事长拉住他，浑身上下看了看。

"瘦了。黑了。嘿嘿，不当家，不知道董事长这个位置啥滋味吧？"

米勒无声地笑笑。

马莉雅两只眼睛不停地扑闪，目光始终没有离开司马德儒，感觉董事长看总经理的眼神意味深长，就像父亲看儿子那种。

米勒同董事长聊了半天，司马德儒关切地询问琪琪的手术情况。

米勒将李玥电话陈述的情况告诉司马德儒，说琪琪术后恢复不错，下个月就能回国。司马德儒特别高兴，连声说好。

当初琪琪做腿部矫正手术，司马德儒同意米勒的意见，选择德国医院最保险，人家这方面的确领先一些，不服都不行。

聊了一阵，司马德儒说他身体没什么大碍，昨晚睡觉，胃部受了点儿凉，在医院住几天就会没事的，催米勒赶紧去上班，叮嘱捎杏子一程。

杏子来的时候急急忙忙，什么都没带，她得回去拿些日常生活用品过来。

司马德儒看了马莉雅一眼说："小马，你留下来，我有事要同你商量。"

马莉雅连忙应道："董事长，好的。"

米勒跟杏子一道下楼，给公司小车班司机打电话，马上赶过来接人。不到一刻钟，米勒同司机半道碰上了，将杏子交给司机，嘱咐这段时间，随时听从阿姨调遣。

回到办公室，米勒感到非常疲倦。顺手关上房门，一头倒到沙发上。

221

044 公证书

不知道睡了多长时间，米勒醒来的时候，四周被黑暗笼罩着。

他被电话铃音吵醒的，打电话的是马莉雅。

"崔茗，你在哪儿呀？"

马莉雅喘息声沉重急促，米勒打着哈欠道："啊，啊啊，我在办公室呢。"

"黑咕隆咚的，你在干嘛？"

米勒摸索着开灯，慢吞吞回道："实在太困了，从医院回来往沙发一躺，迷迷糊糊睡过去了。"

"给你打了 3 个电话，真能睡！"

这话一出，马莉雅觉得不妥，改口道："没关系的，你等着，我马上就到。"

马莉雅已到集团办公楼一楼，匆忙走进电梯。

下午，董事长将她留在病房，他有话要说，让她做记录。

马莉雅点开"有道云笔记"手机记录软件，一字不落记下董事长口述的内容。

司马德儒将马莉雅的记录浏览几遍，更正了几个地方，吩咐她就近找家印刷服务门店，将文件打印一式 5 份，让他签名。

马莉雅领命，半个小时多一点办妥了这些事情。

董事长拿起文件，签上自己的姓名。指示马莉雅，马上赶往市公证处，将文件公证，务必今天办理到位。

马莉雅不敢怠慢，打车赶往公证处，公证员提出要进行相关情况调查核实，公证文本最快一个星期之后才能办妥。

马莉雅急了，说出一大堆理由，今天必须办理完所有手续。

她出示了董事长和自己的身份证以及授权委托书，现场拨打司马德儒微信视频电话，获得当事人的证言证词，让公司财务部传真集团股权结构证明书，只用了几个小时，就把公证手续办妥了。

如此高效率，连马莉雅自己都没有想到，这都得益于跟随董事长出入各种活动积累的经验。走出公证处，正值下班车辆往来高峰期，到处堵得一塌糊涂。从市区到公司办公楼，她打车磨磨蹭蹭走了快一个小时。

她本想将公证文件副本放到董事长办公室保密箱，公证书的另一个主角是米勒，这事非同小可，得让他知道。

马莉雅走出电梯，步子比平日慢了许多，双脚像踩在棉被上，无声无息踩下去，无声无息提起来，感觉自己这个步法有点古怪。

来到总经理办公室门口，她停下脚步，将自己的情绪平缓下来，正赶上米勒拉开房门朝外走，两人几乎撞了个满怀。

"鬼鬼的，一声不响，吓我一跳！"

米勒被吓到了。

马莉雅同样受到惊吓，定下神，将藏在身后的公证文书递给米勒。

"心中无鬼，哪来的鬼呀？"

米勒疑惑地问："这是什么？"

马莉雅故意卖关子："自己看吧。"

米勒打开档案袋，发现一摞法律文书，抽出一份看了一眼：股份转让公证书，受让人……

他双手抖动得厉害，公证书差点滑落下去。

"这，这，这，这，怎么回事？"

马莉雅身子跟着抖了一下。"或许，这是董事长的良苦用心吧！"

"何止良苦用心，简直孤注一掷！"

米勒脑袋发晕，心脏咚咚地跳，将公证书还给马莉雅。

"请你转告董事长，他不能这么干！"

马莉雅深知董事长是什么样的人。这位知识分子出身的企业家，视事业为生命，这辈子，几乎将全部心血和情感投入到了长川投资集团。20多年风风雨雨，艰难困苦地打拼，从一个破破烂烂的百货贸易小店起家，打造成介入多个行业、资产达100多亿、年销售收入300多亿的大企业，这是他用生命和鲜血拼出来的。为了长川投资集团，吃的苦、受的累、遭受的委屈和不公正的待遇，连他自己都说不清楚。董事长常说，长川投资集团就是他的娃娃儿，不管自己娃儿长得俊还是丑，那都是父母身上掉下来的肉，就得好生呵护。他还当着众人说过，长川投资集团是他的命根子。

然而一纸文书，把他毕生奋斗成果画上了句号。到底为什么？

更让马莉雅不可思议的是，受让主角，跟董事长没有任何特定关系。在惊涛骇浪的商场上精明善断的董事长，这回发的哪门子神经呀？

董事长口述时，马莉雅耳鸣头晕，没法往下听，几次想打断他。司马德儒满脸严肃地说："小马，我怎么说，你就怎么记。一个字，哪怕标点符号都不能错！"

股份转让正文，他重复了一遍："司马德儒持有长川投资集团50%股份，无偿转让。第一受让人托马斯·米勒，占股份40%；第二受让人王韵芳和杏子，各占5%。从公证之日起，股份按此比例对应额度划分。"

时间已是晚上7点10分，马莉雅有了饿意，米勒没有走的意思，她从包里掏出手机，翻查半天，查出保安亭的电话拨了过去。

电话响了两声，传出一个女人的声音："谁呀？"

"孟阿姨，柱子呢？"

"马经理吧，他巡逻去了。我替他在这儿看着呢。有事吗？"

马莉雅忙说："没，没事。"

那女人回话道："有事尽管说，看我帮得上不？"

马莉雅肚子饿得很凶，没气力楼上楼下跑，顺着话头说："麻烦您到门口那家饭店买两份盒饭，送到总经理办公室。"

"好嘞！"

224

电话那头，传来的声音洪亮而饱满。

20分钟的样子，孟阿姨一手拎着盒饭，一手拎着保温壶走进来。

"不知两位领导什么口味，我点了宫保鸡丁、辣椒炒肉、红烧鱼，还有一份小菜。"

她将保温壶递给马莉雅，一脸温润地说："西红柿蛋汤，热乎乎的。"

米勒看清来人是公司楼道保洁工。

这个女人给他的印象相当深刻，干活认认真真、一丝不苟，地面、玻璃、扶手、犄角旮旯清理打扫得一尘不染。

他对这种严谨细致、兢兢业业的工作态度非常认可，多次在人前提起。

一次，公司召开中层管理人员工作讲评会，几十号管理人员，他一个没有表扬，拿不起眼的保洁工孟阿姨的工作当案例，让大伙到现场参观。

米勒激动地说："标杆不是自我标榜出来的，而是一步一个脚印干出来的。如果我们都能像保洁阿姨那样干好本职工作，长川投资集团，无论经济效益，还是管理水平，都将成为民营企业的佼佼者！"

菜肴品类正合胃口，米勒面带微笑，站起身说："辛苦您了。"

孟阿姨腰身不自然地哈了一下。"总经理，哦，不，不，董，董，董事长，您，您，您客气了！"

马莉雅接过饭菜准备拿钱包，摸了小半天，发现没有带在身上。孟阿姨晃动手说："不急的，你们请慢用。"

她说完，快步离去。

真是饿了，两人风卷残云，将饭菜吃个精光。

现场收拾停当，马莉雅神情忧郁地坐到米勒身边。

米勒低下头，声音颤抖地说："董事长，只能活几个月了。"

"你说什么？"

马莉雅蓦然一惊，喝醉酒似的身子摇晃，回到自己办公室，趴在桌上失声痛哭。那声音刀子般扎在米勒胸口，眼泪瞬间就出来了。痛苦地纠结一阵，来到马莉雅身边，用手碰了一下她抽动的肩膀。

"燕子，痛苦和忧伤于事无补，我们应该振作起来！"

马莉雅抬起头，泪眼蒙眬地看着米勒。

"董事长剩下的日子不多了，我们能做的就是多陪陪他，让他人生最后的分分秒秒愉快地度过。"

马莉雅止住哭声，含泪点头。

米勒交代马莉雅，董事长无偿转让股权的事暂时保密，这将涉及长川投资集团的大局稳定问题。

马莉雅注视米勒，明亮的灯光下，他面容冷峻、威风凛凛，这个架势，同举重若轻、深谋远虑的董事长一个模样。

米勒抬起右手，用手指梳了梳头发，目光深邃而凝重。

"眼下，有人巴不得长川投资集团乱起来，好浑水摸鱼，这是我最担心的。"

米勒走到窗前，推开窗户，迎面而来的夜风撩起他乌黑的发丝，马莉雅发觉他的后背像山峰一样巍峨挺拔。

"公司刚刚走上正轨，那些项目好不容易现出曙光，经受不起任何波折。目前，稳定比什么都重要。"

马莉雅点头。

"燕子，无论什么时候，不管出现什么情况，你都要沉住气。请你相信我，米勒绝不当孬种，一定兑现应聘时的承诺：你给我舞台，我还企业未来！"

马莉雅语气坚定地说："崔茗，只要用得着，哪怕赴汤蹈火，燕子眼睛都不会眨一下！"

045 魔幻方程

　　米勒接棒没多久，集团就被他牢牢地控制在手中，按照他的设计和布局，有条不紊地运行，盈利水平逐月向上攀升。

　　能有这样的局面，很大程度取决于他大胆推进用人制度改革。集团高层以下的管理人员全体起立，实行公开公正公平的"赛马"机制，规则面前人人平等，能者上、庸者下。但凡不称职的，哪怕"皇亲国戚"都得下岗。这招落地有声，干了司马德儒多年想干没干成的事。

　　米勒放出如此大招，司马德儒没提任何异议，但米拉、李玥、马莉雅的使用和去留问题，他一直暗中关注。当初，米拉负气辞职，司马德儒心里难以割舍。米拉是庞副省长的外甥女，这层特殊关系有一定的影响，主要是她自身条件不错。

　　李玥内外兼修，这个苗子，他一直看好。李玥被派往德国公干，人力资源部经理一职被人顶了，司马德儒心里纳闷。米勒这样做，好像对她不大公平。

　　米拉和李玥的任用，米勒有更深层次考虑。他准备将米拉、马莉雅、李玥三员女将纳入集团管理高层。他心里有本账，让米拉担任财务部经理，纯属大材小用。马莉雅综合素质不错，靠自学获得本科文凭，在职硕士研究生毕业后，正攻读博士学位。姑娘上进心强，身上有股闯劲，敢于决断，经营运作和管理都有一套。

　　李玥头脑敏锐、心思缜密、稳重踏实，是集团行政总监的不二人选。这三个女能人是他手里的王炸。眼下没到瓜熟蒂落、水到渠成的时候，他不想贸然亮出底牌。

米勒今天起了大早，董事长交班后，他每天6点准时起床，打拳、洗澡、收拾停当，耗时控制在半个小时之内。马莉雅会准点驾车过来，备好早点在楼下静静等候。

他已经离不开马莉雅，她一日不在，他的日常生活，包括公司上下协调就会乱套。

上午没有外出活动，他求之不得，兔子趴窝一样，安静地待在办公室，通过电话、网络、微信等，掌控集团运行情况。他推行专岗专责、一级管一级、一级对一级负责的管理措施，用流程管理企业，释放出不错的绩效。

米勒不主张企业主要领导者事必躬亲，什么都往自己身上揽，那样会累死人，且费力不一定讨好。聪明的领导者，应懂得利用科学合理的流程，发挥团队协作精神。高层需要谋略；中层需要人际关系协调；底层需要业务。处在高层，就要学会授权。有句话叫"君闲臣忙国必兴，君忙臣闲国必衰。"

米勒给自己定的任务是决策、指挥、监控，处理涉及全局性的问题。还有一条，就是来访接待。

来者不拒、坦诚热情，这是米勒一贯秉承的原则。他给自己定下规矩：但凡接待，不管来者谁，什么身份、什么目的、什么态度，一概笑脸相迎。

上午来了三波人，先到的是省高级人民法院政治部客人。

来宾直奔主题，调研市中级人民法院为民营企业排忧解难、保驾护航方面的情况，重点了解法官作风建设问题。

米勒连声点赞，特别介绍长川投资集团整体收购烂尾楼那个案子，赞扬市中院办案法官坚持依法办事，敢于担当，切实维护民营企业合法权益。

他站起身，运用排比句式加强语气：中国法官秉公办事的作风令人敬佩；专业水准令人敬佩；执行效率令人敬佩。

一连三个敬佩发自肺腑，令陪同来访的市中院纪检组长眉开眼笑。告别时，他紧握托马斯·米勒博士说："感谢长川投资集团对法院工作的理解和支持，热忱欢迎企业家对我们的工作进行监督。"

法院客人前脚刚走，市安监局的客人后脚跟了进来。

来者一男一女。男的40多点，秃头、黑脸、大眼袋，说话慢条斯理。女的挺年轻，说话细声细气，没说几句满脸通红，估计刚进公务员队伍不久。

安监局的来访意图跟法院差不多，主题为安全监督与服务在一线，调研安全监督工作人员行政执法情况。

此人是党组成员，约等于副处级别。集团化工厂事故就是他处理的。那天，他一开口便是中央精神、省里要求，往下就是市长办公会关于安全生产意见，讲了半个多小时，讲得米勒脑袋发胀、心里发虚。

米勒借口上洗手间，给朱大伟打电话求援，被老同学狠狠地教训一通，说他们长川投资集团安全意识淡薄，把安全生产当成儿戏，旗帜鲜明地告诉他，别的什么都可以通融，但涉及安全环保方面问题，绝无松动余地。

老同学都是这个态度，只能耐心受教。谢天谢地，两天后，市安监局通知长川投资集团来局里办手续：停车整改，验收合格后允许开车。

停车整改，米勒毫不含糊，不折不扣按照标准来，把化工厂整成了工业园样板工程。整改过程，专门请到这位大员到现场当指导。从此，两人结下交情。

安监局的人走了不到半个小时，公安分局治安大队来人了。

执法部门的人，扎堆似的奔长川投资集团而来，米勒统统的表扬，统统地唱赞歌。事实上，执法部门都不错，没有为难过他们。

马莉雅参加接待，从头至尾都想笑。这个米勒，快成深谙道行的"老江湖"了。

送走公安局客人，米勒拿起茶杯看了一眼，面向马莉雅耸肩膀。

"只顾招呼客人，竟忘了侍候咱们总经理。对不起啊……"

马莉雅给米勒泡好茶，说她待会儿去趟医院。

米勒点头称好，要她多陪陪董事长。公司这边的行政事务，他安排人手暂时顶一顶。

马莉雅走了，米勒头靠沙发后垫坐了下来，想闭眼歇会儿。忽然记起什么事，拿起电话打了过去，询问师母那边的治疗康复情况。

贾润华语气平静地回话，说比进院的时候好了不少。龚楠有意无意地跟老人聊起过去那些人和事，老人有的记得清楚、有的迷糊着，还有不少张冠李戴。

米勒有气无力地哦了一声。

贾润华安慰他别急，还得有些耐心。

米勒刚挂断手机，莎拉打电话告诉他，龚楠离婚案有了进展。她丈夫主动联系马克，愿意离婚，手签了相关文书，递交到法院。

这个消息不错，米勒回拨贾润华电话，想将详情转告给他。

贾润华那边信号不大好，米勒果断挂断电话，改为发短信。

贾润华立刻回话："好兄弟，你这个救命信息超级棒啊！"

米勒刚收起手机，莎拉的电话追了过来。

"莎拉，你还有啥事呀？"

没有回音。

米勒喂了几声，仍然没回声。

难道德国那边信号也不好？

米勒眉头一皱，指头点向"断开"键。

"哥哥，我想你了！"

莎拉声音哽咽，听得出她在电话那头抽泣。

莎拉是自己在这个世界上唯一的亲人，他向妈妈承诺过，一定保护好妹妹，绝对不让莎拉受到任何伤害。可是作为哥哥，他能为妹妹做些什么呢？幸福和快乐，他一样都做不到，带给莎拉的只有痛苦和忧愁。

妹妹漂亮迷人、学业优良，身边不乏追求者。高个子马克，上高中时开始追求她。上大学后，两人虽不在一所学校，但马克追求的步伐一刻都没有停止过。

后来，他发现老同学朱大伟对莎拉情有独钟。

处理父母车祸事故及丧事那段时间，朱大伟一直陪着妹妹，悉心照顾她，直到现在，朱大伟还不想放手。

马克和朱大伟都非常优秀，莎拉不为所动，一门心思扑在他身上。

情感世界纷繁复杂，跟许多找不出因果关系的事物一样，仿佛扑朔迷离的魔幻方程。

坐久了，屁股疼，米勒觉得坐办公室是一门真功夫。他站起身，揉揉腰肢，走到窗前，一道强光照射过来，他本能地闭上眼睛。再睁开时，光线变得柔和松软。远处大楼鳞次栉比，道路和楼宇之间树木葱茏，一派欣欣向荣的景象。他脑袋却一片空白。

046 直面交锋

傍晚时分，橙黄色的霞光穿过蓝色背景，把天空染成了深灰的色调，给人沉甸甸的感觉。米勒将目光从远处收回，弯腰钻进小卧车，独自去了医院。

杏子正给董事长喂饭，从保温罐盛出一小碗瘦肉粥，吹凉后一勺一勺地喂。几滴米汤沾在董事长的嘴角，她忙用餐巾纸擦去。

董事长贪婪地吞食，脸上挂着惬意的笑意。

"别急，慢些吃噢。"

杏子叮嘱司马德儒，生怕把他噎着了。

"饱了，饱了。"

董事长满意地舒出一口气，朝杏子晃手。

杏子端起床边柜子上的水杯，杯沿靠着一根头部弯曲褶皱的吸管。董事长接过来吸食几口还给杏子，用她递来的纸巾擦嘴巴。

目睹眼前这一幕，米勒心里默默地感叹：这不是一双恩恩爱爱、相濡以沫的老年夫妻吗？

杏子阿姨日复一日，用心侍候董事长，如同妻子一样用心照顾。平心而论，她跟王韵芳阿姨平起平坐，获享 5% 的股份，一点都不为过。

杏子见米勒来了，笑眯眯地打招呼，请他过来坐，称自己到隔壁病房串串门。

这个女人心眼儿透亮，知道两个男人有话要说，给他们腾出空间。

米勒像往常那样，腰杆挺得笔直，司马德儒微笑着让他放松些。

米勒回笑几声，将腰身放下来，片刻恢复到原样。

司马德儒笑着点头，清楚这是小伙子多年养成的习惯。

心理学说，肢体语言往往来自人的潜意识，一定程度展示人的性格特质、品行和道德情操。这个观点正确与否已经不重要了，米勒自始至终表里如一、真实质朴，司马德儒特别欣赏他身上这些宝贵的东西。

米勒两眼看着董事长，有话要说。董事长无偿转让股权，这个异乎寻常的造神之举，让他一跃为长川投资集团第一大股东，握有公司 40% 的股份，这到底为什么？

他迫切想知道答案。

董事长不想谈这个问题，米勒不好勉强，详细汇报了公司经营管理情况。司马德儒以听为主，偶尔插上几句，多半是表扬肯定之类的话语。

司马德儒主动提到长川投资集团干部任用问题，称赞米勒眼力不错，关键岗位用的那些人都合适。语重心长告诫他，不管用什么人，最根本一条是先德后才，最理想的是德才兼备。

聊了一段时间，司马德儒显出几分倦意，米勒起身告辞。司马德儒叫住他，说干事业要气稳神定，还要执着专注。看准了，利弊得失评估到位，就不要优柔寡断，甩开膀子干就是。

一番推心置腹的交谈，让米勒真正体会到董事长的境界和格局。

开心的事最好跟人分享，米勒离开医院，掏出手机，准备拨打号码，电话刚好响起。

贾润华乐不可支地告诉他，师母居然能记起以前的一些事情。

这个消息太棒了，米勒两眼放光地嚷道："真的吗？"

"你问龚楠吧。"

龚楠接过贾润华的手机，语气温和地说："托马斯·米勒博士，妈妈的病好了不少。医生叮嘱不能操之过急，老人家完全恢复记忆，可能还需要一段时间，但非常有希望。"

"不急，慢慢来就好！"

米勒开心得几乎要跳起来，心里说，今晚一定呼呼大睡到天明。

果真，整个晚上睡得踏踏实实，闹钟声响了几轮都没唤醒他，最后是被马莉雅一浪接一浪的《多瑙河之波》吵醒的。

"崔茗先生，太阳晒到屁股啦！"

米勒一惊，一骨碌起床，三下五除二搞定洗漱穿戴之类的琐事，飞奔下楼。

"不好意思，误点了。"

米勒歉意地看着马莉雅说。

马莉雅窃笑道："还不算太晚，刚好 8 点 30 分。"

米勒嘿嘿两声，朝马莉雅伸出手。

马莉雅故意装迷糊，玩笑道："啥意思呀？"

米勒埋头翻看手机，查找电话号码。

"早点呢？"

马莉雅嬉笑道："你再坚持几个小时，早餐午餐一块解决得了。"

"这算什么话，一日三顿，一顿都不能少的。"

近段时间，两人单独相处，说话越来越随便。这种状态挺好的，彼此无拘无束、轻松自在。

"放心吧，少不了你的。"

马莉雅眼含温情地看着米勒，手里拿着保温饭盒。

"猪肉馅、韭菜馅、蘑菇馅三种水饺，热着呢。"

米勒感激地看了马莉雅几眼，心里道："这女人真好！"

"新鲜水饺，哪儿买的？"

米勒边吃边问。

"这么好吃的饺子，能上哪儿买去？"

这话刚说完，马莉雅后悔了。

米勒惊道："每天送来的早点都是你，你，你……"

马莉雅眨眨发亮的眼睛，温婉地笑笑。

"燕子，谢谢你！"

米勒咬了一口饺子，瞟了马莉雅几眼。

马莉雅心里春风荡漾，表面云淡风轻。

"早餐摊点上那些东西我不放心，买来食材，照着网上说的跟着学。师傅是虚拟的，徒弟现学现卖，手艺不精，还望见谅。"

她说完，咯咯咯笑，笑得满脸绯红。

"是嘛？这样啊，呵呵呵……"

米勒跟着笑了，笑得心里有些慌乱。须臾，从稍显暧昧的情调中走出来，一脸严肃地问道："燕子，假如我想置换钱副董事长所持公司股权，他会是什么反应？"

米勒突然180度转弯，马莉雅的脑子赶不上趟，沉吟半晌，半开玩笑半认真道："我不是钱副董肚子里的蛔虫，你最好问他本人去。"

米勒一拍脑袋，讶异地叫出声来。

"我约他今天上午9点钟见面呢，这个时候，老先生恐怕坐到会议室了。"

马莉雅不再接话，启动车子，朝办公楼奔去。

钱起波8点不到就坐到了公司办公楼会议室，米勒进门，直奔钱起波，两只手握过去。

"老前辈，不好意思，让别的事缠住手脚，让您久等了。"

钱起波足足看了米勒半分钟，用讨好的语气说："总经理，不不不，应该称代理董事长。你是大忙人，我老钱闲人一个，等几分钟不碍事的。"

钱副董事长突然换上谦卑的面孔，米勒一下子适应不过来，脑袋瓜儿转了几个弯儿，警告自己，此人须得小心提防。

他回以呵呵，顺着钱起波的兴致，往他头上戴高帽子。

"您老不也挺忙吗，分管的老年工作就很有特色。比如说，组织麻将、扑克、象棋、台球、门球比赛什么的，搞得有声有色，那活儿够累人的。"

钱起波最不乐意有人说他老了，只要提及他分管什么狗屁老年工作，心里就来气。这年月，老不是资格，而是日薄西山的代名词。米勒作为代理董事长，冷不丁强调老年工作这茬事，老钱听起来特别扎耳朵。小伙子平日趾高气扬，说话像雷公，今日和风细雨、温文尔雅，这不像他的性格。

前段日子，那些患难兄弟相继登门诉苦，说米勒要改造董事会，把老家伙们统统赶下台，让年轻人顶替他们的位置。

他对这帮兄弟越来越不满意了。吃人家嘴短、拿人家手软，一杯花果茶，屁大点恩惠，就把他们整得啥脾气都没了。

他知道这些兄弟啥德行，被米勒那张甜嘴巴说动了心。静下心细想后，就后悔死了，纷纷前来找他，用意明确，说一千道一万，目的就一个，希望他这个带头大哥当出头鸟。

什么出息，统统的酒囊饭桶！

钱起波气得鼻子发青，把那帮四肢发达、头脑简单的兄弟臭骂了一通。

当然，他最愤恨的还是这个爱折腾的米勒。

把老董事改为监事，监督董事会，这是彻头彻尾的阴谋和骗局。钱起波看过古装戏"杯酒释兵权"的剧目，知道这手厉害得不得了。宋太祖赵匡胤为了一手遮天，防范别的将领篡夺皇位，好酒好肉设宴，威胁利诱，令高阶军官们交出了兵权。

米勒看似乳臭未干，却是人小鬼大，用心极其险恶，相比司马德儒，有过之而无不及。

钱起波不能容许这样的事情发生，在外头频频放话，他作为第二股东，享有三分之一以上的否决权，当初同司马德儒合股成立公司就说死了的。慷慨激昂地告诉他那帮难兄难弟，一条外来的小泥鳅，在长川投资集团掀不起多大风浪。他采取冷处理的方式，对米勒不理不睬。

可是米勒改组董事会的风声越传越大，那个远在美国，对家务事从不关心的儿子，破天荒从大洋彼岸打来电话，问他是不是真有其事。

昨天下午，米勒给他打电话，说有要事商量，问什么事情来着，米勒说电话说不明白，最好当面谈谈。

米勒的话没根没底，他在肚子里磨磨蹭蹭，一个晚上躺在床上翻来倒去睡不踏实。好不容易挨到凌晨3点多钟，实在没法睡了，坐到客厅沙发上，打开电视等天亮。

在会议室等了老半天，等得腰酸背胀、两眼发黑，米勒姗姗来迟。

米勒一席话说过来，满满的弦外之音。

先入为主，抓住主动权，这是老钱的一贯做法。他咳了一声，恢复往日冷峻阴沉的面孔。

"听说你想搞什么改革？"

米勒双手盘到胸口，在屋子里踱了几圈，脚步停到老钱的跟前。

"今天请您过来，就是商量这件事，想听听您的意见和看法。"

钱起波给自己点燃一支烟，只吸一口就扔到地上，右脚踩上去，用力拧了拧。

"你心里肯定有谱儿了，不妨唱出来，让老朽饱饱耳福？"

到了这个份上，没必要再兜圈子。米勒两道剑眉竖起，眼里闪出亮光。

"公司股权结构不合理，造成决策机制落后、员工激励不到位，一定程度制约经营运作和经济效益。我提议，改造长川投资集团股权结构。"

"我们白手起家搞了几十年，发展成全省民营企业的龙头老大，一直好好的。你来这儿没几天，横挑鼻子竖挑眼，到底想干什么？"

"长川投资集团有过一段辉煌，这倒不假，但已经成为历史。眼下困难重重、举步维艰，问题的根源，在于股权结构……"

米勒的话还没说完，钱起波猛地站起身，一巴掌拍在会议桌上。

"你一个外来歪嘴和尚，到这儿念什么破经。什么改造股权，不就想大权独揽、当第二个司马德儒吗？"

米勒瞬间被激怒了，犀利的目光直视钱起波。

"钱副董事长，企业管理不是要家长威风，请您放尊重点！"

米勒的个头，高出钱起波一大截，铁塔一样耸立在他跟前，钱起波忽然心虚了，但不想就此认输，扯开嗓子叫嚷起来。

"老子流血拼命打下来的江山，你说改就改了？我明明白白告诉你，长川投资集团，没你说话的份！"

钱起波怒不可遏地冲出会议室，嘴里骂骂咧咧。

047 钱起波意外病倒

　　"两改"方案遭到钱起波强烈抵制，他那一巴掌拍下去，把米勒拍醒了。对这种极端自私自利之人，不能再抱任何幻想。事实已经明了，米勒改革长川投资集团，同钱起波必有一战，甚至是一场血雨腥风的搏斗。

　　董事长提醒过米勒，在长川投资集团做任何事，应"稳"字当先，还有一条就是民意支持。

　　民意从何而来？米勒心里早已有谱，那就是保护股东和员工合法权益，让他们得到更多、更长久的实惠。

　　他理解集团老董事们的想法，人到老年，别的什么指望不上，唯愿能抓紧抓牢手上那些股份，晚年有个保障，给子女们留下一笔财富。米勒考虑再三，拟推出股东权益保障机制，董事们既有的股权收益，一分不少予以兑现，使之坐享企业发展红利。在自愿的前提下，部分收购股东手上的原始股份。

　　钱起波这番叫嚣，让米勒恍然大悟，明白了董事长无偿转让股份的真实意图。

　　时机逐步成熟，米勒想用最低的成本推进"两改"，以求皆大欢喜。仍然做了最坏的打算，万一同股东们谈不拢，就使出"撒手锏"：引进战略合作者，对长川投资集团进行有限责任公司改造，将顽固不化者彻底置换出去。

　　钱起波在米勒跟前碰得头破血流，气咻咻地直奔市一人民医院，两手叉腰，龇牙裂嘴地朝司马德儒发火，历数米勒的罪状，拿出董事们的联名信，扬言要将那个痴心妄想、胡作非为的"洋崽子"赶出长川投资集团。

刚开始，司马德儒耐着性子听他说，越听越不是滋味，厉声斥责钱起波是非不分、颠倒黑白。

两人唇枪舌剑、你来我往，闹得不可开交。司马德儒气得浑身发抖，脸色乌黑，吓得杏子喊医生。

钱起波一计不成，再生一计，怂恿其他董事，集体给米勒施压。他那些只有匹夫之勇、首鼠两端的兄弟，没有几个回合，就让米勒大道理套着小道理的说辞打发回家了。

大树未倒，新苗拔地而起，米勒已成气候。危机、恐惧、愤怒、忧伤，种种复杂的情绪交织在一起，钱起波胸口一阵闷胀，四肢冰凉，倒在床上起不来了。

钱起波生病住院，这个消息是马莉雅告诉米勒的。

米勒嘴角轻蔑地抽动几下，心里想，他能有啥病，装呗。钱起波名堂多得很，无非以退为进，伺机发动新一轮的攻击。

司马德儒上午在医院草坪散步，见到钱起波身穿病号服，坐在石凳上闷头抽烟。他心里一惊，随即冷笑。

同钱起波相处几十年，他屁股翘一下，司马德儒就知道他是拉干的，还是拉稀的。

老钱惯于一哭二闹三上吊，眼下玩出这套把戏，无非是拿抱病住院当挡箭牌，阻止米勒推进"两改"。

司马德儒袖着手走过去，假装意外碰上了。

"咦，医院可不是什么好地方，你怎么过来凑热闹？"

钱起波竖起眼睛瞅司马德儒，气鼓鼓道："你病好了拿我寻开心是吧？"

司马德儒哈哈笑道："兄弟呀，生死有命、富贵在天，我们活到这个份上，多活一天就算赚一天。你说对不对？"

司马德儒答非所问，这话什么意思？一向高高在上的司马德儒说软话了，莫不是他真的那个……

钱起波抬起头，认真打量司马德儒，发现他腰杆笔直、精神抖擞，不像重病之人。再往细里看，他脸上的气色，暗黄中透出衰败。钱起波猜想，极可能是绝症的症状。至少可以确定，司马德儒病得不轻。

钱起波心里掠过一丝怜悯，瞬间，被愤怒的情绪代替。这个人，一辈子骑在董事们头上拉屎拉尿，死了活该，早死早投胎。

钱起波架起两条腿，上下左右颠了几下，阴阳怪气地说："话不能这么说吧。我们刚 50 多点，微信里说，中国人平均寿命 76 岁，后面日子还长着呢。不过话说回来，人活一天就要积德，你说是不是……"

他本想再往深处说些什么，见司马德儒神情已变，嘿嘿两声，打住了话头。

司马德儒沉默了一小会儿，一屁股坐到钱起波身边，拍拍他肩膀，伸出右手。

"好久没抽了，给一颗解解馋。"

钱起波瞥他一眼，从兜里掏出一包软"中华"。

"这包都给你。"

司马德儒只抽出一支便还给了钱起波，嬉笑道："做人不能贪呐，一支足矣。"

钱起波白司马德儒一眼说："你不抢白人家不行吗，都什么时候了，还不积点口德。"

司马德儒抿嘴一笑，就着钱起波递过来的火点着烟，轻轻吸一口，吐出来的烟圈随风飘散。

司马德儒转过脸，目光温和地看着钱起波。

"你啥病？"

钱起波闻言，勃然大怒道："还不是让你那个代理董事长给气的！"

司马德儒呵呵两声说："老伙计，我们都到土埋半截的年纪了，未来的世界属于年轻人，这是自然规律。跟年轻人置气，何必呢？"

钱起波鼻孔哼出一声道："谁不知道你跟托马斯·米勒共穿一条裤子？我告诉你，谁跟我过不去，我就让他无路可走。大不了，拼个鱼死网破！"

钱起波越说越气，气得手脚发颤。

这号素质低下的角色就是人来疯，司马德儒知道，如再往下说，这家伙必定会发狂。

"别生气呀，身子是自己的，气坏了不值当。劝你一句，住进来也行，最好做一次全面检查。你年轻那会儿没少劳累过，怕别落下什么病症。"

本为善意劝导，却把钱起波气炸了，他歪着嘴巴嚷道："你不就咒我生病吗？司马，你听好了，我每顿喝半斤白酒，吃半碗肥肉都不在话下。打麻将能打通宵，哪来什么病？不像你，就等阎王老子打钩钩了！"

钱起波猛地起身，双手披在身后冲走了，撇下司马德儒一个人在原地发呆。

钱起波回到病房，护士跟了进来，提醒他马上做 B 超检查。

别人说的话当屁，医生护士说的他不敢不从。钱起波额头朝天，踩着鸭步，跟随护士进了 B 超室。

倒腾了十几分钟，帮他检查的那位年轻姑娘，埋头在检查报告书上写道：肺部疑似异常。

钱起波感觉小姑娘看他的眼神好像不大对劲，离开 B 超室时，问到底查出啥了。

姑娘面无表情，说要看复检结果。

这话不好懂，搞得钱起波心里咚咚咚打鼓。

X 光、CT、核磁共振，再往后血检、尿检，一路检查下来，钱起波心里一点底都没有了。

医院迟迟不给检查结果，一天到晚打点滴，钱起波胳膊胀痛、心里发慌。

一天，钱起波打完吊针，趁医生护士不在，溜进医务室，偷看自己的病历记录，咚的一声，瘫倒在地上。

一连几天，钱起波不吃不喝，不搭理人，僵尸一样挺在床上。晚上，米勒前来医院探望，他鼻子哼哼，把身子翻了过去。

米勒感觉这阵势太邪门了，集团高层，一前一后查出癌症，而且都是晚期。

他今天来，就想借探望的机会，同钱起波交换意见。白天同其他几个董事谈得不错，他们对"两改"方案举双手赞成。眼下这个情形，同钱起波谈那些事不大合适。

米勒说了诸如保重，配合医生治疗，早日康复之类的问候语便离开医院。

米勒前脚刚走，马广京后脚跟了进来。他这回办了一件人事，到派出所把姓氏改回来了。

妹夫来了，钱起波心情好了点儿，从床上坐起来。司马广京给他剥橘子，长长短短地嘘寒问暖。

几十年风风雨雨，兄弟俩关系最铁，没说几句，话题扯到司马德儒和米勒的身上。

司马广京不再像过去那样怨声载道，言辞恳切地劝舅哥把心思放宽些。将心比心，多想想人家的好处。称堂兄司马德儒为人仁义实在、处世宽容大度，没有什么坏心眼。扪心自问，他感到内疚和惭愧。

这些年，他俩没少干损害长川投资集团利益的事情。比方说，他奉钱起波的旨意贪污沙金；挪用公款到境外赌博，一次输掉 200 万元现金。使出阴招，让采购部那帮小子耍手段，逼走了原则性强的财务总监。

堂兄火冒三丈，恨不得抽他们的筋、扒他们的皮，实际上，并没把他俩咋样。

至于米勒，司马广京说更应感谢人家了。他一个德国"富二代"，家里的钞票多得数都数不过来。来公司一年多，起早贪黑、累死累活，把长川投资集团救出了困局，他的贡献大伙有目共睹。米勒除去正当的职务取酬，没替自己捞过半点好处，见不到任何不轨之心。这样的人，就是长川投资集团的福星。

钱起波闷头听了半天，有气无力道："时候不早了，你回去吧。"

司马广京起身告辞，走到了门口，转身回头说："哥，这回你得支持总经理。说到底，这不是支持米勒，而是支持咱自己。"

钱起波手背朝外挥挥，不耐烦地说："知道了，你走吧！"

048 幡然醒悟

司马广京离开不久，钱起波的腹部突然冒出一股冰冷的凉意，片刻，剧烈地疼痛起来，还伴随强烈恶心的感觉。他从床底下拖出便盆，脑袋朝下，呃呃呃地呕吐。

疼痛不断加剧，钱起波身子蜗牛般蜷缩成一团，右手握拳，使劲顶住疼的地方，用力提气、呼吸，他想借用这个法子，把痛苦强压下去。

疼痛丝毫都没有缓解，躺着疼，站着疼，蹲下来疼得更厉害。

一个小时过去，疼痛越发厉害，他实在承受不了，感觉世界末日已经来临，只求赶紧解脱。最好拿根绳子套到自己脖子上，往病房门边沿一挂算了。

腹部疼痛算老毛病，他每年都要疼几回，大都在季节变换、冷暖交替的时节，他没当回事。自认为南方湿气重，胃部有些寒湿，喝杯白酒，让酒精在胃里烧一阵就过去了。

这回跟往日大不同，疼得他神志恍惚，眼前一片迷乱。恍然之中，身子被一股气浪举起，顶到云端。一阵狂风吹来，他像一片凋零的落叶，从高空朝下坠落，跌入幽深的山谷。

一个头发花白的女人跑过来，指着他鼻子叫骂："你这个无情无义的老流氓，摔死了活该！"

这个女人形象气质不错，她是钱起波的高中同学。那个时候，同学们都称这位漂亮女生"班花"。

钱起波暗地对她动了心思，猫馋鱼一样盯住了她。

那天，她独自上山砍柴，钱起波悄悄尾随其后，"班花"行进到山凹，他见四下无人，猛地蹿向前，将她按倒在地。

"班花"怀孕了，迫不得已嫁给他。

钱起波得偿所愿，一点都不珍惜，常到外头拈花惹草，还不许妻子过问，多说一句就大打出手，打得妻子遍体鳞伤，哭着跑回娘家。

娘家人彻底被激怒了，登门兴师问罪。钱起波两眼一横，拿起斧头就要砍人。

妻弟是个天不怕地不怕的愣头青，操起板凳冲上去一顿暴打，打得钱起波哭爹喊娘，连声喊饶命。

小舅子抓住钱起波衣领，用力勒了勒，咬牙切齿地警告混账姐夫，如若再欺负他姐姐，就一把勒死他。

钱起波乖乖认错，在保证书上签字画押摁指头印。从此，不敢动老婆身上一根毫毛，夫妻关系名存实亡。

3年前，老伴说她想儿子了，死活要去看他。儿子在美国念书，一去几年不回来。若不是手上缺钱，电话都不会往家里打一个。

当初，老钱对这个混球儿子还抱有幻想。儿子从小迷恋游戏，学习成绩一般般，高考总分离三本线还差几十分。

钱起波这人好面子，跟人家学"2+2"（国内读两年，国外读两年），指望儿子到美国深造后打造成黄金身段，贴上"海归"标签，回到国内谋个差事。再不济，到长川投资集团干个部门经理也成。

妻子思念儿子，非去美国不可，钱起波只得依她。出国探亲手续办得挺顺利，公安局出入境管理工作人员告诉她，一个月后到广州面签。妻子高兴得不得了，返回途中，横过马路闯红灯，被一辆呼啸而来的货车撞出十几米。

妻子头部缠着纱布，无声无息地躺在太平间的水晶棺，忧伤的哀乐低回婉转。钱起波含泪给儿子打电话，让他赶紧回国，见妈妈最后一眼。

那个混账东西，没让父亲把话说完就挂断了。事后弄清楚，这个畜生在拉斯维加斯输红了眼。

人在世上走，祸与福都难以预料。前些日子，钱起波听说司马德儒得了重病，少不了幸灾乐祸一番。他在人前捋起衣袖，晒出肌肉鼓鼓的胳膊。一个星期不到，癌症赶趟儿似的找上门来。这些天，他是在极度的痛苦中度过的，躺在病床上不吃不喝、不言不语，生命全靠一瓶接一瓶点滴维持。

医生见他痛苦不堪，往点滴瓶注入颅痛定之类镇疼药物，勉强能睡几个小时。到了夜里，疼痛加码。他趴到床上，嘴巴咬住被头，双脚不停地击打床沿，两条腿青一块、紫一块。这种以痛止痛法，并没有多少用处。

他扛不住了，呼天抢地嚷着要"安乐死"。求医生行善积德，开几瓶安眠药，把他药死算了。

医生当然不能这么干，根据病情变化，调整镇疼药剂，适当增加一些剂量，要他忍着点。

疼痛丝毫没有减轻，钱起波求医生不得，只能自己想办法。他把身子弯成弓，两只手撑住床面，腰部猛然发力，蛤蟆一样朝墙上蹿，只想一头把自己撞死。

护士吓得哇哇大叫，几个医护人员闻声赶来，齐心合力把他按到床上，给他注射镇静剂，好不容易才将这个嗷嗷叫的疯老头制服。

一个星期不到，钱起波变得瘦骨嶙峋、面容恐怖。米勒前来探望时，他将头窝进被子里。

他讨厌米勒，这个奶油面孔的德国人，比司马德儒还难对付。见到他，如同见到瘟神。病来如山倒，凶猛的病势，把他折磨得不成人样，钱起波不想让米勒见到他那副凄惨模样。

钱起波在床上挣扎一阵，疼痛稍稍有些缓解。撩起被子一角，擦拭脸上额头脖子处的汗水，仰面朝天，大口喘气。人到了这步田地，什么地位、金钱、名誉，啥都不重要了，他真心盼望有双救命的圣手，抽丝一样，将他身上的疼痛，一丝一缕抽离出去。

如此想来，身子竟松弛下来，感觉没那么疼了。

出现这个状况，令他感到些许欣喜和慰藉，似乎明白了一个道理，原来不疼就是享受，幸福竟如此的简单。

钱起波脑袋开始活跃起来，过去的那些人和事，放电影似的，一幕接一幕在脑子里跳跃和重现。

20多年前，他还是街上一个"混混"，老同学司马德儒见他有些人脉，为人还算仗义，试探他对办公司有没有兴趣。

收购供销社两栋小楼那阵子，他手上没有钱，看着那块油晃晃的肥肉，眼馋得心里发痒。司马德儒看出了他的心思，诚恳邀他入股，至于钱多钱少，没有多大关系。等有钱了，可以分一些股份给他，有钱大家一起赚。

这是看得见的财路子，只要搭上司马德儒这班车，往后就会驰入金光大道，吃香喝辣都不在话下。姓"钱"的钱起波高兴得咧开嘴巴笑，要司马同学等他的好消息。

钱起波还真有些能耐，只几天工夫，变戏法般弄来一万多块钱，成了长川经贸部第二大股东。

司马德儒没亏待这位老同学，让他担任副经理，具体负责采购业务。

那段日子，钱起波人生得意、风光无限，他穿港衫、着喇叭裤、蓄卷发、手拎双卡收录机，后面跟着小阿妹。那个架势，活脱脱的腰包鼓鼓囊囊的大老板。他进餐馆、住酒店，山珍海味往肚子里塞，眉开眼笑捞回扣，牛得不知道自己姓甚名谁了。

他干出的那些不光彩事，司马德儒心里清楚，顾及颜面，迂回曲折地暗示他，客户给的回扣是要交公的。

面对司马德儒的宽厚和仁义，他心生惭愧。可是向人伸手惯了，想改都改不了，便要出阴阳两手，背地里照干不误。

临近年关，司马德儒探听到市内国营大厂分发过年物质，到信用社贷款10万元，领着钱起波到江浙一带海边，收购2万多斤黄鱼卖给工厂，净赚9万多元。两人各分3万块，余下3万块钱，当作公司流动资金。

一夜暴富，钱起波牛气冲顶，同一帮牌友猫到招待所，昏天黑地地豪赌。两天两晚，3万元输个精光，还欠下26000元赌债。

债主第二天上门催债，身后跟着一帮喽啰，手里操着"家伙"，在钱起波的家门口转悠，吓得家里人哭的哭、喊的喊。

高利贷本息往上翻，就是剥了钱起波的皮都还不起，他下跪哭着求司马德儒救命。

司马德儒又气又恨，拿出自己所得的 3 万元，替他了结了这桩难事。

事后，钱起波一把鼻涕、一把眼泪认错，请司马德儒吃饭喝酒，信誓旦旦地表示一定改邪归正。往后几年，他的表现还行。

那年收购金矿，关卡多，麻烦事不少，钱起波二话没说，把担子挑起来，跟几个弟弟打通关节，把手续办得利利索索。

可是当他坐稳金矿总经理的位置，老毛病再度井喷。伙同妹夫司马广京监守自盗、瞒报产量、挪用公款，造成金矿重大的经济损失。司马德儒算过账，他俩巧立名目贪污，挪用矿上资金几百万元。因管理不善、盲目指挥，造成污染和矿难事故，直接损失 800 多万元。

钱起波干的恶事远不止这些。赌场上跟人发生争执，纠集一帮流氓地痞砸场子，将对方打成重伤，演变成群体械斗，这件事惊动了警方。

工作上，钱起波处处跟司马德儒作对不说，竟然吃了熊心豹子胆，干了一桩人性沦丧的缺德事。

他趁司马德儒出差之际，夜里蹿到司马家调戏王韵芳。

癞蛤蟆想吃天鹅肉，历来心高气傲的王韵芳，噔噔噔跑进厨房，抓起菜刀就砍，吓得钱起波死命逃跑，一脚踩空，从台阶上摔下来，两颗门牙跟他拜拜了。

夜晚深沉而寂静，清冷的月光照进病房，室内光线昏暗惨淡。钱起波躺在病床，望着冰冷的天花板，心里无比忧伤和难过。人在做、天在看，有因就有果，恶事做多了，必定遭到报应。

钱起波咬着被头，轻轻地抽泣，悔恨的泪水，一波一波往下流。

疼痛越发厉害，浑身的肌肉都在疼，仿佛锋利的钢刀割肉敲骨，血和肉一点一滴离开他的躯体。

夜半时分，钱起波躺不下去了，独自离开医院，跌跌撞撞朝外走，来到一处屋檐头盔形状、上下三层的建筑物前。

屋里阴森森的，飘出蓝幽幽的亮光。一个半边白脸、半边黑脸的男人，左手拿着一本册子，上面密密麻麻写着人名，"钱起波"的名字赫然在列。

那人两眼射出寒光，握在右手的毛笔，准备往他姓名上打钩钩。

钱起波吓得连滚带爬往回跑，不知被什么绊了一跤，从高坡上滚落下来，脑袋撞到石头上。他哎哟一声惨叫，用力睁开眼睛，发现自己依然在病床上着。

这一夜，钱起波被疼痛折磨得死去活来，身上的气力几乎耗尽，清楚自己时日已经不多了。天刚亮，他双手捧着手机，哆嗦着给米勒发了一条微信。

当天，钱起波恳求护士帮忙，写出书面文件，摁上手印，无偿捐出所持长川投资集团35%的股份。至于那个游手好闲、在美国混阳寿的儿子，不给他留一分钱。

困扰长川投资集团多年的股权问题得到根本性解决，米勒同证券公司洽谈战略合作，改造长川投资集团股份结构，将49%股份变更为企业法人股，51%的股份用于招募社会资金，实现自然人持股，即员工持股。他变现了一部分股份，用以支付那些自愿提现的原始股东。长川投资集团，变更为长川投资有限责任公司。

企业改革有条不紊地推进，接下来组建新的董事会。米勒倒不急。

这天上午，米勒处理完几件紧要事务，领上集团各部门经理，来到市第一人民医院，看望老领导钱起波。

钱起波的病情不断恶化，几度昏迷，清醒后喉咙嘀嘀嘀响。护士给他清除堵在喉管的浓痰，他如释重负地喘，哑着嗓音想说些什么，说不出来，呜呜地哭泣。

钱起波面容已经脱相，米勒他们差点没认出来。钱起波深陷的眼眶射出一缕亮光，骷髅般的手，伸向米勒手里长川投资有限责任公司名誉董事长证书，就在钱起波即将够着的那刻，那颗毛发稀疏的脑袋歪了一下，浑浊的眼睛永远闭上了，眼角挂着两颗泪珠。

司马德儒赶了过来，拉住钱起波的手失声痛哭。

"老弟呀，你早哥哥一步走了。当初不是说好了吗，我们一块走的！"

司马德儒哭得悲悲切切，劝都劝不住。

"我们哥俩相处几十年，你是彻头彻尾的混蛋，可哥哥从来没往心里记恨过。知道吗，你不停地争斗、折腾，我才有危机感，不然，长川投资哪能走到今天？说不定还是当年那几间小铺面，要么早就倒闭关门了。"

米勒眼角湿润，扶住董事长，把送他回病房。

长川投资有限责任公司举行了隆重的追悼仪式，深切悼念名誉董事长钱起波先生不幸逝世。

钱起波老家来了不少人，大伙眼圈红红的。这些人受过他的恩惠，或者得到过他的帮助。悼念人群中，唯独没有见到他的独生子。那家伙在国外到底是死是活，没有人知道。

049 柳暗花明

　　一轮弯月静静地挂在天幕，几片暗云从远处飘来，月光变得幽暗。米勒站在阳台上，双手抱在胸前，抬起头朝远处张望。他有个嗜好，月亮出来的夜晚，举头眺望浩渺的夜空。天空好像辽阔无际的海面，时而喧嚣激荡、时而平静温馨，这些变化，往往会触动他的神经和心绪。

　　长川投资终于成功改制，按照米勒设计的理想状态加速运行：各大楼盘销售不错，利润可观。调整了化工厂管理人员，引进一批工艺技术专家，派遣一批骨干，到域内中国石化企业职业学校接受专业培训，化工厂现场管理水平、装置负荷及产品质量显著提升。财务费用降下一块，适逢化工产品市场价格节节上扬，出现大幅盈利。

　　几大金矿运营情况良好，效益回报超预期。云南边境交界处，金、银、铜、铅、锌、锡、钨、锰等有色金属分布广，属于富矿区。公司采取参股合作方式，同当地一些有色金属开采企业联合经营，经济效益不错。房地产产业链增值计划推进顺利，组建了长川工程建筑总公司、长川建筑新材料公司、长川装修公司，实现产业"一条龙"。万亩龙虾基地、万亩有机蔬菜基地、2万头生猪生态养殖基地都已产生效益。长川投资有限责任公司犹如一条巨轮，开足马力，劈波斩浪，逐步从近海走向深蓝。

　　征得司马德儒同意，聘任马莉雅为副总经理，分管有限责任公司的经营运作。

　　马莉雅市场洞察力和敏锐力过人，商务谈判具有超凡的耐力和韧性。在

250

房地产运作、矿产品期货市场准入和国际贸易方面，都表现出色。

米拉任用问题，米勒重新做过评估。这个女人思维开阔、敢作敢为，为人处世光明磊落，论综合素质，长川投资有限责任公司现有中层干部，还挑不出第二个。她若能改改急躁脾气，处理同事关系身段柔软些，那就完美了。他同米拉深谈过，有意透出口风，公司拟公开招聘总经理。

米拉面部表情腼腆，微笑着点头。

米勒第一次看到她这个样子，笑起来还蛮有女人味的。

李玥的任用，他仍坚持最初的想法，发挥她严谨细腻、善于协调的优势，负责行政管理工作。

客厅电视机传出噼噼的声响，节目早播完了，马莉雅已酣然入睡。

马莉雅在这里留宿了几个晚上，蜷缩在沙发上，如同百无聊赖、充满幻想的虫子。她把这儿当成家了，24 小时同米勒寸步不离。

米勒成天忙得不可开交，生活上要人照顾，马莉雅默默把这个任务承担下来。

这个男人真诚实在、重情重义，懂得怜香惜玉，可一旦触碰到个人情感问题，就像缩头乌龟，一点都不男人。

马莉雅揣摩米勒的心思，他内心孤独、矛盾，充满"少年维特"式忧郁，这是身世奇特之人的共性。米勒允许她住过来，令她兴奋不已，很想让浑身热血沸腾起来，奉献给他童话般美好的生活。可是真正拥有二人空间的时候，她变得心如止水，欲望的闸门悄然闭合。

微信铃音响起，扰乱了米勒的心绪。龚楠发过来的，说她就在楼下，想找他聊聊。

楼下昏暗的光影里有个瘦小的身子来回晃动，米勒回话说：我住中单元902，有请。

龚楠兴冲冲地走出电梯，推门而入的时候惊呆了。

马莉雅被惊醒过来，见龚楠一脸的尴尬，拢拢散乱的发丝，淡然笑道："龚楠姐，请进呀。"

龚楠进退两难，站在门口不动。

"冒昧打搅，我，我，我还是下回吧。"

马莉雅走上前，拉住龚楠，让出沙发请她坐下。

"姐，你想多了。我和总经理只是工作关系。"

米勒从阳台回到客厅，一身笔挺的西装。

龚楠想笑。这男人真逗，回到家里依然一本正经。

龚楠双手捧住马莉雅递过来的茶杯，脑袋一直朝下低垂。

马莉雅坐到龚楠身边，一只手搭住她肩头，感觉她身子发颤。

"姐，别紧张，有话尽管说。如果不方便，我这就回避。"

龚楠一把拉住马莉雅，恳求道："别，别，别，你别走。"

米勒悄悄给了马莉雅一个眼神，马莉雅会意，笑笑说："我不走。说不定还能给你们当个参谋什么的。"

龚楠缓缓抬起头，细声道："离婚案已经了结，谢谢米勒董事长，谢谢莎拉。"

米勒松了一口气，不无开心地说："那就好，过去的那些事已经翻篇，一切可以重新开始了。"

"是的，董事长。"

龚楠肩膀抽动几下，流下了眼泪。

米勒关切地问龚楠，往后有什么打算。

"今晚专程过来，就为这件事。如有可能，我想在董事长手下谋份差事。"

米勒抬起右手，抚了一把头发，呵呵笑道："你是知名山水画家，响当当的名片儿。长川投资有限责任公司不过一座小庙，恐怕装不下你这尊大菩萨呢！"

龚楠一听，脸上现出失望的神色。

米勒一脸轻松地走到龚楠跟前说："刚才说的，不过玩笑而已，公司拟定进军文化产业，缺的就是领军人物，我正准备找你聊聊呢。"

龚楠转忧为喜，脸上堆满了笑意。

"我考虑由你主持企业文化部工作，资金、技术、人才，市场上有的是，就看你有多大的本事了。"

龚楠有些发蒙，董事长这个决定，远远超出她的期望值。

马莉雅轻轻碰她一下，龚楠回过神，激动地说："请董事长放心，我一定会干出模样来的！"

米勒开心地笑道："放手干吧，期待我们的文化产业大放光彩！"

聊完这些事情，龚楠说还有一件紧要事向董事长汇报。

这些天，龚楠有意无意向母亲提起过往的一些事情，试图勾起老人的回忆。

老人家记忆力恢复得不错，但不能问太多，问多了头疼。

她40岁那年，头部意外受到创伤，昏迷了几个小时。醒来后就闹头疼，记忆力锐减。昨天，突然抓住龚楠，说能记起当年在省第一儿童福利院工作的一些事情。

老人说，那个时候叫孤儿院，专门收养没爹没娘的孩子。她担任护理医生。孩子们进出，只有经她检查，做好记录，才允许入院或者放行。问及26年前，一个8个月大小的男孩被一对德国夫妇收养事情，老人想了半天，怎么都记不起来。

老人告诉女儿，那些年，外国人收养中国孤儿并不稀奇，每年有不少娃娃让老外领养。记不清米勒到底是谁收养的。至于米勒的家事，她一概不知。

龚楠和贾润华仍不灰心，慢慢跟妈妈聊。

下午，老人记起一件事，说她那个时候有个好朋友，在院里当保育员，她知道的事情肯定要多一些。

龚楠忙问那人姓甚名谁，住在什么地方，老人连连摇头。过了一阵子，老人告诉龚楠，他们家有本影集，里面存放她们院里工作人员的合影照片，她那个朋友应该在里头。

龚楠和贾润华飞速奔向荣湾镇，在家里翻箱倒柜，找到了母亲说的那本影集，老人一眼就认出了那个人。

"就是她。第一排，从左边数第5个，那个剪短发的姑娘。"

龚楠急巴巴地问那个姑娘的名字，老人说记不得了。

龚楠把照片带来了，指着蓄短发，穿花格衬衣的年轻女人，妈妈说的就是这个人。

马莉雅看了半天，似乎看出了一些名堂，但不敢确认，提议到省第一儿童福利院找人辨认。假如能找到知情人，真相必定大白。

马莉雅的话挺有道理，米勒决定将省第一儿童福利院作为调查重点，最好让李玥陪他去。李玥在那儿待到3岁多，院长肖妈妈还在那儿工作，顺着这条线索往下找，或许就能找到那位保育员。

寻亲线索忽明忽暗浮出了水面，米勒格外兴奋，次日上班不久，准备给李玥打电话，刚掏出手机，李玥打电话过来，说琪琪已经康复出院，返程机票已经定好，她俩后天就可以回到凤凰城。

这个消息来得太及时了，米勒右手握拳，啪的一下，击在自己的左手掌心，嘴里夸张地"嗨"出一声。

050 双喜临门

下午 4 点 25 分。凤凰城高铁出站口。

龚楠频频抬起手腕看表，脸上现出焦虑不安的神色。

马莉雅挽着龚楠的胳膊，感觉她的身子在抖动。

米勒倒是一副淡定悠然的模样儿，这个状态似乎告诉大伙，不必紧张，李玥和琪琪很快就会到站的。

那天，李玥给米勒打完电话，紧锣密鼓做回国之前的准备。出发的前一天，当地政府部门发布通告，称有证据表明，极端组织人员冒充难民，混入欧洲境内，很可能发动恐怖袭击，提请市民及入境外国人提高警惕。

警方如临大敌，加强机场、车站、教堂、大型商场、著名旅游景点等公共场所的安保措施。防爆警车在公路和街道来来往往，警察荷枪实弹、面容冷峻。

莎拉开车送李玥和琪琪前往机场，两眼紧盯前方，一直绷着面孔。

到了航站楼，莎拉细声叮嘱李玥，万一遭遇了恐怖袭击，千万别慌乱，先就地趴下，再寻找机会逃跑。德国安保体系健全，警方危机应对能力是很棒的。

李玥紧紧拽住琪琪，手掌心汗津津的。

机场安检极其严格。非常时期，那些常挂在嘴边的隐私权之类就得让位了，无论男女，一律脱鞋脱衣检查。李玥和琪琪被带到一间小屋子，里边有不少女性旅客正在接受检查。

两位女安检忙活了一阵，用半生不熟的汉语，客气地对李玥说："谢谢配合，祝你们旅途顺利。"

李玥牵着琪琪刚出小屋，大厅入口处开始骚乱起来。有人哇哇大叫，气氛陡然变得紧张，旅客们受到惊吓，四处逃散。

一个瘦高个儿男子，百米冲刺似的奔向安检这边，警察紧追不放，用英语高声叫喊"站住""趴下"。

李玥脑袋嗡的一声叫了起来，急忙摁住琪琪脑袋，两人就地趴下。

瘦高个儿男子的体力明显不支，两个身材高大魁梧的警察急冲过来，将他扑倒在地上。

警察将他双手反剪扭到背后铐住，从他身上搜出一样形似椭圆的东西。由于隔了一段距离，看不大清楚。李玥猜，可能是爆炸装置。

一名警员舞动双手，哇里哇啦喊叫，紧急疏散密集的人群。

琪琪吓哭了，李玥将她搂在怀里，哄她别怕，说这是演习，就像电视里演的那样。

是不是演习李玥不知道，她没有更好的办法安抚琪琪，只能临时编出这个说法。

琪琪止住哭声，擦干眼泪说："姐姐，琪琪不怕，我们回家。"

两人随着长蛇阵似的队伍登上了飞机，刚坐下来喘口气，就听到广播通知，请旅客朋友们马上离开飞机，警方将对机场所有飞机进行全面检查。

好不容易登机，又要下去，折腾死了。旅客们都不大高兴，有的赖在座位不动。

空乘袅袅婷婷走过来，双手捧到胸前。

"女士们、先生们，大家好。突发意外状况，警方怀疑恐怖分子在飞机上安装了炸弹，请大家迅速撤离！"

听到"炸弹"二字，仿佛屁股被烫着了，旅客们立刻离座。在空姐引导下，有序离机。

一小时、两小时……

终于等到再次登机的通知，飞行 9 个多小时，安全降落到北京机场。

回家的感觉真好，李玥深呼吸一口，领着琪琪买好了国内航班机票。此时此刻，她恨不得身上长出翅膀，立刻飞到凤凰城。

行李托运，接受安检，一切顺顺当当。两人刚在候机厅坐定，机场上空忽然黑云密布，仿佛夜幕降临。伴随电闪雷鸣，一场瓢泼大雨不期而至，地面能见度十米都不到。

雨越下越大，整个天空被巨大的雨幕严严实实罩住了。

机场临时关闭，苦苦等候了两个多小时，飞机终于起飞。

飞行2小时20分钟，凭感觉马上就要降落。咚的一声，广播通知，凤凰城机场上空出现雷暴大风恶劣天气，飞机转降。

这算啥运气呀，李玥彻底无语了。

续飞了一个多小时，顺利转降，出港、打的、网上抢购高铁票。老天保佑，最后两张开往凤凰城方向的高铁票，被李玥收入囊中。离开车时间只剩5分钟，两人急匆匆地赶到了高铁站。

"和谐号"飞速奔驶，高大的建筑物纷纷后撤，还有3个多小时就能到家了，李玥紧绷的心终于松弛下来。车厢里一张张幸福的笑脸，广播里播放《我的祖国》那激越悠扬的旋律。

这首歌曲，李玥在孤儿院时常能听到。刚开始，感到特别新鲜，听多了就没啥感觉了。现在听起来，心潮澎湃、热血沸腾。她摇着琪琪两只手打拍子，跟着广播一起哼唱。

"回家啰，我们回家啰！"

终于到站了，琪琪像只美丽的彩蝶，欢快地飞舞。

"米勒哥哥、马姐姐，我们回来啦！"

琪琪扑了过来，米勒一把抱住她，蹲下身子，将她浑身上下瞧了一遍。

"琪琪，走几步看看。"

琪琪大大方方走出几步，还在原地跳了几下。

一切正常，跟常人一模一样。

米勒哈哈大笑，往琪琪粉嫩的小脸上亲了一口。

李玥站在一旁，眼角湿润了。

龚楠快步上前，抱住李玥，声音哽咽地说："妹妹，路上辛苦了。"

马莉雅走了过来，往李玥和龚楠的后背拍了拍。

"上车吧，大伙都等急了。"

小车快速前行，李玥两眼看着车窗外头。

大楼长高了，道路拓宽了，鲜花绽放、树木葱茏，高架桥气势恢宏。离开凤凰城短短几个月，这座现代化新城，如同年轻的巨人，以加速度方式朝前迈进。

小车在梦华天酒店大门口停住，一帮人迎了过来，宽敞的大厅响起热烈的掌声。

到处都是熟悉的面孔，绝大部分是公司的同事。龚楠画风突变，换上了婚纱，仿佛艳丽娇美的花朵儿。

马莉雅告诉李玥，今天是贾润华同龚楠结婚的大喜之日，龚楠撇下新郎官前去接站，就为表达对她的感激之情。

李玥胸口一热，眼泪夺眶而出。

室内灯光由暗变亮，宴会厅装扮一新，主角在悠扬婉转的《茉莉花》音乐声中登台。

贾润华一身藏青色西装，显得英俊帅气。

龚楠穿着洁白拖地长裙，手捧鲜花，深情款款地挽着贾润华的臂弯。

结婚仪式没安排主持人。起初，马莉雅征求两位新人的意见，他们说，幸福的婚姻靠用心经营，那些繁文缛节就免了。

音乐声暂停，贾润华取过话筒，温润的目光环顾四周，领着龚楠向大伙深深地鞠了一躬。

"我和楠楠历经磨难，终于走到了一起，谢谢朋友们的祝福，尤其感谢两个有恩于我们的人。第一位是我的兄弟、长川投资有限责任公司董事长托马斯·米勒博士。第二位是李玥小姐！"

托马斯·米勒接过话筒，激情洋溢地致辞。

"有情人终成眷属，我代表长川投资有限责任公司，向贾润华先生和山水画家龚楠女士表示诚挚的祝贺！祝愿他们携手同心，白头到老！"

掌声骤然而起，夹杂着喝彩声。

米勒的手挥了一下，大厅立刻安静下来。

"长川投资经过改制和董事会改组，呈现出勃勃生机。上个月，公司当月赢利3800多万元，创历史最高水平！"

掌声更加热烈，有人带头领喊，大伙跟着高呼："感谢董事长，祝福长川投资！"

米勒满面春风，一派儒雅之气。宣讲他的经营理念。

"长川投资有限责任公司坚持稳中求进，锐意创新，搭建金融创新平台、服务型贸易平台、环保智慧型建筑业平台、供应链完善的物流平台、文化创新平台。未来三年，公司着力完善经营机制，转换为股份有限公司，把企业推向市场。"

他清了清嗓子，十分动情地说："长川投资能走到今天，我要真诚感激集团的元老们。无论现在，还是将来，我们永远不能忘记那些为长川投资奉献青春热血的人们！"

这场别开生面的结婚喜宴，米勒和贾润华设计之初颇费了一番思量。果然不出所料，产生了震撼性效果。次日，市《都市晨报》报道了这场盛事。通栏套红标题这样写道：

结良缘，十年真爱终成正果；改旧制，长川投资凤凰涅槃。

副标题：长川投资有限责任公司引领我省民营企业创新发展。

一则具有轰动效应的广告，不用长川投资有限责任公司掏一分钱，大伙不得不佩服托马斯·米勒的智慧。

051 希望的曙光

李玥回国已有几天，夜里老失眠，躺在床上，感觉整个人悬在空中，脑袋嗡嗡叫。她怀疑这趟出国之旅，把生物钟搞乱套了。

琪琪睡得正香，间或翻动身子，脸上露出甜甜的笑意。

无忧无虑的孩提生活多好呀，自己这个岁数时，应该就是琪琪这个样子吧？

看着酣睡的琪琪，李玥想起了孤儿院，肖妈妈温情和蔼的形象，立刻浮现在眼前。

离开孤儿院20多年，许多人和事变得模糊不清了，唯独肖妈妈的模样越来越清晰，在她心目中，肖妈妈就是自己的亲娘。

离开孤儿院那天，肖妈妈给她穿了一套崭新的衣服，粉红的颜色，特别亮眼睛。小朋友们羡慕不已，围住她，说这衣服真好看。

肖妈妈帮她梳头，根根发丝捋得顺顺溜溜，给她扎了两把羊角小辫儿。

她哭得死去活来，肖妈妈也哭，流着眼泪送出好远。她拉着肖妈妈死活不松开，肖妈妈生气了，掰开她的小手，把她交给一男一女两个陌生人，要她管他们叫爸爸妈妈。

她拧着头就是不叫，肖妈妈的脸色变得很难看。

"小阳阳不乖，让肖妈妈伤心难过了！"

"肖妈妈，小阳阳乖。你别送我走好不好？往后我自个洗澡，帮小同学擦屁屁。那些玩具，先让小伙伴玩。肖妈妈，阳阳求你了，我不走，妈妈，妈妈呀……"

小阳阳伤心地哭喊，肖妈妈抹着眼泪，转身就跑。

"妈妈，你别跑，你跑了小阳阳怎么办呀？"

小阳阳拼命地挣扎，要去追她的肖妈妈。

新妈妈搂住她不放，眼见肖妈妈看不见了，小阳阳张开嘴巴，使劲咬在新妈妈的手上，疼得这位妈妈哎哟哎哟掉眼泪。

伤心的往事，刀一样刻在李玥的记忆深处，常常在梦里回放，吓得她哭醒过许多回。

李玥害怕做梦，这个梦像疯长的藤蔓，伴随她成长，但丝毫不会妨碍她对孤儿院的眷恋。

上大学后，她每年都到孤儿院看上一两回。悄悄地来，无声无息地离去。她把奖学金和课余兼职赚来的钱，算出最低生活标准及其他花销必需的数目，剩下的都捐到院里。捐献的钱物，委托门卫办理。然后，绕到后墙，踮起脚，伸长脖子朝里看。她不求别的，只要能看见肖妈妈的背影就足够了。

新家遭遇惨痛的变故，她的人生之舟再次遭遇了打头的风浪，好强的她，不愿肖妈妈知道自己的不幸。暗暗跟自己说，等到某天有出息了，驾驶豪车，开进院里，体体面面跟妈妈相认。当着众人说，在外漂泊多年的女儿功成名就，终于回到了母亲身边。然后，把妈妈请到豪华酒店，中餐或者西餐，任由妈妈挑，怎么开心怎么来就是。她要尽到当女儿的那份孝心。

夜深了，四周变得昏暗，城中村尽显疲态。李玥闭上眼睛，泪水不由自主流出眼眶。

从德国回到国内，她的生活回到了原先那个状态，一心想见米勒，但总难如愿。马莉雅苦笑着安慰她，自己也一样，想见董事长，比小臣子见皇上还难。

米勒很少待在办公室，偶尔回来，边打电话，边浏览公司信息报表，或者翻看国际国内重大新闻，顶多半小时就匆匆离去。

李玥一点睡意都没有，披衣下床，慢步踱到阳台。抬眼朝远处看，穿城而过的公路网纵横交织，首尾相接的车灯，如同游弋的长龙，城中村夜晚的气浪快要赶上大都市了。

她在这儿租住了几年，刚来的时候，四周都是高矮不一的棚户，一条污水沟散发刺鼻的臭气。

这些年，城市扩张速度惊人，棚户区一天一个样，已经拆去大半，剩下的陆陆续续被征收。房东告诉李玥，房子马上拆迁，腾出来建大型购物中心。马莉雅帮她找到了新房子，离公司办公楼一里路不到，琪琪很快就要上小学一年级，住那个地方挺方便的。

房子装修正在扫尾，不久就能入住。装修的点点滴滴，李玥几乎没操什么心，能干的马莉雅，一声不响包下了。

马莉雅这人真不错，过去错怪她了。

接连几个哈欠，渐渐有了睡意，回到房间，手机提示灯亮着绿光。米勒发来微信，请她明天陪他去省第一儿童福利院走一趟。

很快进入睡眠，李玥做了一个梦，梦见小阳阳坐在肖妈妈腿上。肖妈妈给她讲故事，一个劲夸她乖。她咯咯咯地笑，这一笑，把自己笑醒了。

四周一片白亮。琪琪早已起床，抱着小浣熊趴在床头，歪着头看她。

"醒了？"

"咯咯咯……"

李玥伸出一个懒腰。"笑啥呀？"

"姐姐，你说梦话了，咯咯咯……"

"我说啥了？"

琪琪笑出了一个鬼脸。"姐姐说托马斯·米勒，李玥爱你，爱你一辈子……"

"去去去，一个小屁娃，我看你往后还敢胡乱嚼舌头？"

李玥羞得满脸通红，勾起手指头，往琪琪小鼻梁轻轻刮了一下。

琪琪欢快地跑开了，边跑边说："马姐姐为什么还不接我呀？"

李玥记起来了，马莉雅昨天跟她说过，周末带琪琪到动物园去玩。

时间还早，李玥给琪琪煮了面条，卧了一个荷包蛋。小姑娘刚吃完，马莉雅敲门进来。

屋外响起喇叭声，李玥朝外看了一眼，再看看马莉雅，站在原地一动不动。

马莉雅微笑着走过来，用手碰她胳膊。

"去吧，董事长有事找你呢。"

李玥明白了，马莉雅今天过来，是帮她照顾琪琪的。

米勒驾车，两眼看着前方，一辆接一辆超车。

"董事长，能不能慢点儿？"

车速很快，李玥有些紧张。

米勒将车速降下来，侧脸笑笑："对不起，我这一急，不知不觉开快了。"

听米勒的语气，客套得像对待初次见面的客人，一丝凉意从李玥心头掠过。

米勒似有察觉，解释这段时间跑省里市里，同战略合作伙伴洽谈兼并重组的事情。还有招聘总经理那些事儿，没顾得上跟李玥聊。

这回说话的口气，还是原来那个米勒，李玥心里舒坦不少。

"问一下，怎么突然想起去儿童福利院？"

米勒笑而不答。

"说嘛，到底干嘛？"

李玥感觉自己有点矫情，胸口扑扑跳。

米勒脸色平静，不紧不慢地说："找肖院长，请你当向导。"

"找肖院长？"

李玥一惊，声音变调了。

米勒惊异地问："你没事吧？"

李玥连忙掩饰道："没，没什么。"

小车装有导航，按图索骥就行，从李玥住地出发，只用了半个小时，就已抵达目的地。

米勒填写好来宾登记，门卫放行。

这条50岁左右的汉子，个儿高高的，在省第一儿童福利院工作了10多年。他叫不出李玥的名字，但一眼能认出来。

这是李玥 23 年后再次踏进院门，两条腿有些颤抖，呼吸变得急促。

"请问，你们找哪位？"

一位身材苗条的年轻女人，见两人探头探脑，绕过花池迎上来。

米勒松开李玥挽着他的手，回复道："我们找肖院长。"

"真不凑巧，我们院长出差了。"

米勒抓住话头问她，肖院长什么时候能回来。

年轻女人告诉他俩，肖院长是上个星期出去的，说是到乡下找一个女孩子，应该就这一两天回来。

米勒同李玥对望一眼，恳请年轻女人提供肖院长联系方式，说他们有紧要的事情找她。

年轻女人见眼前的小伙子文质彬彬，身边带着一个漂亮姑娘，应该不是找麻烦的。掏出手机，拨了一串数字：对不起，用户无法接通。再拨过去，依然联系不上。她遗憾地告诉米勒，估计肖院长手机没电了。

米勒挺失望的样子，轻声道："李玥，我们走吧。"

"李玥？"

年轻女人眼里立刻放出一片亮光，一把抓住了李玥。

"踏破铁鞋无觅处，我们院长找的就是你呢！"

李玥蒙了。

年轻女人介绍道，省民政厅下个月举行"以爱传爱，让世界充满爱"为主题的巡演活动，院里借此契机，宣传爱心人士事迹。考虑找一个从儿童福利院走出去的孩子，回馈儿童福利事业的典型。院长想到了李玥。

肖院长一直认为，那个名叫李玥、从不露脸的捐赠者就是从院里出去的。

还有一件事，几乎成了肖院长的一块心病。她年轻那会儿，亲手送出去一个孤儿，不知道现在过得怎么样。前些年，院里人手紧，一天到晚忙得不可开交，没有时间做回访。等到院里人手增加，能空出时间时，线索却已中断了。

"肖院长一定要找到小阳阳，说那是她的宝贝女儿。"

"妈妈！"

李玥双手掩面，失声地哭了起来，把年轻女人吓了一跳。

"你就是当年的那个小阳阳？"

李玥哭着点头。

"阳阳，我的小阳阳在哪儿呀？"

院里栅栏徐徐打开，一身疲惫的肖院长，从布满泥浆的越野吉普车里走出来。

"院长，您看这是谁？"

年轻女人指着李玥高声地嚷。

肖院长眯着眼，看着李玥直发呆。

李玥跑向肖院长，扑通一声跪了下来。

"妈妈，我就是小阳阳呀！"

肖院长抓住李玥，撩开她的头发，左看右瞧。

那天，小阳阳跟同学打逗，不小心从桌子上摔下来，额头撞到凳子上，裂开了口子，隐约能见到骨头。

肖妈妈吓坏了，背起小阳阳，发疯似的往医院跑。小阳阳伤口缝了十多针，愈合后，左前额留下一块小疤痕。

没错，眼前漂亮的姑娘就是当年的小阳阳，令她魂牵梦绕的女儿。

肖院长泪流满面，颤抖着将李玥搂进怀里。

"我的孩子，你让妈妈找得好苦啊……"

两人相拥而泣，久久不愿松开。

米勒感觉自己是个多余的人，悄悄走向一旁。李玥慢慢平息下来，将他叫住了。

米勒向肖院长自我介绍，说明此行来意，从包里掏出龚楠母亲提供的合影照，指着前排穿花格衬衣的姑娘，问她姓甚名谁，现在什么地方。

肖院长看了半天，不停地摇头。

这张合影照里没有她本人，毫无疑问是她来省第一儿童福利院前照的。合影上那位姑娘，她没见过。肖院长吩咐年轻女子，把院里年长的保育员都请过来。

一刻工夫，院里 50 岁上下的保育员聚集到院长办公室，几乎众口一词，这个人叫孟兰英，院里的老劳模。

　　她们告诉米勒博士，这是一个善良淑娴的女人，儿童福利院没人不喜欢她。当年，她收养了一个名叫柱子的男孩，不久离开了。究竟去了哪儿，大伙说不清楚。

　　李玥拿过影集反复看，突然尖叫起来。

　　"董事长，这人跟公司那位保洁阿姨挺相像呢！"

　　米勒眼前一亮，仔细看过照片，拿起手机就拨。

　　"马莉雅，我们公司那位女保洁工是不是姓孟？"

　　马莉雅同琪琪玩得正欢，米勒没头没尾的电话把她问蒙了。

　　米勒吼道："说话呀，听见没？"

　　马莉雅慌忙说："是的！"

　　"她儿子叫柱子？"

　　马莉雅回道："没错呀，公司办公楼保安，胖嘟嘟的那个。"

　　"马莉雅，你马上回公司办公楼，我们一起找孟阿姨。"

　　米勒向肖院长鞠了一躬，拉上李玥就跑。

052 十万火急

柳暗花明，关键人物就在身边，简直梦幻一样不可思议。

沉睡了 26 年的身世真相即将被唤醒，很快就能见到亲爱的爸爸妈妈，米勒激动不已，握着方向盘的手微微发抖。

他脑袋像烧开锅的水，咕噜咕噜地冒泡。暗问自己，如果见到亲生父母，自己将以什么样的状态面对？

傻傻地站着？

推开时光之门，让自己回到襁褓，变回那个牙牙学语的小男孩，一对恩爱的小夫妻，笑呵呵地逗乐。他舞动胖乎乎的小手，咯咯咯地笑。

不行，这是梦境，一点都不实际。

最好直冲过去，一边一个搂住爸爸和妈妈，放开嗓门哭，把埋藏心底 26 年的思念，翻江倒海地哭出来。他告诉父母，不管什么原因把他送进孤儿院，儿子一点都不怨恨。他郑重其事地说，自己从遥远的德国回到祖国，那时带着德国爸爸妈妈的心愿。这对仁爱的德国夫妇，像爱护自己的眼睛一样，精心地呵护他，给予无私的爱。他在异域他乡，生活得非常幸福。

米勒晃晃脑袋，把思绪拉回现实，猛踩油门，小车快速朝公司办公楼方向奔去。

马莉雅接到米勒的紧急电话，一秒钟都没敢耽搁，带着琪琪到了办公楼。

琪琪同柱子已经熟悉了，非常喜欢这个胖哥哥，一见面嚷着要他讲故事。马莉雅趁机将孟兰英请到保安门岗外头，她有话要问这位保洁阿姨。

孟阿姨看上去显老，实际年龄刚满 50 岁，一副慈眉善目、淑娴温顺的样子。

其实，她的身世十分凄惨。4 岁那年，父母双双因病亡故，被孤儿院收养，长大后留在院里当了一名保育员。

孟兰英平日话不多，干活从不含糊，脏活累活抢着干，院里人都特别喜欢她，连年被评为院里的劳动模范。

一天，院里收养了一名刚满周岁的小男孩，来的时候只剩下一口气。孟姑娘打开孩子的随身包裹，里面有一包奶粉，还有一张纸条，上面写道：我家娃娃柱子，患有先天性心脏病。家里实在太穷了，跪求哪位好心人，救救这个可怜的孩子。

孟兰英没说什么，主动承担柱子的保育护理任务。

治疗心脏病，需要大笔费用，孤儿院经费来源主要靠行政拨款和社会捐赠，这些也只能勉强维持院里运转，拿不出多少钱帮柱子治病。

孟兰英找到时任院长，说她工作之余可以拾荒，收入部分，用来填补小柱子的医疗费。

那些破破烂烂不值几个钱，孟兰英起早贪黑、累死累活，所得收入可怜巴巴。

柱子病情在加重，孟兰英看着脸色蜡黄的孩子伤心流泪。第二年开春，她做出常人想都不敢想的决定：从孤儿院辞职，背着小柱子走了。

一晃 20 多年过去，年轻漂亮的孟姑娘已是满脸皱纹、头发花白，一副老太婆的模样儿。

这些年，孟兰英过得挺不容易，拒绝了一些年轻朋友的追求，到现在还孑然一身。她这样做，目的很简单，就是不让柱子遭人嫌弃，受到任何委屈。

孟阿姨的故事，令马莉雅感到非常震惊，眼含热泪握住眼前这位善良女人的手。

"您是一位伟大的母亲，柱子能有这样的妈妈，这是他一辈子的福气！"

孟兰英脸上爬满笑容，开心地说："柱子这孩子好啊，贴心贴肉的，给我带来好多快乐，阿姨心里美着呢！"

孟阿姨停顿片刻，告诉马莉雅一件隐秘的事情：她收养柱子前，接收了一个叫思马的小男孩。孩子来的时候七八个月的样子，长得白白胖胖，惹人疼爱。遗憾的是，被一对德国夫妇收养走了。

马莉雅两眼放光，一把抱住了孟兰英。"阿姨，您是大功臣呐！"

孟兰英蒙了，不知道马莉雅在说什么。

"您知道吗，当年的那个孩子，就是我们公司现任董事长！"

孟兰英惊呆了。

米勒驱车飞奔而来，刚停稳就推开车门，跑向孟兰英这边。

孟兰英迎上去，将米勒从上至下看了几遍，眼泪汪汪地说："董事长，你小名叫思马？"

米勒喉咙发硬，点了点头。

"你那个老外爸爸个子高高的，满脸胡子，鼻梁上有块褐色小斑点？"

米勒点头。

"你妈妈高个头，胖胖的，嘴里一边一颗金牙齿？"

米勒忙说："是的。"

"我可怜的孩子，真的是你呀！"

孟阿姨激动得哭出声来，没法往下说了。

孟兰英记得特别清楚，小思马被人送进孤儿院时天刚亮不久，她在院门口打扫卫生，亲手接住的。襁褓里有一块白颜色小布条，上面写着"思马"字样。

小家伙身体健康，非常可爱，她只看一眼就喜欢得不得了，白天夜里抱着不放手。

她给思马喂牛奶，还喂过羊奶，小思马每顿吃得饱饱的，吃饱就睡，醒过来就哭闹。

一天，院里来了一男一女两个德国人，灰色的眼睛东瞄瞄、西瞧瞧，目光落在思马的身上。

这两口子嘴里叽里呱啦说着什么，将哭闹的思马逗得咯咯咯笑。

那女人亲了亲思马，说要收养他。

孟兰英舍不得，将思马抱在怀里，怎么都不让。

院长生气了，批评孟兰英目光短浅，两眼只看到脚背上。人家老外家境富裕，孩子去了他们家吃穿不愁，指不定还会有个好未来，要她赶紧撒手。

一个月后，那一对德国年轻夫妻又来了。民政干部跟着到了院里，给他们夫妻颁发了收养证明。

孟阿姨看了米勒半天，抽泣着说："那天，我送你出院门。你两只眼睛看着我，哇哇哇哭得好凶，两只小手乱抓乱舞。"

米勒早已忍不住了，抱住孟阿姨哽咽地说："孟妈妈，思马终于找到你们了！"

过了一会儿，米勒平静下来，向孟阿姨问了几个他特别关心的问题，孟阿姨茫然地摇头。

气氛很快凝重起来，米勒神情沮丧，焦躁不安地走来走去。

孟阿姨拉住米勒，目光柔润地说："孩子，知情人的下落阿姨知道，只要找到他老人家，就什么都清楚了。"

孟兰英说那人姓唐，人称老五叔。原先在县城一家建筑公司干泥工，一次发生了意外，从工地楼上摔下来，伤得不轻。治愈出院后，住到了山里女儿家里。那儿空气新鲜、鸟语花香，是个养老的地方。

米勒喜出望外，当即决定，由孟阿姨带路，马莉雅陪同，一道进山拜望老五叔。

053 挺进深山

时间急迫，马莉雅安排大伙先吃午饭，做好进山的准备工作。

米勒用电话将公司运行状况巡检了一遍，一切正常。安排李玥留下来照看公司。

乡下路况差，马莉雅将宝马换成越野吉普，小车在高速公路行驶一个多小时，从匝道转入县级公路，路牌提示已经进入云溪乡路段。

老五叔住地属于云溪乡，位于大山深处。小车从乡政府门前经过，穿过几条街道，从铁路桥下的涵洞拐入一条柏油马路，跑了几里地，一座巍峨雄壮的大山耸立在眼前。

孟阿姨拢拢发丝，指着前方起伏不定的山峦说："马上就要进山了，车子只能开到这儿。"

举目远眺，山脉逶迤绵延，峰峦叠嶂，烟雾迷蒙。

"山里路窄，坡道多，要进到山里，只有两个办法。一靠摩托车，再就是靠咱们脚下两条腿。"

孟阿姨率先下车，朝前方招招手，一溜摩托车飞奔过来，蜜蜂似的嗡嗡叫，车尾冒出的轻烟呛喉咙。

这就是传说中的"摩的"？

米勒看着那些脸色黝黑的车手和脏兮兮的摩托，迟迟不愿挪步子。

这儿距离老五叔住地有几十里山路，身体强壮的山里人，都要走几个小时。现在已是下午 3 点多钟，哪怕体力再好，都会黑在半道上。山里悬崖峭壁、道路险峻，黑在路上就麻烦了。这些搞摩托出租的小伙子，长年累月在山道上奔跑，哪儿是沟、哪儿有坎都了如指掌，保准能安全往返。

眼下没有更好的办法，米勒只能接受孟阿姨的意见，同马莉雅挑了半天，挑出他们认为性能可靠的摩托车和技术娴熟的司机。

米勒的车主名叫云保，小伙子能说会道、性格豪爽。他看上去跟孟阿姨很熟，两人见面，亲亲热热打招呼。米勒同云保攀谈了一小会儿，方知他就是唐五叔的亲外孙。

摩托车嗷嗷叫唤，一路颠簸得厉害。

云保提醒米勒，抓牢后座两旁的杠子就不会有危险。如害怕，可以搂住他的腰身。

倒不是特别害怕，关键屁股受不了。米勒用力踩住加装的踏板，尽量减少身子颠簸的幅度。

山里深壑幽谷，一条清凌凌的溪水，从山上往下流去，莽莽林海一望无际。

从山脚向上爬行，植被不断变化，常绿阔叶林、针阔混交林、高山矮林，三道垂直景观带有序排列。这儿一山有四季，十里不同天，逶迤的山脉，如同绿色巨龙翩翩起舞。山里空气新鲜，呼吸一口清清爽爽，米勒感觉五脏六腑像洗过一样纯净舒适。

云溪大山尚未开发，慕名前来观光的客人倒有不少。县里准备明年开山修路。云保说，到了那个时候，他不再做摩托出租生意，准备开公司，向城里人推销山里的特产。

远处轻烟袅袅，偶尔听到几声狗叫，绿林之中现出幢幢楼阁。这些楼都不高，一般两层或三层，看外观，跟城里的别墅有得一比。

"坐稳了，前面是坑洼路段。"

云保话音刚落，摩托车醉汉似的扭来扭去，几次扭到路基边沿。

米勒的心提到了嗓子眼，两只手死死抓住车杠。

这条石子路像弯曲的腰带，缠绕在半山腰。路宽不到两米，往来的摩托车犁出两条车辙，间或可见边角锋利的石块。

米勒往右边瞟了一眼，只见断崖绝壁、山壑幽深。一条奔腾不息的河流，发出巨大的声响。一股凉风吹来，他身子冷战几下，脚底有种酸溜溜的感觉，大气都不敢出。

马莉雅坐在前头那辆摩托上，一路不停尖叫。车主笑着安抚她别害怕，绝对保证平安无事。

摩托车小队拐过险道，前方路面平展开来，云保加大油门，超过前头那些车。

"下车吧，我们到了。"

米勒定下神，见到两条毛发光亮的黄狗。

狗儿摇动尾巴，冲他们汪汪汪叫唤，他心里有些紧张。

"喔，喔喔……"

云保支住摩托车，同狗们打招呼。一条体格肥硕的黄狗扬起前腿，纵身一跃，跳进他的怀里，嗷嗷嗷地撒娇。

云保摸摸狗头，向它发布指令。

"大黄，去告诉爷爷，来客人了。"

大黄嗷呜两声，从云保怀里跳下来，摇着尾巴朝屋里跑去，汪汪几声过后，请出一位童颜鹤发的长者。

"老五叔，您好啊！"

孟阿姨赶紧上前，亲热地打招呼。

"今日一大早喜鹊喳喳叫，我说啥喜事呀，原来孟姑娘来了。快，快，快，屋里请！"

米勒忙向老人打招呼，老五叔看见两个衣着打扮时髦的青年男女，开心地应话。吩咐云保，沏一壶山里的云雾茶过来。

米勒赶紧道谢："爷爷，给您老添麻烦了。"

"不麻烦的。你们是请都请不到的稀客呢，呵呵呵……"

云保他娘走亲戚没回家，老人要外孙准备晚餐，乡里腊肉、炖土鸡、蘑菇、干豆角，那些城里人平日吃不到的，统统搬上桌。

云保叫上媳妇一道忙着张罗饭菜，老五叔安排客人坐下，开心地跟孟阿姨唠起来。

"我说孟姑娘，我们爷儿俩几年没见面了？"

孟阿姨笑了笑，面露愧色地说："快三个年头，不好意思，当晚辈的失礼了。"

"哪里哪里，咱一家人不说两样话，你跟五叔还客气啥？"

老人不停地夸孟阿姨讲感情、懂礼数，手头上功夫那么多，忙都忙不过来，老惦记他这个吃闲饭的老头子。称她托人捎过来的风湿伤痛膏药真不赖，遇上阴雨天，往腰眼上贴一片就顶事。

两人唠了一会儿，老五叔问孟姑娘，今天到山里来，有什么要他帮忙的只管开口就是。

孟阿姨瞄了米勒一眼，介绍他是省城大企业的董事长。指着马莉雅，说她是副总经理。

老五叔面露喜色，用玩笑的口气说："原来都是大领导呀，哈哈……"

米勒站起来，向老五叔鞠躬。

"晚辈托马斯·米勒，特地过来拜访，打搅您了。"

老五叔一听，眉头皱了起来。他不是耳背，而是没听明白。一个人名，啰里啰嗦一长串，听着让耳朵受累。

孟阿姨挪挪屁股底下的椅子，将嘴巴贴近老五叔的耳根。

老五叔两眼眨巴了几下，目光落在托马斯·米勒身上。半响，颤巍巍地站起身，拉住米勒摇头、点头，这两个动作重复了几遍。

"真像啊，像我家那丫头。眼睛、嘴角、鼻子都像！"

老五叔撇下众人，转身进了里屋，打开一个油漆斑驳的木箱子，翻查了半天，找出一个红布包裹，返回拿给客人。

这是一个正方形镜框，里面镶着一张黑白照片。

老五叔满脸忧伤，声音哽咽地对米勒说："孩子，这就是你的妈妈，我的堂侄女唐樱。"

米勒脸色瞬间大变，喃喃自语道："妈妈，妈妈在哪儿呀……"

老五叔哆嗦着抱住了米勒。

054 青春劫

市第一中学地处市区西北端，紧挨一座年代久远、文化积淀深厚的古楼。往西走不到千米，一条大江奔涌而来。江水滔滔、岸柳依依，千年古楼透出几分古朴和神秘。历代迁客骚人和仁人志士，喜欢到此聚会，登楼把酒、吟诗作对、其乐融融，留下许多脍炙人口的作品。

市第一中学得天时地利人和，全市最优质的师资力量都集中在这儿，学校声名远播，成为莘莘学子心目中的殿堂。坊间有这样的说法，但凡在市一中就读的，某种程度等于进了大学或中专的"预科班"。家长们到处找门道，千方百计把子女弄进来，涌进了一批插班生，每间教室都挤得满满当当。

新学期来临，学校陆续转进不少学生，转入高二年级的女生唐樱，随班主任老师走进 108 班的时候，仿佛一道炫目的阳光，照亮了班长司马德儒的眼睛。

唐樱皮肤白皙、身姿曼妙，黝黑的长发扎成马尾辫，在背后摇来荡去，如同青春的音符不停地跳动。那扑闪的目光，宛若碧波荡漾的江水。

清纯、俊俏、柔美……

司马德儒将脑海中赞美女生的词汇统统掏出来，仍然感觉不能足以完整描摹唐樱的美丽。

下课铃声响起，午餐时间到了，唐樱独自一人行走，一位高个儿男生从后面追了上来。

"唐樱同学你好，这本《高考语文模拟题集锦》送给你。"

司马德儒胸口可劲地跳，红着脸对唐樱说。

唐樱看他一眼，面无表情而去。

满腔的热情被呼啸的寒风驱赶得七零八落，司马德儒打开书，将夹在第二页的一张小纸条撕得粉碎，一扬手，碎纸片雪花般在空中翻飞。

被人拒绝的滋味不好受，司马德儒神情落寞地坐到冰冷的石阶上，右手握着小木棍，在潮润的地上一通乱画。

"嗨，司马！"

司马德儒被突如其来的叫喊声吓了一跳，不用抬头，他就知道是谁。

"中午想吃啥，我请你？"

王韵芳水汪汪的眼睛盯住司马德儒，就等他发话。

司马德儒没好气地说："你自己吃吧，我不饿。"

他撇下王韵芳，转身回到教室，一头趴到桌子上。

江南的春天，常见下雨，淅淅沥沥的雨水，顺着屋檐朝下滴落，不紧不慢敲打地面，溅出缕缕寒意。司马德儒坐在教室最后一排，老师在讲台上讲得眉飞色舞，他脑子里空荡荡，什么都没听进去。他像着了魔一般，只要抬头，目光就会落在唐樱那把油光水亮的辫子上。闭上眼睛，唐樱那白里透红的脸蛋儿，一刻不停地在脑海里跳来跃去。还有那双会说话的眼睛，不停地跟他说些什么。

然而唐樱始终如同寒气逼人的冰棍。

周日这天，阳光穿透云层撒满校园。学子们相继走出教室，伸懒腰、甩胳膊，尽情享受温暖的日光浴。

这是毕业班学生难得的娱乐活动时间，学校举行班级篮球赛，对垒的两只球队为108班和107班。双方旗鼓相当，场上比分交替上升，场内场外叫喊声此起彼伏。

108班篮球队长司马德儒担任右前锋，拿球、传带、穿插、跨篮、投篮，得分。动作一气呵成，赢得阵阵喝彩声。

唐樱主动请缨，担任本班球队啦啦队长，调动全班同学，以排山倒海之势呐喊助威。

"108，加油！"

"108，加油！"

"司马，司马，万里骏马！"

唐樱领喊，众人附和。司马德儒打了鸡血似的兴奋，接球、运球，甩掉防守队员，一个漂亮的转身勾手上篮。得分。

"司马，快传球，你后面有人，快，快，快传呐！"

"听到没，急死我了。哎哟，我说司马，蠢死了！"

王韵芳挤到啦啦队前头手舞足蹈，乱喊乱叫。

唐樱拉她一把说："王韵芳照你这样喊，会让司马德儒分神的。"王韵芳瞪了唐樱一眼说："这叫提醒，懂吗？不懂装懂，干什么啦啦队！"

"你！"

唐樱气红了脸，最终忍住了。

108 班逐渐掌握场上主动权，司马德儒如入无人之境，运球过人、假动作甩人、翻身上篮、远距离跳投。唐樱被他那魔术师般的魅力吸引住了，扯着嗓子喊加油。

嗓子哑了，手掌拍疼了，唐樱依然随着司马德儒游动的节奏欢呼，喊得心潮起伏、热泪盈眶。

裁判哨声响起，亮出中场休息手势。

唐樱抓起矿泉水，跑向司马德儒。

司马德儒用手揩了一把汗水，脖子朝天，咕噜噜往下灌。一口气喝完半瓶，目光润泽地对唐樱说："谢谢！"

王韵芳站在不远的地方，气得跺脚。

下半场开哨，107 班改变打法，牢牢控制司马德儒。队友见状，迅速变招，逮住机会抢断，把球传给司马德儒。

对方 6 号队员横插过来，眼看司马德儒就要得手了，朝前伸出了一条腿。

"危险！"

场外响起了一片惊呼之声，司马德儒应声倒地，裁判果断吹响停止比赛的哨音。

唐樱冲进场内，扶住司马德儒。他右手腕疼得厉害，膝盖磕破了。

校医进行了简单包扎，组织人手将司马德儒送到医院，唐樱和王韵芳都跟了过去。路上两人噘着嘴巴，一点笑容没有。

医生矫正了司马德儒的右手腕，敷上膏药，打石膏模缠上绷带，将他右胳膊吊到脖子上，叮嘱他静养一个月。

那段日子，唐樱只要有空，就帮司马德儒补习落下的功课。

王韵芳一直尾随唐樱，想过向班主任老师打小报告，诬告唐樱和司马德儒正在谈恋爱，想了想打消了这个念头。

107 班有个小名叫猫儿的男生，小美女王韵芳，早成了他的“梦中情人”。

猫儿同王韵芳一样，属于当时那个年代的“官二代”。这位“花花公子”只要逮住机会，就会厚着脸皮往王韵芳身边凑，变着法子献殷勤。

猫儿长相倒不赖，但学业成绩一团糟。这种没品位的男生，王韵芳是看不上的。

但这位情痴身上倒有不少优点，比方说，脑袋瓜儿灵泛，她心里想什么，他瞄她几眼，眼珠子转转，就能猜出十九不离八。猫儿为人慷慨大方，出手阔绰，这点，他俩属于同类项。

高考结束，司马德儒考入上海一所高校，唐樱作为特长生，被省戏剧学校录取。王韵芳成绩不冒尖，自然没戏。

此后几年，王韵芳很少露脸，同学们弄不清到底她干嘛去了。有人说她在市二中高考补习班复读，连续考了两年，依然名落孙山。

有人说她招工后转为国家干部。还有的说她考进技校，毕业后成为国企职工。王韵芳成了一个谜团，她的去向，同学们见面少不了会提及。

大、中专新生报到的日子越来越近，司马德儒坐了半个钟头公共汽车，太阳快下山的时候，一声不响来到县里城郊接合部。

唐樱家住在县城西南端，那个地方，城镇不像城镇，乡村不像乡村，家家户户以种菜为生。

天色暗了下来，不大的村落静悄悄的，偶尔听得到女主人叫唤孩儿回家吃饭的声音。

司马德儒蹑手蹑脚溜到唐樱睡房窗前，从缝隙往里看，唐樱独自坐在灯下发呆，他按捺住内心的激动，对着里面轻轻呼哨一声。

听到熟悉的哨声，唐樱立刻拉黑电灯。

月光如水，一个苗条的身影闪出门外，司马德儒迎上去，两人手牵手，漫步在明亮的月夜里，不知不觉来到河边，那儿生长着茂密的柳林。

夜晚安静地睡去，一轮圆月朝西边缓缓移动。

起风了，天幕转暗，密集的云团遮住了月亮，四周变得迷蒙幽暗。

司马德儒停住脚步，盯住唐樱河水般清澈的眼睛，一把揽住她的腰肢，唐樱浑身酥软，软绵绵地跌入他怀里。司马德儒趁机咬住唐樱的嘴唇，唐樱感觉自己快要窒息了。

司马德儒身体急剧膨胀，浑身热血已经沸腾，呼吸拉风箱般沉重，右手哆哆嗦嗦伸向唐樱的纽扣。唐樱大吃一惊，用力推他，怎么都推不开。

月光流水一样从云层深处倾泻而出，轻纱般笼罩着柳林，唐樱躺在司马德儒怀里抽泣、流泪。

激情过后，恐惧潮水般铺天盖地而来，仿佛要将她从头到尾淹没和埋葬。她感觉自己犯下了大错，把少女最宝贵的东西弄丢了。她特别害怕，像受到惊吓的兔子，身子瑟瑟发抖。

司马德儒搂着他，吻她的眼睛，舔她脸上的泪珠，对着忽明忽暗的月亮发誓，等大学毕业，他做的第一件事就是娶唐樱为妻，让唐樱当他一辈子的新娘。

新学期军训结束，唐樱感觉好累，生理现象发生微妙变化，每个月那个"麻烦事"不来了，偶尔还有反胃的感觉。

"天呐，难道……"

唐樱不敢往下想，躲进被窝流眼泪，一声不吭地躺着。室友们以为她病了，要送她去医院，她吓得慌乱地摆手。

同学们上课去了，寝室剩下唐樱一个人，她手忙脚乱给司马德儒写信，想把怀孕的事告诉他，刚写开头，急忙撕碎。

唐樱在肚子骂自己愚蠢到了极点，这样做，岂不要害死两个人吗？

那个时候，谈恋爱是大中专学生之大忌，男女肌肤之亲，更是冒天下之大不韪。她寄信给司马德儒，假如被某个无聊鬼截获，把这件事抖出来，后果将是一场灾难。

别无他法，唐樱选择一个人默默承受。

周末，她回了一趟家，找到在镇卫生院担任妇科医生的表姑，扑通跪在地上，哭着求她帮忙做人流手术。

表姑惊呆了，半天才回过神来，扶起身子单薄的表侄女。

"孩子，你傻呀。人家男人快活了，没事似的不顾不管，到头来，遭罪的是我们女人。你要记牢姑姑的话，往后得守住自己的身子！"

唐樱抽泣着点头。

这是她长到 17 岁第一次上手术台。咬住牙，含着眼泪，强忍钻心疼痛。这个时候，肚子里的胚胎就是魔鬼，就是把自己痛死，也必须铲除掉。

寒假来临，司马德儒兴冲冲找到她，软磨硬拽苦苦相求，她心软了，任由他胡作非为。

其实，她已经无法抗拒体内蓬勃的青春魔力，离不开男人的爱抚。不断地服用避孕药，提心吊胆地同司马德儒纠缠在一起。

省城和上海相隔千里，相思如同锋利的锥子，扎在她的心尖。唐樱几乎疯狂了，恨不得时时刻刻同司马德儒相处一室。在她的意念中，什么都不重要了，只要拥有司马德儒，就等于拥有了一切。

终于等到国庆节，她收拾行李，坐火车到了上海。那几天，两条饥渴的虫子，日夜缠绵在小旅馆。当她拖着沉重的双腿回到省艺校，同学们吓了一跳。唐樱同学面容憔悴，脸上毫无血色，好像大病了一场。

结果可想而知，表姑扇了唐樱一耳光，她如同一株枯黄的稗草，摇摇晃晃倒伏于地。表姑吓坏了，实施紧急抢救。

出院的时候，表姑流着泪警告她，你已经人流两次，再做这样的手术，这辈子就没机会当妈妈了。

往后的日子，唐樱成天恍恍惚惚、失魂落魄，人在课堂上，心思飘到了上海那边。每科成绩都不十分理想，毕业分配工作那阵子，往省里几家文化事业单位跑了一遍，派遣单改了几回。人家嫌她成绩不拔尖，还一副病恹恹的模样，找借口拒绝接收。

一位远房亲戚在市文化局工作，父亲求爷爷、告奶奶，多次上门，好话说尽，只差下跪了。这位亲戚还算不错，拐弯抹角找了不少关系，市剧团勉强答应接受她。

市剧团属于事业单位，编制紧张，眼下一个萝卜一个坑，到这儿工作，只能干剧务。

次年，司马德儒顺利毕业，分配到华东某地市级政府部门担任秘书，成天跟随领导下乡，负责收集信息，写汇报材料，忙得不亦乐乎。

055 横生枝节

所谓剧务，实际上就是听差打杂的代名词。搬道具、烧茶水、打扫卫生、收拾场地、装车卸车，杂活重活脏活样样都得干。

唐樱每天到得比谁都早，如果晚上有演出任务，她必定最后一个回家。两次偷偷人流，后遗症慢慢显现了。贫血、头晕、怕冷，冷不丁身上冒虚汗。繁重的体力劳动，她不堪承受，几次晕倒在现场，被人送进医院。打完点滴，针头一拔，后台就出现她忙碌的身影。

日子如同沉重的磨盘，一圈一圈地转动，仿佛从唐樱的胸口碾压而过，她伤心、难过，不甘心美妙的青春年华，如此损耗殆尽。

剧团不景气，摸索生存发展的路径，开始从室内舞台表演，向下乡巡回演出转变，最新主打剧目《双蝶飞》名气不小。以梁山伯与祝英台传奇爱情故事为基础，改编而成。

首演安排在云溪乡，这儿是唐樱的原籍所在地，高音喇叭一遍接一遍播放演出通知。巨大的电灯泡将乡政府前面的大操坪照得雪亮，远近村落男女老少相邀结伴而来。

观众来的人太多了，把大操坪挤得水泄不通，找不到座位的，就骑到墙头，或者攀爬到树上。

准备工作就绪，演出进入倒计时，副团长慌慌张张向团长报告，饰演祝英台的演员突然上呕下泄，腹部疼痛得厉害，她哭着喊着在床上打滚。

天不怕、地不怕，就怕主演扯麻纱。团长一直担惊受怕的事还是发生了。

受编制、经费及人才因素影响，主演只配置了 A 角，没有预设 B 角，主演祝英台的独角，成了市剧团的宝贝疙瘩。

下乡前，团里召开誓师大会，主要演职人员纷纷表态，遵章守纪，服从剧团安排，保证圆满完成演出任务。

团长平日不苟言笑，这个时候满脸严肃，亮开嗓子再三强调：所有演员，除遵守团里各项规章制度，还必须注意饮食和睡眠，保护好嗓子。

为慎重起见，他责令办公室印制保证书，全体演职人员签字画押，每个人缴纳 300 元保证金。这个数额，差不多是一个人 4 个月的工资收入。

思想政治工作打头阵，辅以行政命令，再加经济约束，扎扎实实"三重保险"，按理说，应该万无一失了。可是怕什么偏偏就来什么。

"祝英台"这只馋猫，没能忍住街边摊点诱人的小吃，几串烤羊肉吃出了大毛病。

这场演出至关重要，某种程度说，决定了剧团及团长的命运。

省文化厅一名副厅长领队，组织专家团队对《双蝶飞》首场下乡演出效果进行现场评估。如能达标，考虑联合省电视台影视剧中心，拍摄制作成电视节目，参加国家文化部组织的优秀影视节目推送活动。这步棋走活了，处境艰难的市剧院便能焕发生机。

市委宣传部部长、主管文化艺术工作的副市长，市文化局、电视台、群众艺术馆、戏剧协会等十几号领导和专家坐在前几排，就等开锣启幕，主角登台亮相。

主角上不了场，这场子就玩砸了。团长气得直跺脚，肚子里几十上百遍问候"祝英台"的爹妈。他早就对那个傲气十足的"祝英台"心生不满，这回铁了心，只待演出结束，他干的第一件事，就是撤换这根不识抬举的"台柱子"。

"团长，让我试试吧？"

昏暗的灯光下，一个娇小身影出现在团长面前。

团长瞥她一眼，不开心地晃手。

"还嫌不乱吗，这儿没你什么事，该干嘛就干嘛去！"

283

唐樱站直身子，声音洪亮地说："救场如救火，团长，我能行！"

面对这个不知轻重的纠缠者，团长本想大光其火，想了想后觉得犯不着跟一个小剧务一般见识，一屁股坐在小马扎上闷头抽烟。

唐樱将辫子往后背一甩说："我毕业汇报演出的剧目就是《双蝶飞》，饰演祝英台。我们团的唱词唱腔和表演方式，同省戏校的版本差别不大。这些日子，我在后台跟着学唱，早就会了。"

团长仍旧闷不作声，唐樱不再解释，摆开架势唱了一小段。

不待唐樱唱完，团长冲着副团长喊："给唐樱化妆，换戏服！"

锣鼓整点敲响，祝英台一招亮相，博得台下一片掌声。

如花似玉的祝英台，唱念做打、手眼身法堪称一绝。《出嫁》一节，将剧情推到了高潮。一阵大风掀开轿帘，祝英台从花轿飞奔而出，扑向梁山伯的坟茔，哭声凄婉，句句揪心，令人肝肠寸断。

轰隆一声惊雷，天上乌云翻滚，地上飞沙走石，一道闪电当空划过，梁山伯坟头洞开，祝英台头闪身而入。灯光渐次变暗，剧情进入了尾声，台下一片唏嘘之声。

这时，剧目曲风大变，小提琴协奏曲《梁祝》优美的旋律，从远空飘来。祝英台和梁山伯双双化为蝴蝶，飞向缥缈的天际，呈现浪漫温馨的艺术画面。

精妙绝伦，堪称典范！

省文化厅副厅长带头起立鼓掌，市里领导们跟着鼓掌喝彩，观众的掌声和叫好声连成一片。

演出结束，唐樱拉上饰演梁山伯的演员，频频鞠躬谢幕。掌声和叫好声经久不息，观众们不让她离开。

在团长再三协调下，唐樱独自登台，声情并茂演唱电视连续剧《红楼梦》主题曲《枉凝眉》，大伙大呼过瘾。

多才多艺的唐樱声名鹊起，一跃成为市剧团真正意义的台柱子。

日子一天一天好起来了，唐樱写信向司马德儒报喜。

司马德儒回信告诉唐樱一个不错的消息，他正在想办法办理调动手续，要不了多久，他俩就可长相厮守了。

终于盼到云开日出，幸福和快乐，花一样绽放在唐樱脸上。同事们惊奇地发现，唐樱性格开朗许多，眼神明亮起来，肤色变得润泽光滑。原来，唐姑娘还是一位艳丽迷人的女子。

然而一场悲剧悄然上演了。

过去这些年，王韵芳对司马德儒的痴情，一直没有释怀，时间越久，她变得越发不可自拔。

王韵芳出了名的执着和任性，她要得到的，哪怕阻力再大，都会放手一搏，甚至奋不顾身。

上高中那会儿，她一封接一封给司马德儒写信，尽管错别字不少，但丝毫不会妨碍青春美少女那份爱慕的倾情流淌。

司马德儒不为所动，哪怕两个人迎面相见，他对王韵芳都不理睬。

王韵芳毫不气馁，改为送东西。

先送复习资料，不管是不是管用，先把司马德儒桌子码成堆再说。

不久改为送文具，送点心餐票。到后来，送衬衣和球鞋之类的贵重物品。如果遭到拒绝，送的东西就会加码，弄得司马德儒心烦意乱、惶恐不安。

这样下去绝对不行，司马德儒决意快刀斩乱麻，让王韵芳彻底死心。

一天晚自习，司马德儒用红笔给王韵芳写了一张纸条，希望同学之间相互尊重、不再打搅。否则，他就翻脸。

王韵芳一点都不生气，一番权衡之后，悟出了一个道理，跟司马德儒这种有个性的才子相处，不能硬逼人家就范，最好的办法是若即若离，让时间换空间，慢慢培养两人之间的感情。

可是唐樱的到来，如同往平静的水面扔下了一颗石子，激起了层层涟漪。司马德儒同唐樱走得越来越近，王韵芳感到极度的恐慌和痛苦，决定使出手段，报复这个来自这半乡半城的"情敌"。

司马德儒一眼看出了端倪，警告王韵芳，如果乱来，他就向她当县领导的老爸写信告状。

王韵芳被唬住了，伤心地跑到学校后山痛哭流涕。适逢猫儿扛着小气枪在山里转悠，枪杆上挂着几只血迹斑斑的斑鸠。

猫儿一反往日嬉皮笑脸模样，同王韵芳肩并肩坐到一起，温言细语开导、安慰她，那些话句句在理，把王韵芳感动得一塌糊涂。此后，两人慢慢走近了。

说到底，猫儿不过是"备胎"，现抓的替身。王韵芳有意摆出这一道，就想给司马德儒心里添堵。别以为自己有啥了不起，即便死了姓司马的，她照样有人追。

备胎终归是"代理人"，王韵芳从内心排斥猫儿，两人经常吵架，只要开吵，就嚷着分手，分分合合多少回了，他俩谁都说不清楚。

王韵芳参加工作后，变得怪癖、另类，放着市建委建筑公司会计不干，成天把自己关在房里，捧着戏本子哼哼唱唱，唱段夹杂自创的对白，不分白天黑夜地闹腾。

"我的司马郎，小女子王韵芳日思夜想，泪水涟涟诉衷肠。问君何日是归期，不为化蝶去，只盼成鸳鸯……"

女儿成天疯疯癫癫，气得母亲连死的心都有，三番五次托人提媒，或者安排相亲，赶紧把闺女嫁出去，让耳根清净，少些烦恼。

王韵芳坚决不干，告诉母亲，这辈子要么不嫁，要嫁只嫁司马德儒。

母亲气急败坏，指着王韵芳鼻子吼，这事绝对不可能，要她死了这个心。

王韵芳不想跟母亲吵，两个人吵了几年，都累了，趁母亲接电话，独自爬到了楼顶。

初冬的夜晚星光灿烂，远处灯火阑珊，楼下的马路人来人往，王韵芳目不转睛地搜寻，隐约见到几个熟悉的身影，唯独不见她的司马郎。一阵寒风从后背吹过来，她身子朝前飘去，就在双腿即将离开楼顶边沿那一刻，被尾随而来的母亲死死抱住。

母女俩坐在楼顶号啕大哭。她抽泣着告诉妈妈，这辈子就是死，都要死到司马家。

母亲已经筋疲力尽，伤心绝望地往楼下走。脚下一滑，差点从楼顶摔下来。

　　时间在无聊和苦闷中消逝，王韵芳木头菩萨一样，从早到晚默不作声。一天，她从同学那儿打探到一个消息，司马德儒准备从外省调回本市。仿佛注射了一剂强心针，王韵芳复活过来了，开心得在房间里乱蹦乱跳。

　　跨省调动，可谓难中之难，司马德儒没什么门道。他父亲是市经委统计科的老科长，想让父亲出面，请求市经委领导，以特殊情况，照顾性调入。

　　说起来凑巧，王韵芳的父亲正处在市经委"一把手"的位置，司马科长刚把请示递上去，王主任只看一眼，从笔筒拿起笔，唰唰唰写上"同意调入"字样，签上他的大名。

　　不费一枪一弹就把身边的山头攻下来了，司马科长开心得要死，骑上那辆破旧的自行车，一身汗水赶到市人事局，敲开了分管调配事务的副局长办公室房门。

　　讨巧的事赶趟儿了，这位陈副局长就是王主任的夫人。

　　陈副局长热情接待司马科长，迂回曲折地谈了两个孩子的深厚感情。司马科长一听就懂，当即表态，只要王府不嫌弃，他司马家就当嫁儿子。

　　顺风顺水，只需几分钟，一份跨省商调函轻而易举办妥了。

056 苦情之殇

细密的雨丝在空中纷纷扬扬，寒风不停地拍打店面那些广告牌，啪啪啪的声响，听着令人感到不安。

列车晚点两个多小时，唐樱一直守候在出站口，目不转睛盯着往来的人群。

今天星期二，团里有场演出任务。终于盼到司马德儒回家，唐樱管不了那么多，决意到车站迎接。她来到团长办公室，称有十分紧要的事，今天非告假不可。

团长面露难色，说她是响叮当的 A 角，观众都是冲她名气来的，她不上场，人气就上不来，票房必定受到影响。

这出戏演了十几场，B 角跟着她跑过不少场子，她手把手地教过，B 角已能胜任主角。

团长还想说什么，唐樱递上请假条就走。

时间一分一秒过去，唐樱快要冻成冰棍了，浙江方向开来的列车，总算等到了，老远看见熟悉的身影从 16 号车厢下来，她眼前一片模糊，朝那边招手、呼喊。

422 天没有见到这个坏坏的男人，真心地想他。

唐樱抹了一把泪水，心里傻傻地笑。

"鬼鬼的家伙，到时候，看我怎么收拾你！"

司马德儒看见唐樱了，双手窝成喇叭，高声喊道："唐樱，我在这儿呐！"

一股人潮涌过来，司马德儒不见了。

出站口空空荡荡，唐樱发疯似的来回跑，找遍了车站犄角旮旯，连厕所都找过几遍，司马德儒人间蒸发似的无影无踪。

雨越下越大，冰冷的雨水，顺着发丝朝下滴落。唐樱脑袋木木的，步履蹒跚往回走，一辆小车擦身而过，差点把她撞倒。

城里的夜晚热热闹闹，色彩斑斓的霓虹灯，凤凰酒店高朋满座，呈现温馨祥和的氛围。

市经委王主任笑容可掬地坐在"凤凰"包厢主陪位置，手指头节奏分明地点击桌面，那个情景，仿佛技艺娴熟的乐手，演奏某段和美的乐章。

司马科长坐在王主任右手边，感觉有只小鹿在他胸口乱蹿。

这位"数据王"，平日埋头于密密麻麻的数据堆里，社交应酬活动参加不多。偶尔有人请客，大都在小酒馆，或路边摊点。平生第一次进入高档酒店，哪儿都让他感到新奇。今晚是单位"一把手"宴请他一家人，如此超高标准的礼遇，他做梦都不曾想过。

陈副局长坐在丈夫对面，略施脂粉的脸，挂着适度的微笑，让人感到贵气而亲切。

司马科长老婆坐在陈副局长身旁，两相对比，差距就明显了。这位街道企业班长，见到王夫人，如同旧时的小媳妇见到婆婆那般低眉顺眼，脸上堆满讨好的笑意。

饭桌中间位置坐着两位年轻人——满腹狐疑的司马德儒和含情脉脉的王韵芳。

办公室主任忙前忙后，这顿接风宴的意义，他心里是明白的。

奉命下午接站，他捎上司马科长。这些年迎来送往，跟车站那帮人混得挺熟，但凡迎接重要客人，他的车子直接开进站台，客人无需劳步，上车就走。

新提货的丰田面包，没来得及上正式牌照，办公室主任就亲自开上了，感动得司马科长一路谢个不停。

列车到站，司马科长叫住儿子，连拉带拽塞进车里。面包车屁股冒出一路热气，径直开到凤凰酒店。司马德儒的母亲已经候在这儿。

没过多久，包厢门外传来热情的招呼声，司马科长小跑步迎上去，迎进来一男一女两个中年人。男的西装革履、满面红光，迈着外八字步子。那套西装应该价值不菲，让凸起的肚皮撑得有些变形。女的雍容华贵，举止端庄。

司马科长忙向儿子介绍，两位领导是他们司马家的大恩人。他能够顺利调回来，多亏王主任和陈局长从中帮忙。

司马德儒向前一步，拘谨地朝王主任伸出双手，王主任随意握了一下。

"嗯，不错嘛，呵呵……"

王主任一屁股坐到沙发上，两条腿架在一起，气派地晃动。

陈副局长稍显随和，脸上保持得体的笑意，一双发亮的眼睛，一刻都没有离开司马德儒。

从下火车开始，司马德儒一直云里雾里。从浙江出发前，他电话跟父亲说得很清楚，晚饭就在家里吃。特地买了盐水鸭，还有江苏本地一些特产。他早想好了，今天带唐樱回家，正式同父母见面。父亲不声不响弄出如此豪华阵仗，到底唱的哪一出呀？

下车时，老远看见唐樱招手，他迈开腿，准备走向唐樱那边，却被父亲强行拽进面包车里。

计划被打乱了，他人在酒店，心思早就飞到了唐樱身边。父亲向王主任介绍时，他频频走神，有一搭没一搭地应付，惹得司马科长心里很不乐意。

门外传来礼仪小姐问候的声音，随即听出脚后跟敲打地面哒哒哒的声响，进来一位胸脯高耸、风姿绰约的年轻女性。

"王韵芳！"

司马德儒几乎不敢相信自己的眼睛，几年不见，姑娘出落得艳丽迷人。

王韵芳眉目凝笑，退下红色手套，温柔地向司马德儒伸出手。

"老同学好，欢迎回家！"

司马德儒慌忙握过去，结巴道："你，你，你好。"

接风晚宴特别丰盛，餐桌摆满了山珍海味，王主任简单致辞后大家开吃。王韵芳一个劲给司马德儒夹菜，他的碟子，很快码成了小山包。

酒过三巡，司马科长给儿子递眼神，示意他向王主任及陈副局长敬酒。

司马德儒没看见一样，只顾埋头吃菜。

王韵芳用胳膊碰碰司马德儒，温情地笑道：“老同学，我俩一起敬二位长辈吧？”

司马德儒慌乱地看了看王主任和陈副局长，站起身，脖子一仰，将满杯白酒倒进肚子里，呛得眼泪汪汪。

“哎呀，你这人也太实诚了，没让喝完呀！”

王韵芳慌忙拿餐巾纸，帮司马德儒擦眼泪，端茶让他漱漱口，一举一动尽显温柔体贴，惹得长辈们哈哈大笑。

司马德儒平日不端酒杯的，这一大杯酒下去，脑袋嗡嗡地啸叫，神智有些迷糊了。迷蒙中，听到几位长辈谈他和王韵芳的婚事。

头顶那盏洁白的莲花吊灯不停地旋转，宽大的宴会厅跟着转动起来，吃饭的人都在转，司马德儒冲进洗手间，哇哇哇地吐。

司马德儒脑子断片了，醒来的时候天色大亮，王韵芳坐在床边，他惊呼道：“你昨晚没回家？”

王韵芳脸蛋红扑扑的，一副娇羞的模样。

“我刚到不久呢。你昨晚醉成那样，怪吓人的，我不放心，一大早让老爸的司机送过来的。”

“我没事，你走吧。”

司马德儒还有反胃的感觉，不想多说什么，重新合上眼。

王韵芳噘起嘴唇，满脸不高兴。

司马德儒脑袋晕，喉咙里嗝出难闻的胃气。

“王韵芳，感谢你父母鼎力相助，我以后会加倍报答他们的。至于我们之间的事情，还是那句话，希望你不必强求。”

“冷血，哼！”

王韵芳一跺脚，哭着跑了。

司马科长吓得两腿哆嗦，对着儿子嚷：“祖宗，你这回闯大祸了！”

司马德儒从床上坐起来，没好气回道：“今天太阳下了山，明天照样会升起来的！"

司马科长气得浑身发颤，扬起巴掌就要动粗，被老婆拉住了。

两人僵持半天，父亲最终软下心来。

"德儒呀，这件事的利害关系，我不说，你心里应该有数。快去吧，把小王追回来，给人家赔礼道歉，就算当爹的求你了！"

父亲苦着脸，一声长一声短地叹气。

司马德儒骑上自行车追了出去，追了几条街，没有见着王韵芳的影子。停下车，两脚撑在地面，摸摸脖子上的汗水。追不到王韵芳，那是交不了差的，他两脚用力一蹬，自行车朝前滑动，很快到了唐樱的单身宿舍。

太阳快下山了，司马德儒同唐樱吻别，一声不响回到家里。

父母一脸惶惑迎上来："追上了？"

司马德儒一怔，慌乱地点头。

"你俩和好如初了？"

司马德儒再点头。

父母放心了，一脸轻松地去厨房做晚饭。

司马德儒心事沉重地走进里屋，家里刚装上不久的电话响了起来。

"喂，谁呀？"

司马德儒懒洋洋地接了电话。

"嘿嘿，司马，我呢！"

王韵芳似乎忘掉了早上的那些不愉快，语气柔软地跟司马德儒打招呼。

"怎么又是你？"

司马德儒准备拿这话怼过去的，没容他说话，王韵芳先声夺人。

"哎，你猜，今天啥日子？"

司马德儒满不在乎地说："不就星期三吗？"

王韵芳不高兴了，娇嗔道："谁让你猜星期几？"

"我猜不着！"

司马德儒嘟哝一声，准备挂电话。

"真笨。今天是我生日！"

司马德儒怔了一下，小半天说："这样啊，祝你生日快乐呗！"

王韵芳兴高采烈地回道，"司马，嘿嘿，谢谢你！"

"还有别的事吗，没有我挂了。"

王韵芳抢过话说："司马，你能陪我过生日吗？地方我定好了，就在昨晚吃饭的凤凰酒店。"

司马德儒这边没有声音。

"司马，人家一个女生，从来没开口求过谁的！"

司马德儒听出异样的声音，好像王韵芳抽鼻子了，勉强答应下来，推出自行车往外走。

母亲追上来，急切地问："马上断黑了，刚回家又到哪儿晃荡去？"

司马德儒神秘一笑，朝电话机努努嘴巴。

"王韵芳打电话过来，约会去。"

母亲喜笑颜开，连声道："快去，快去，呵呵呵……"

王韵芳打完电话，坐到小包厢，双手托住下巴，傻傻地等。

10分钟过去了，没人过来。

20分钟过去，仍不见司马德儒。

半个小时悄然流逝，仍然不见那匹"死马"。

王韵芳冲到总台，抓起电话往猫儿家里拨。

似乎时时刻刻都在等候这位美丽的女同学召唤，猫儿笑嘻嘻地说："小芳，你稍等哈，我马上到！"

一刻钟不到，店外响起了小车的喇叭声，猫儿西装革履，根根发丝锃亮，笑嘻嘻地出现在王韵芳跟前。那双猫眼，盯着她挺拔的胸脯。

"老同学，生日快乐！"

猫儿将藏在身后的一只手挪到前边，亮出一束鲜艳的红玫瑰。另一只手举起一瓶酒，神采飞扬说："洋酒，从我爸车里淘的，就为我美丽的女神！"

猫儿倒了两杯酒，端给王韵芳一杯，目光格外温存。

"芳，我尊贵的女王，今晚你是这个世界最美丽的女人。作为你的臣子，我奉上最诚挚的心，祝你永远美丽、漂亮！"

两只酒杯咣当碰到了一起，仰起脖子往下喝。

一杯下去，王韵芳感到浑身燥热、两眼迷离。眼前的猫儿摇摇晃晃成了两个人。一个是油头粉面的猫儿，还一个是沉稳持重的司马德儒。没过一会儿，两个人合二为一。司马德儒满脸笑意向她伸出双手，王韵芳妩媚地笑着，两腿一软，跌入司马德儒的怀里。

恍惚之中，她被司马德儒抱进车里，小车疾驰而去。不知道行进多久才停下来。她被抱进一个房间，身强力壮的司马德儒压在她身上。

王韵芳醒来的时候已是早晨，屋里就她一个人。脑袋昏沉疼痛，简单洗漱后离开小旅馆，打车回到家里，一觉睡到太阳下山。

妈妈叫醒她，说饭菜已经上桌。她没胃口，胡乱扒了几下放下筷子。

回到床上躺下，心不在焉地翻看床头柜上的剧本，脑袋煮粥似的冒泡。

月事不来了，她悄悄到医院检查，结果把她吓蒙了。

肚子一天天长大，向来把面子看得比命都重要的陈副局长急得发疯了，追问到底怎么回事，这个孩子是谁的。

母亲歇斯底里，命令女儿赶紧到医院打胎。王韵芳刺猬似的缩成一团，死都不从。

王韵芳渐渐变得神志不清，看人的眼神入定似的发呆。成天大门不出、二门不迈，对着穿衣镜傻笑。见到母亲，死死护住自己的肚子。

家丑不可外扬啊。母亲一番痛苦挣扎后，将女儿送到乡下的远房亲戚家里，几个月后，王韵芳生下一个身体瘦弱的女孩子。

王韵芳神情恍惚，一言不合就哭哭啼啼，急眼了大吵大闹。亲戚受不了她那古怪脾气，请求陈副局长赶紧想办法。

纸终归包不住火，王韵芳未婚生子的事，外头传得沸沸扬扬，母亲顾不上这些了，把女儿送进精神病院，把那个来历不明的孽种，送到了省第一孤儿院。王韵芳出院后不依不饶追问女儿的下落，母亲黑着脸说："死了！"

"死啦？"

王韵芳腾的一下跳起来，对着母亲狂吼。

"冤孽，你还嫌把父母的颜面丢得不够吗？那个小孽种，早就该死！"

王韵芳两眼发直，脑袋急剧膨胀，只觉天旋地转，栽倒在地上。

王韵芳醒来的时候，发现自己躺在医院，母亲愁容满面守在病床边。

"孩子安顿在孤儿院，那边有人照料，一切都好好的。眼下只能是这个法子，你安心养病吧。"

唐樱再度怀孕，被迫从市剧团辞职，寄居到堂叔老五叔家里。一个雪花飘飘的寒夜，诞下一个男婴。这个孩子比王韵芳的女儿大 20 多天，名叫"思马"。

057 悲喜两重天

堂堂市经委主任家的千金大小姐，非一个小小的统计科长儿子不嫁，历来逞强好胜、死要面子活受罪的王夫人，心里那个别扭劲，真心没法用言语表达出来。

可是面对动不动以命相搏的女儿，她不知道流了多少伤心的泪水。沮丧懊恼的时候，连死的心都有。

现时不同往日，女儿已经不是那个"万人迷"的黄花大闺女，老王家几乎没多少本钱同司马家叫板了。如果把人的一生当作一场博弈，她感觉输得一塌糊涂，但不甘心就此认输。

然而身上一股子傲气的司马德儒，同她女儿的婚姻大事，始终不上心，这令她极度不安，甚至恐慌。若照此发展，这桩令她勉为其难的婚事，百分之百闹成笑话。到头来，她和丈夫委曲求全的结果，注定相当凄惨。

她听说司马德儒那小子不怎么地道，很早就跟不三不四的女人往来，那女子是个唱戏的。弄到这样尴尬的局面，她怪不上司马德儒，只怨自家傻丫头不争气，把黄灿灿的金子，当成锈铁棍卖了。

事已至此，怨天恨地于事无补，她决意给司马德儒加些压力。小伙子一日不同她女儿完婚，她就念"拖"字诀——司马德儒工作调动问题，无期限搁置下去。

唐樱再次怀孕，妊娠反应强烈，吃什么吐什么，喝口水都吐。

这个宝贝来得正是时候，唐樱身体虽难受，却相当开心，催促司马德儒抓紧办理结婚登记。

没有工作单位，谁给出示申请结婚介绍信？

司马德儒反反复复跑市人事局，打探工作派遣情况。调配科办事员奈何不了纠缠，悄悄告诉他，这件事最好问分管的局领导。

分管调配的陈副局长成天忙得一塌糊涂，不是开会，就是休假，再就是到北京培训学习。总之，很难找到她。

司马德儒估计这里边有猫腻，打听到陈副局长住处，一大早堵到她的家门口。

果然不出所料，陈副局长一直找借口躲避他。

司马德儒口气强硬地质问陈副局长，为什么一直压住他不予安排。

陈副局长一脸窘态，支支吾吾解释半天，说来说去一句话：人事局有自己的工作程序，他工作安排的事还在研究。

"接受单位意见明确具体，你们人事局一拖大半年，到底什么意思？"

司马德儒满脸怒气道："您这儿庙大了，我这尊小菩萨进不了佛堂。没什么了不起，大不了我还回浙江去！"

陈副局长气得面红耳赤，冲着司马德儒远去的背影嚷："狂妄，无知！"

家里乱成一锅粥。倔强的女儿死活不去医院做人流手术，一天到晚哼哼唱唱，十句话九句不离司马郎，诅咒谩骂唐樱无耻、下贱，死皮赖脸跟她抢男人。骂完就哭，抓起水果刀割手腕。陈副局长吓死了，拼命抢夺女儿手里的刀子。

耗下去根本不是办法，妻子眼泪汪汪向丈夫哭求，要他使出撒手锏，逼迫司马家的人就范。

王主任连连摆手，这号违反原则的事他不能干。再说，强扭的瓜不甜，拉郎配，不可能结出好果子。

王夫人能不知道这些吗？但凡还有一丁点办法，她绝不会出此下策。眼下已被逼到绝境，总不能让未婚先孕的闺女，把孩子生在娘家吧。

王主任气急败坏地走进卧房，嘭的一声关上了房门。

次日，王主任独自坐在办公室，神情痴呆地猛抽烟，嘴巴快抽出泡了。

他沉重地叹息一声，将刚点着的香烟摁进烟灰缸，提起电话，把司马科长召了过来。

"你儿子迟迟不来报到，怎么回事呀？不满意就趁早说，其他同志还排着队，两眼巴巴等这个指标呢！"

王主任板着面孔，模样儿令人生畏。

司马科长吓了一哆嗦，半天不敢回话。心里想，分明人事局有意卡壳，怎么倒打一耙了？

当然，这话打死他也不敢说，敷衍说具体情况他不大清楚，回去问问儿子。

老婆听了丈夫这番说辞，啥都明白了。

傍晚时分，司马德儒推着父亲那辆破自行车，无精打采往家里走。

他是被父亲逼回家的。

唐樱肚子大了，脾气开始见长，常见她闷闷不乐，三言两语不如意就哭哭啼啼。

进退无路，司马德儒决定先找个吃饭的地方，瞅机会，把户口迁移手续办到居委会，再把结婚登记手续办了。

他拎上两瓶白酒，找到在供销社当头头的远房表叔，谋了一个临时差事，晚上住唐樱那儿。

王韵芳并没闲着，腆着肚子，幽灵般跟踪司马德儒。没过多久，发现了天大的秘密。

儿子几个月不着家，原来跟那个戏子混在一起。司马科长夫妻俩怒气冲冲来到供销社，当众扇了司马德儒耳光，警告儿子，哪怕他司马家断子绝孙，也绝对不让姓唐的戏子踏进家门半步。

唐樱肚子越来越大，市剧院暗示她最好辞职，不要走到因男女作风问题被开除的那一步。

当然，她还有一条路：同司马德儒一刀两断。

唐樱含泪离开市剧院，生活来源一断，唯一的归宿只有娘家。这条路，她早给自己堵死。

当初，父母竭力反对她跟司马德儒往来。小伙子在浙江那边上班，天高皇帝远，根本就不靠谱。唐樱死活不听，同父母吵得昏天黑地，父亲气得脑袋发晕，手拿棒子，将她赶出了家门。

走投无路之际，堂叔老五叔收留了她。

司马科长老婆查到唐樱新住址，匆匆赶到老五叔家，进门就骂，说唐樱死皮赖脸勾引她儿子。一个名牌大学毕业生本来前途无量，被一个死不要脸的戏子害得丢了工作，日子过得人不人、鬼不鬼。

司马科长老婆大吵大闹，捋起袖子，要教训这个坏女人。

唐樱如同受惊的羊羔，躲到墙角，苦苦哀求未来的婆婆。

老五叔闻讯赶来，拿起竹扫把横扫过去，吓得司马科长老婆落荒而逃。

司马德儒刚进房门，正赶上母亲哭闹。昏暗的灯光下，母亲披头散发哭诉。说她好心好意看望唐樱和未出生的孙子，那个贱女人不但不领情，反而辱骂他们司马家。说司马德儒是个不负责任的绝情汉，就是死，都不嫁到司马家。还说她肚子里的孩子，根本不是司马家的种。

唐樱是什么人，司马德儒比谁都清楚，母亲的话，他不相信。

母亲捶胸顿足号哭，扬起血迹模糊的脖子给儿子看。

"那贱人好狠毒呀，喊来一帮亲戚合伙打我。你娘身上到处都是伤，脖子差点让他们拧断了！"

司马德儒惊呆了："怎么会这样啊……"

事实上，这些伤痕和血印，跟唐樱一点都不相干。

司马科长老婆按照王韵芳提供的大致方位，寻找到唐樱住地。人生地不熟，惊动了看家护院的大黑狗，撵得她到处乱跑，一头掉进刺蓬，身上被乱石碰伤了几处，脖子和脸被荆棘刮伤。这女人颠倒是非，把账算到了唐樱头上。

司马德儒还想解释什么，父亲勃然大怒，指着他鼻子嚷："人还没进门就打婆婆，这号丧尽天良的女人，你敢娶进来？"

丈夫来气，老婆便得了势，她噔噔噔跑进里屋，找出一串麻绳，爬上高脚凳子，将绳子往堂屋横梁上一抛，一头圈到自己脖子上。

"畜生，你如不同唐樱断绝往来，老娘今日就死给你看！"

她两脚用力一蹬，高脚凳倒向一旁。

司马科长老婆吊在半空中，两脚乱蹬乱踢，像拴在绳子上挣扎的蚂蚱。

司马德儒脑袋嗡的一声炸响，冲过去抱住母亲，将她救了下来。

漫漫长夜，唐樱蜷缩在被窝里，肚子疼痛起来。

是不是要生了呀？

她心里十分恐慌，无助地流泪。"司马，你在哪儿呀？"

半夜时分，肚子疼得越发厉害，唐樱感觉孩子快要出来了，吓得大叫大喊。

五叔被惊醒了，披着衣服跑过来，眼前的一幕吓得他两腿发软，急忙去敲邻居家房门。

胎位不正，吓得接生婆嘴里抽冷气，转身就要走人。两条人命，她哪里担待得起？

五叔扑通给接生婆跪下，哭着求她救人。只要救了，是死是活不关她的事。

半个小时过去，娃娃生下来了，产妇昏死了过去。五叔连夜叫上青壮劳力，送唐樱去医院抢救。

菩萨保佑，唐樱总算救过来了。

唐樱身子弱，娃娃没有奶水吃，饿得哇哇叫。五叔抱着可怜的孩子，乞求村里那些年轻妈妈给这个新生儿喂奶。

一晃几个月过去，孩子长得肥头大耳，唐樱却气若游丝。

唐樱的身体一天不如一天，五叔叫来堂兄夫妇商量。即便心里再有气，毕竟命比天大，总不能眼睁睁看着孩子去吧。

然而唐家灾祸接二连三，早已负债累累，家里穷得叮当响。父亲含泪说了句无能为力，就没再露脸。

唐樱躺在床上不停地咳嗽，脸色一片惨白。她两眼看着五叔，流着泪求叔叔，无论如何给这个苦命的孩子找个归宿。

此时，城里却是另一番景象。

王韵芳出院不久就穿上了婚纱，笑容满面向前来祝福的亲友招手致意。

司马德儒面无表情、目光呆滞，感觉不像结婚，而是被人绑赴刑场。席间，他喝得酩酊大醉。新婚之夜，夫妻俩一个里屋，一个外屋睡着。

天色放晴，几只黑翅膀乌鸦绕着歪脖子板栗树盘旋，哇哇的叫声凄厉而忧伤。五叔点燃一挂鞭子，将唐樱安葬在唐家湾一处山岗上。

次日，五叔将思马送进省第一孤儿院，交给素昧平生的孟姑娘，再三叮嘱她，不能让他这个小外孙遭受半点儿委屈。

058 寻找唐樱墓

唐樱的悲惨遭遇，如同深深的疤痕，老五叔轻易不敢触碰。多少年了，他想让它埋藏到记忆深处，或随风而去，可根本做不到。每年的几个特定日子，记忆的闸门轰然洞开，唐樱那段苦难，疾风骤雨般拍打他的胸口，疼得他眼泪止不住地往下淌。

前些年，老五叔身子骨还算硬朗，每年上山两回。唐樱的祭日和清明节，一个白发苍苍的老人，拄着拐杖来到她的墓地，点香、烧纸钱，摆上饼干糖果之类吃的东西。

老五叔每回都要哭一阵子，跟这个苦命的侄女儿说说话。告诉她，叔叔没有食言，办好了她临终前嘱托的那件事情。让她把心放下来，安安稳稳地睡。

那天，一对年轻的德国夫妇要收养思马，孤儿院征求意见时，他哭成了泪人儿。孩子到了国外，肯定见不着了，担心没人真心疼他。

院长反复解释，送养孤儿，院里是相当慎重的，只有确定真正合适，才会办理法律手续。人家德国夫妻心肠好，家境富裕，孩子到了那边，能过上好日子，接受到良好的教育，指不定往后会有出息。

院长拿出民政部门出具的证明书，还有德国夫妻带来的文件资料，让老五叔一一过目。

老五叔不明白那些"洋文字"咋回事，配在底下的中文翻译，他能看懂。正如孤儿院领导说的，绝对的上好人家。

德国夫妻急着赶飞机，五叔来不及跟堂侄女商量就作主了。事后，他特地上了一趟山，将前后经过，原原本本说给唐樱，让她别再牵挂了，保准孩子落到一个好的归宿。

风雨沧桑，时世更易，思马已经长大成人，而且十分出色，万里迢迢认祖归宗。

孩子英俊帅气，男子气概十足。言谈举止、形象气质，同年轻时候的司马德儒一个模样。老五叔老泪纵横，双手颤抖地抚摸米勒的头，如同抚摸当年的侄女儿。

米勒抱住五外公，孩子般恸哭，在场的人，都流下了心酸的泪水。

老五叔扶住米勒，深情地说："孩子，外公有句话，想跟你说道。"

米勒说："外公爷爷，有话您老请讲。"

"上辈人的恩恩怨怨都已经过去，外公只有一个心愿，希望你往后的日子无烦无恼、开开心心。如能这样，你娘在那个地方就能睡踏实呀！"

米勒面向外公，毕恭毕敬鞠了三躬。

"外公爷爷，代表我娘，感谢您老救命之恩。我从万里之遥来到家乡，最大的心愿就是找到父母亲。过去的那些事情，谁对谁错，早就不重要了。"

老五叔捋了把银白胡须，开心地点点头。

米勒拉住老五叔，眼里含着泪光。

"外公爷爷，孙儿想求您一件事。"

"孩子，有啥事你尽管说。"

米勒哽咽道："我想去看娘，麻烦您带我过去。"

云保走过来，握住了表哥的手。

"外公年纪大了，腿脚不灵便，他下不了山。"

米勒想都没想就说："外公爷爷，我背您过去。"

云保摇头道："几十里山路，你就是有力气背，爷爷也受不了。"

孟阿姨走过来，面朝老五叔说："叔，当初唐樱下葬的那个地方，您老还能记得起吗？"

老五叔语气肯定地说："我亲手埋的，怎么不记得呢？"

唐樱葬在云雾山的五指峰，两河夹一山，从南边山脚，穿过一座石拱桥，往山北方向走，有条小路一直朝上。半山腰有棵歪脖子板栗树，唐樱墓地就在那儿。

五指峰属于老家唐家湾祖宗坟地，五叔悄悄请风水先生给自己看了一处，百年之后就到那儿享福。

那个地方处于龙山和凤水交汇处，山高坡陡，森林茂密，亡人安卧于此，子孙后代必定兴旺发达。唐樱在世的时候遭了那么多罪，五叔就把这块福祥之地让给了堂侄女。

孟阿姨吩咐云保找来纸和笔，让爷爷绘张草图，确定唐樱姑姑墓地位置。

老五叔接过纸笔，从上衣口袋摸出老花镜戴上。十来分钟，草图绘制完毕。

老五叔指着草图上的地形地貌，要大伙看清楚。

图上的山峰，形似人的五根指头，错落有致排列。老五叔叮嘱，山上的路，藤条一样盘根错节，务必留神走向，千万别走岔了。石拱桥那边有两条路，北边那条，直通唐樱的墓地。

次日上午，一行人同老五叔告别，向云雾山出发。

上山容易下山难，山路崎岖险峻，马莉雅坐在摩托车上，一路呕吐。待到山脚，连胆汁都吐出来了。

休息一阵，马莉雅体能有所恢复，示意可以出发。米勒驾车，打开导航，行进一个多小时，进入城区地段，导航突然迷路了。

导航界面显示这儿是云梦街，分东西南北中，分支有幸福路、雪花路、平阳路。几条支线纵横交织，就是找不到云雾山和五指峰的方位。

孟阿姨两眼朝向车窗外头，越看越不对劲。

马莉雅躺在后座，迷迷糊糊问到了哪儿。

米勒没心思理她。

孟阿姨一肚子疑惑，让米勒把车停靠到路边，独自下车。

眼前一处公园，假山绵延，小桥流水，楼台亭榭，花草树木生长茂盛，远近景色迷人。一帮白发老头凑在亭子里下象棋，场面挺热闹的。

孟阿姨走过去，同一位长者攀谈起来。说明来意后，拿出老五叔绘制的草图让他看。

长者文质彬彬，一副学者模样。告诉孟阿姨，他在这个地方住了 8 年多，哪儿都熟悉。

他说图纸标定的方位肯定没有错，问题是这儿变化太大了。几年前，由于城市建设加快，五指峰被推为平地，建成了高楼大厦。山上那些有主家的坟茔，政府补贴后移葬到了公墓山。一时找不到主家的，统一进行了处理。

孟阿姨愣了一小会儿，恳求长者帮指指道，哪怕找不到坟地，到那个地方看一眼也行。

长者跟着上车，忽左忽右指示米勒朝前开。小车跑了一程，进入繁华地段，长者说："停车吧。"

米勒将车停到辅道，跟随长者下车。长者指着几米开外的红绿灯说："照草图看，你们要找的地方就是那儿！"

四周高楼林立，路上车水马龙，红绿黄灯交替闪烁，城市气浪扑面而来。

米勒两腿一软，一屁股瘫坐到地上。

孟阿姨吓坏了，手忙脚乱去抱他。

一位着装齐整的交警赶过来，询问发生什么事了，要不要帮忙。

米勒脸色发青，额头大汗淋漓。孟阿姨用力掐他人中，拍打他后背。他晃晃脑袋，弯腰猛咳，咳出一团带血的浓痰。

"孩子，哭吧，想哭就哭出来！"

米勒有气无力地回到车里，马莉雅坐到他身边，握住他那双冰凉的手。

红绿灯颜色不停变幻，阳光如同柔软的缎子在空中飘动，路边鲜花绽放，颜色各异的蝴蝶翩翩起舞。孟阿姨稍想了一下，取出随身所带的手帕，从花坛包了一包土，神情肃穆地交给米勒。

"孩子，妈妈就在这儿，她同这座城市的一草一木融为一体了。"

米勒双手捧着泥土，眼里流下了滚烫的泪水。

059 冲破魔咒

早饭过后，李玥领着琪琪来到办公楼，电话联系到了化工厂经理和几大金矿总经理，确定了他们所在方位，详细询问安全运行及产量情况，做好记录。

企业运行有条不紊，李玥由衷地佩服米勒。

忙完这些事情，她刚坐下来喝口水，手机响了。肖妈妈打电话，要她马上来省第一儿童福利院一趟。

李玥当即给总调度室当班人员下达指令，务必半小时远程巡检一次，如遇突发事件，第一时间电话向她报告。

安排妥当，李玥牵着琪琪下楼，一辆的士刚好路过，两人上了车。

路上车多，蚂蚁似的排成长队。司机是个急性子，见缝插针，李玥喝醉酒似的左右摇晃，琪琪吓得哇哇大叫。

"师傅，我们不赶，你慢点行不？"

司机嘿嘿两声道："你不赶，我急着去交班呢！"

"不要命了你，停车！"

出租车司机猛踩刹车，李玥扔下 20 块钱，拽着琪琪下了车。

"小娘们，看上去挺文静的，脾气倒不小！"

司机猛轰油门，出租车像长出翅膀的鸟儿，呜嘛一声飞走了。

"李姐，你去哪儿呀？"

一辆小车，嘎的停到李玥跟前。

部里同事，刚好路过。李玥拉开车门，同琪琪坐上去。

"我有急事，麻烦送我们去省第一儿童福利院。"

小伙子点头说："好嘞！"

小车平稳行驶，很快到达目的地。

肖妈妈迎到门口，发现李玥身边有个漂亮的女孩子。

李玥弯下腰，跟琪琪耳语几句。

琪琪笑出一口洁白的牙齿，甜甜地叫道："肖妈妈好，我叫琪琪，李玥姐姐的妹妹。"

肖妈妈一愣，然后开心地笑了。

"瞧这孩子，嘴巴甜得腻人，肖妈妈喜欢，呵呵呵……"

"肖妈妈，您急着找我过来，啥事呀？"

肖妈妈没应话，目光落在琪琪身上。

李玥拉住琪琪，朝院门边指指。那儿有个椭圆形花坛，鲜花绽放，几只蝴蝶扇动翅膀，在花丛飞来飞去。

琪琪朝肖妈妈笑笑，蹦跳着跑向那边。

"阳阳……"

肖妈妈两眼看着李玥，欲言又止。

阳阳，多么亲切的称呼，李玥瞬间回到了从前的日子。

那个时候，阳阳是肖妈妈的心肝宝贝。肖妈妈疼她，给她喂饭、洗澡、剪指甲、扎小辫子，每天把她打扮得漂漂亮亮。每到周末，肖妈妈把她领到家里，晚上，她搂住肖妈妈脖子睡觉。

孤儿院那几年，她一点都不觉得孤单。有时，傻傻地想，情愿永远长不大，一直待在肖妈妈身边。

李玥目不转睛地看着肖妈妈，泪水在眼里打转。

肖妈妈搂住李玥，用手抹了下她漂亮的脸蛋儿。

"一个大姑娘，还像当年那个样子，动不动就哭鼻子。"

肖妈妈话没说完，自己已是泪眼蒙眬。

李玥将头贴住肖妈妈的胸口，当年就是这个样子，她的安全感，来自肖妈妈的心跳。

肖妈妈往李玥后背拍了几下，把她扶了起来。

"有一个人非常迫切想要见到你。"

"谁呀？"

李玥一双杏眼睁得圆圆的。

"这个女人很可怜，20多年了，一直深陷情感的漩涡。"

李玥胸口怦怦跳，预感到在自己身上将会发生什么事。

肖妈妈迎上李玥惊恐的目光，柔声道："孩子，这个人是你的亲人。"

"亲人？"

养父养母，还有奶奶相继离开人世。这个世上，除了肖妈妈和琪琪，她没有别的亲人。

肖妈妈握住李玥的手说："阳阳，你听肖妈妈说，这个人就是你的生身母亲王韵芳。"

仿佛当空响起一声炸雷，震得李玥目瞪口呆。片刻，她轻轻推开肖妈妈，转过身走向花坛那边，一屁股坐到牙边，双手捂住脸。

琪琪吓蒙了，抓住李玥，带着哭腔说："姐姐，你是不是病了，我们去医院好不好？"

任凭琪琪拉扯，李玥木头似的毫无反应。

肖妈妈走过来，搂住李玥的肩头。

"阳阳，这件事来得太突然了，你没有心理准备，可事实就是这样。"

李玥低下头，酸涩的泪水，一滴一滴从手指缝里渗出来。

"孩子，我知道你心里难受，想哭就在肖妈妈怀里哭吧！"

李玥抬起头，目光变得冷漠、灰暗。

王韵芳站在院里那株躯干粗壮的青皮树背面，眼前这一切，她看得清清楚楚，心里痛苦地哭泣："女儿呀，我苦命的孩子，妈妈真的对不起你！"

漫长的岁月，她一直是灾难和痛苦的始作俑者，为此，自己付出了极其惨痛的代价。

当年，从唐樱手中夺走司马德儒，婚姻于她而言，就是惩罚。青春和欲望，在同司马德儒无期限的冷战中悄然流逝。她渴求司马德儒给予肌肤之亲，他始终仇人一般，呈现给她一张冰冷的面孔。她曾心存幻想，等待这个男人回心转意。希望、失望、绝望，伤心的泪水，几乎流干了。躯体渐渐麻木，恍惚一具活着的木乃伊。

这就是命，一个痴情而极端自私女人的自我戕害！

生活极度的空虚、无聊，她不知道如何打发时日，痛苦到无法排解的时候，一头跳进波涛翻滚的大江，只求一死。所幸被渔夫救起，送回家里。

她算死过一回的人，慢慢悟出了生活中一些道理。一次偶然的机会，受到一场佛教法事活动的启发，开始步入念经诵佛、青灯香烛的生涯。

二楼大厅，成了名副其实的佛堂。她选择良辰吉日，请到佛像和菩萨像，布置法物、拜垫、经书、花器、香炉、烛台、供果盘等。

大厅供奉了释迦牟尼佛、文殊菩萨、普贤菩萨、观世音菩萨、地藏王菩萨、阿弥陀佛，气氛肃穆庄严。奉茶、供果、上香，早晚课诵，烛光摇曳，香火缭绕，俨然超脱尘世、心皈佛门。

偶尔捻指抚琴，一曲《双蝶飞》行腔走板，合辙归韵，唱得十分地道。几十年如一日，不唱别的，专唱当年令唐樱走红的那几首金曲，日积月累，唱功精进。

王韵芳热衷票友会，以唱会友，一展技艺。她心里只有一个谱儿：比过唐樱就叫胜利。每天按部就班诵念阿弥陀佛，反正吃的喝的用的都不用操心，杏子安排得精细周全。

杏子表妹是个苦命人，王韵芳对她相当宽容，知道司马德儒跟她的关系不明不白，就当自己瞎了眼睛、聋了耳朵。

司马德儒住进医院，杏子一天到晚在那儿侍候，她这儿没人管了。

她不会做饭，靠方便面度日。一顿两顿勉强凑合，吃了几天，闻到方便面的味道就反胃。

这都没啥，关键内心的那份孤独、寂寞和恐惧无法排遣。

她讨厌司马德儒，这些年，一边念阿弥陀佛，一边诅咒司马德儒，恨不得他开车让人撞死；坐飞机从天上摔下来；睡觉打呼噜，一口气接不上来。

309

凶狠恶毒的咒骂，依然排解不去心中的怨恨和忧愁。相反，咒骂越多就越痛苦。有时候，她扪心自问，自己原本善良、单纯的一个人，怎么变得如此歹毒和丑陋呢？

王韵芳跪在佛堂，身子一阵发冷，脑袋呜呜叫。这些天，她是在慌乱和惶恐中度过的，只要风吹草动，就紧张得要命。

昨天晚上，她一夜未睡。不是不想睡，而是不敢睡。偌大的别墅，空空荡荡，让人瘆得慌。

她将楼上楼下电灯统统打开，厨房厕所都亮起来，整栋房子灯火通明，仍然惊慌不已。她把身子蜷缩一团，钻进被窝，双手捂住头，用小纸团堵住耳朵，想将自己同外界隔绝开来。

夜半时分，外面传来激烈的争吵声，声音从 17 号别墅传过来的。

那儿住着一对中年夫妻。她见过那两人。女的形象气质不错，红红的嘴唇，一头烫发金灿灿的，特招人眼球。男人长相一般般，据说赚钱本事不小，身价十几亿，在外头养了女人，生了两个孩子。老婆三天两头跟他吵，经常闹得不可开交。

他们夫妻俩吵架蛮有规律，差不多在后半夜，邻居们意见很大。小区物业和街道居委会大妈上门劝过几回，没起到什么作用。

咣当，不知什么重物摔在地上。顷刻，传出杀猪般的嚎叫声，那个女人妈呀娘啊凄惨地喊叫。不一会儿，传来了凄厉的呜啊呜啊声。

110 和 120 都来了，小区炸开锅似的沸腾起来。

一夜无眠，好不容易等到天亮，王韵芳蝉蛹破茧般从被窝探出头来。

四周静寂无声，脑袋晕晕乎乎，脚下轻飘飘的，踉跄几步到了佛堂。上香、点蜡烛。打着火机点了半天，怎么都点不着。

她的手抖得特别厉害，帕金森综合征似的抖。打火机刚够到香烛，立马抖开了。

下楼打着火炉，用灶台的明火点。熊熊燃烧的火苗直往她手这边蹿，吓得她赶紧撒手，冒着火焰和轻烟的香火蜡烛撒落一地。

"见鬼，咋回事呀？"

王韵芳心怦怦跳，感觉血压急剧飙升。赶紧服下降压药，重新跪回拜垫，面向密密麻麻的佛像，左手竖到胸前，右手执小槌，梆梆梆敲木鱼。

　　她平日没有敲木鱼的习惯，今天想敲。木鱼声声，念念有词。

　　咔——

　　佛槌断成了两截。

　　王韵芳大惊失色，一屁股瘫坐到地上。

　　坐了一阵，屁股发凉，腰部发胀，胸口像被堵住那般难受。她站起身，抬起头看见佛堂正上方四个金光闪闪的大字：佛光普照。

　　字体迅速放大，上下左右摇晃，飞快地旋转，变成了"放下屠刀，立地成佛"的字样。

　　王韵芳吓得闭上眼睛，不停地念叨"阿弥陀佛"……

　　因果报应有三说：现报、生报、速报。

　　天呐，难道这就是现时报？

　　王韵芳彻底害怕了，伤心地哭泣，冰冷的泪水，冲刷着她略显苍老的面孔。

　　哭过一阵，她眼前忽然一亮，明媚的阳光照进室内，眼前华光闪闪，从未有过的轻松感从心底冉冉升起。

　　她长吁一口，直奔省第一儿童福利院。

　　面对眼前气质高贵的陌生女人，李玥有些胆怯，不由后退了几步。

　　王韵芳走上前，握住李玥，眼泪如开闸的洪水奔涌而出。

　　"孩子，妈妈没脸见你。可是从怀上你那天起，我们母女的命就连在一起。妈妈这辈子罪孽深重，不奢求你原谅，只希望在我闭眼前，你能给我一次当妈妈的机会。"

　　李玥木然地站着，王韵芳说了什么，她一句都没有听进去。

　　"妈妈这辈子从来没有求过人，今天，我低声下气求过你的肖妈妈，我一定要找回自己的女儿！"

　　李玥牙齿紧紧地咬住嘴唇，殷红的鲜血沿着嘴角往下流，整个人变得迷迷瞪瞪，仿佛坠入一场梦境。感觉自己走进了一座大山，一条幽深的峡谷穿山而过，山谷光线幽暗，有个人影若隐若现。她吓得往外逃，两条腿却动弹不得。那个人追上来，一把抱住她。

这是一个衣着华丽、浑身珠光宝气的女人，金银首饰相互碰撞，丁零当啷的声音特别刺耳。

李玥发现那女人长出一张秀气的圆脸，略施脂粉，画了眉毛，描了眼线，涂了口红，一缕发丝飘在额前，飘过来特殊的香味。那个味道，李玥好像有些熟悉，却又陌生。

这是什么味儿？

李玥在大脑里寻找答案。

花香？

不对！

香水？

不对！

她恍恍惚惚有种感觉，这是自己渴望了20多年，一直在梦境中苦苦追寻的妈妈香。

"妈妈，妈妈，妈妈……"

李玥两腿哆嗦，快要站立不稳了，王韵芳赶紧将她搂进怀里。

060 樱花雨，纷纷而下

琪琪目不转睛地看着李玥姐姐，眼前的这一幕，把她吓得不轻，要哭却不敢哭。

肖妈妈牵住琪琪的小手，柔声地说："李玥姐姐同妈妈有话要说，琪琪跟肖妈妈去玩好不好？"

琪琪跟着肖妈妈，走一步，回头看几下，眼泪簌簌而下。

肖妈妈将琪琪领到办公室，乳白色长条桌上摆放一摞少儿读物，吸引住琪琪的目光，她漂亮的小脸上，露出灿烂的笑容。

肖妈妈摸摸琪琪的脑袋，笑眯眯地说："那儿有《熊出没》《太空探索》《花婆婆》，好多好多书，你喜欢什么就挑什么，肖妈妈送你。"

琪琪走到书桌前，哗哗哗翻书，眼睛不再挪开。

肖院长坐到办公桌前，她打开电脑，敲出一行文字：追寻，那份浓浓的母爱——省第一儿童福利院，"以爱传爱，让世界充满爱"主题活动正式启航。

她以李玥的身世和爱心奉献为主线，安排剧情角色：主角李玥。配角，王韵芳。助演就是身边可爱的琪琪。

母女俩渐渐进入状态，李玥不再拒绝王韵芳。尽显母爱的王韵芳，帮女儿擦去泪水，捧着她漂亮的脸蛋含泪而笑。

"好看，真好看。闺女的俏模俏样，很像妈妈年轻那会儿。"

李玥满脸通红，将头低下去。

"眼见就满 27 岁了，告诉妈妈，有男朋友没？"

李玥看妈妈一眼，没吭声。

"不回答就是默认喽。美若天仙的姑娘，追求者不排着长队才怪？肯定是百里挑一的帅小伙，说说看，让妈妈见识一下未来的女婿。"

李玥茫然地摇头。

王韵芳温情地笑道："你自己的生活，妈妈无权干涉。你喜欢的，妈妈一定喜欢。"

李玥依然无语。

王韵芳看出女儿对这个话题不感兴趣，握住她的手轻轻抚摸。

"玥玥，有一件事，妈妈想告诉你，不知道你愿不愿听。"

几声雁叫声从远空传来，王韵芳抬起头，恋恋不舍地目送渐渐远去的雁群。

"孩子，你爸爸还健在。他非常了不起，就像天上展翅高飞的头雁。"

"爸爸？"

"头雁？"

李玥的身子猛然一颤。

王韵芳浑身都在发抖，泪水滚落下来。

"他是妈妈钟爱一生的男人，即便到死，妈妈都不会改变。"

李玥一把拉住妈妈，哆嗦着说："爸爸在哪儿，我要见他！"

王韵芳朝院门外招手，一辆等候已久的奥迪开过来，两人钻进车内，朝市第一人民医院奔去。

阳光从云层深处漏出来，懒洋洋的见不到多少热度，5楼肿瘤科病房显得昏暗、清冷。偶尔进来几名护士，大口罩包裹面孔，见不到什么表情。她们看了病人几眼，默然无声地离开。

短短4个月，司马德儒的世界发生了天翻地覆的变化。死亡，如同蒙面的魔鬼，无声无息朝他走来，走进他高大的躯体，走入明亮的眼睛，吞噬他的骨肉。他像傀儡一样任由死亡摆弄，头也不回地朝另外一个空域走去，昏昏沉沉地穿越时光隧道和一片蛮荒之地，来到一个空气稀薄、阴冷潮湿的地方。

司马德儒深陷的眼眶像两口枯井，散发出腐朽霉变的亮光。他的意念，却如同强劲有力的大手，将渐次关闭的窗户朝外推顶。

他不想就此合上眼睛，离开这个世界前，有些事，必得做个了断。不然，黄泉路上会走得不安心。

两天前，司马德儒就没法进食了，靠输液维持生命。杏子白天黑夜守在他身边，这位善良的女人，长年累月默默坚守，守望永远没有未来的人生。

司马德儒替她伤心、难过，一个女人的青春，眼看着被他消耗殆尽。自己已经把唐樱母子害得那么凄惨，半道拽上杏子，这是罪上加罪啊！

他向杏子忏悔、认罪。告诉杏子，自己后半生，最幸运的就是遇上她了，她是他命里的贵人。如果来世还能遇上，他会明媒正娶，让杏子名正言顺当他的妻子。

杏子哭着不让他说话，他发声已经很困难了，一句话，断断续续说半天，边说边咳，涨得脸色发紫。

司马德儒艰难地摇头，要把心里话全都说出来。

他说起同王韵芳不幸的婚姻，有件隐秘的事，在心里埋藏了几十年，刀子一样扎在他的心眼里。

27 年前，王韵芳生日的那天傍晚，他并没爽约。半道上，那辆不争气的自行车链条断裂，满大街找不到修车师傅，只能推着车步行。他一身汗水赶到凤凰酒店的时候，看见王韵芳同猫儿勾肩搭背从里边出来。

猫儿抱她亲她，她疯子一样手舞足蹈，勾着他的脖子浪声浪气地嬉笑。猫儿将她塞进一辆小车，呜呜地开走了。

他摔下自行车死命朝前追赶，被石头绊了一跤，重重地摔倒在地上，好半天才爬起来，一屁股坐在马路牙子边流眼泪。

他说不清自己为什么要哭，总觉得心里特别难受。

司马德儒告诉杏子，王韵芳身上有股傲气，有时候还很作，但绝不是轻浮之人。后来仔细想过，这里面一定有误会。

猫儿垂涎王韵芳美貌已久，这个畜生肯定对她做了手脚。假如自己能早些赶到，王韵芳就不会落入猫儿的圈套。后来，他听说王韵芳怀孕了，痛苦得猛抽自己的嘴巴。

司马德儒嘴里喘着粗气，说话越发困难了。

杏子握住他抖动的手，满脸忧伤说："慢慢说，别急啊！"

司马德儒嘴角抽动几下，脸上露出了笑意，用手朝自己枕头下边指指。

杏子轻声问他想干嘛，司马德儒又指了一下，一字一顿说："报，告，书！"

杏子托起司马德儒的脑袋，枕头下边是一份DNA亲子鉴定报告书。

司马德儒晃了下手，示意扶他坐起来。

杏子照司马德儒的意思做了，搬来被子垫到他的背后。

司马德儒告诉杏子，公司上下曾经疯传总经理跟他长得很像，他拿起米勒的照片对着镜子跟自己比较，感觉真像。

这件事令他寝食难安，思来想去，一个念头闪电般从脑海里划过：难道米勒是自己同唐樱的孩子？

半年前，趁托马斯·米勒不留意，悄悄取了他带有皮囊的头发，连同自己的血液样本，送往DNA亲子鉴定中心。结果表明，两个标本，各项指标符合率达99.99%。

托马斯·米勒就是自己失散多年的儿子，司马德儒高兴得大哭了一场。儿子就在身边，非常优秀，他恨不得当即跟米勒相认。可是一个强劲的声音向他发出警示：眼下长川投资集团董事会成员关系十分微妙，他同米勒的父子关系，如同威力无比的炸弹，绝对不能引爆。冥思苦想一段时间，打消认亲的念头，悄然萌生让米勒接班的想法。

两人正说着的时候，王韵芳和李玥急匆匆走进病房。

司马德儒眼皮抬了下，苍白的脸上露出笑意。这是结婚26年多，他第一次向王韵芳给出的笑脸。

王韵芳激动不已，带着哭腔说："玥儿，这就是你的爸爸！"

爸爸？

董事长？

李玥惊呆了。

王韵芳握住司马德儒，抽泣着说："德儒，对不起，韵芳来晚了！"

司马德儒嘴角抽动几下，泪水滚落而下。

李玥眼含热泪坐到司马德儒床边，紧紧握住父亲干瘦的手，这份迟到的父爱多么宝贵。

司马德儒两眼发亮，脸色红润，润泽的目光落到李玥身上。他心里清楚，这个漂亮的姑娘，就是王韵芳同猫儿的孩子。

他试着抬起手，想抚摸李玥的头，却怎么都抬不起来，一个劲地流泪。

李玥呜呜呜地哭，不停地给爸爸擦眼泪。

杏子的眼睛一刻都没有离开过司马德儒，发现他两眼变得黯淡无光，脸色由苍白变成灰暗，呼吸接不上来了，对着门外大叫大喊。

医生闻声赶来，翻开司马德儒眼皮，用小手电照照，无声地摇头。

杏子慌忙拨打米勒手机，哭着说："董事长，快，快，先生他……"

米勒一行从云梦街道那边出发，一刻都不敢耽搁，直奔市一人民医院。

楼道响起慌乱的脚步声，米勒冲进病房，发现司马德儒眼角淌出一串泪水。

司马德儒像睡着一样平静安详，凤凰城商界一代枭雄，悄无声息地回到了生命的原点。

司马德儒下葬那天，适逢久雨放晴，太阳从云层钻出来，照在身上暖洋洋的。

司马德儒丧事非常简单，他留下遗嘱：不设灵堂，不开追悼会。安安静静地来，无声无息地去。他不信菩萨、不信上帝，信奉孔子"克己复礼，天下归仁"那几句话，喜欢徐志摩的《再别康桥》："轻轻的我走了，正如我轻轻的来……"

当然，他一辈子无限珍爱热烈而浪漫的樱花。

崔茗尊重父亲的遗愿，安静地送走他。

这儿是郊外的龙王山。山风猎猎，青松叠翠，绿草萋萋。山脚的服务大楼传来阵阵哀乐，墓园的气氛肃穆而忧伤。崔茗一身黑色西装，胸前佩戴白花，亲手将父亲的骨灰盒安放到山顶的墓穴中。

一同下葬的还有一样物件——孟阿姨亲手交给他的那包泥土。

　　那是亲爱的妈妈，崔茗在众人见证下，将爸爸和妈妈合葬。

　　崔茗在爸爸妈妈的墓地栽种了一排樱花树。眼下是春天，不到樱花开放的时间，枝条结满花蕾，苞芽尖尖的。崔茗清楚，这是孕育新生命的前奏，苞蕾裹着一片美丽的风景。要不了多少时日，煦暖温润的阳光照耀花蕾，牙儿舒展张开，叶片儿连在一起，编织成鲜艳夺目的花环。微风吹拂，那些粉色的、鲜红的、玫红的、淡绿的、纯白的樱花，会像雨一样纷纷扬扬。妈妈穿着洁白的婚纱，踏着樱花铺开的香径，从时光那头走过来，娉娉婷婷走向她用生命钟爱的那个男人……